DÌOMHANAS

'S ann à Leòdhas a tha Fionnlagh MacLeòid agus tha sin ri aithneachadh air na their e is na sgrìobhas e, agus 's ann à Leòdhas a bha a shinnsearachd air fad. Rugadh e ann an Adabroc ann an Nis agus tha e air a bhith a' fuireach ann an Siabost air Taobh Siar Leòdhais bho chionn bhliadhnaichean. Dh'fhàg e òg an sgoil is bha e greis aig muir, anns an RAF is na neach-smàlaidh ann an Lunnainn. Fhuair e oileanachadh òige ann an Sasainn an toiseach agus gu sònraichte ann an Obar Dheathain, far an robh e deich bliadhna an sàs ann an saiceòlas.

Bho thill e a Leòdhas bho chionn suas ri dà fhichead bliadhna tha e air suathadh ri foghlam agus ri craoladh is foillseachadh – agus corra chuspair eile. Tha e air a bhith a' sgrìobhadh bho 's cuimhne leis – gu h-àraid deilbh-chluiche, sgeulachdan chloinne agus sgeulachdan goirid. 'S e eilean àraich a tha air aire a ghlacadh bhon toiseach – a dhaoine, a chruth agus a dhòigh. 'S chan eil coltas gun atharraich sin a-nise. Tha e air a bhith na ana-creidmheach bho òige.

Tha e pòsta bho chionn fhada 's tha dithis nighean aca. Tha a shlàinte is tomhais dhe reusan aige fhathast, 's cha bheag na tha sin fhèin.

Dìomhanas

Fionnlagh MacLeòid

CLÀR

CLÀR

Foillsichte le CLÀR, Station House, Deimhidh,
Inbhir Nis IV2 5XQ, Alba
A' chiad chlò 2008

Air a chur ann an clò Minion
le Edderston Book Design, Baile nam Puball.
Air a chlò-bhualadh le Gwasg Gomer, A' Chuimrigh

Tha clàr-fhiosrachadh foillseachaidh dhan leabhar seo
ri fhaighinn bho Leabharlann Bhreatainn

LAGE/ISBN: 978 1-900901-37-6

ÙR-SGEUL

Tha amas sònraichte aig Ùr-Sgeul – rosg Gàidhlig ùr do dh'inbhich a bhrosnachadh agus a chur an clò. Bhathar a' faireachdainn gu robh beàrn mhòr an seo agus, an co-bhonn ri foillsichearan Gàidhlig, ghabh Comhairle nan Leabhraichean oirre feuchainn ris a' bheàrn a lìonadh. Fhuaireadh taic tron Chrannchur Nàiseanta (Comhairle nan Ealain – Writers Factory) agus bho Bhòrd na Gàidhlig (Alba) gus seo a chur air bhonn. A-nis tha sreath ùr ga chur fa chomhair leughadairean.

Ùr-Sgeul: sgrìobhadh làidir ùidheil – tha sinn an dòchas gun còrd e ribh.

www.ur-sgeul.com

Clàr-Innse

Aiseirigh

Cha bhiodh iad gu bràth air a creidsinn mura bitheadh gun robh e fhèin ann còmhla rithe gus seulachadh dhaibh nach robh facal brèige anns na bha i ag ràdh riutha. 'S i Corra Chriosag, tha mi ag innse dhuibh, a bh' aige riutha. Dh'fheuchadh a h-uile deuchainn oirre a bh' aig saiceòlaich na h-abaide gile gus dearbhadh fhaighinn air cò às a bha i air tighinn; agus esan cuideachd, ach b' ise bu mhotha a ghlac an aire. An-dràsta tha i mun coinneamh, a' toinneamh na ceirsle snàtha, le a dealgan a' cur char eadar a casan.

Cha robh i a-riamh air an fheadhainn bu chiallaiche, thuirt esan riutha. An dithis shaiceòlach ga choimhead. Ciamar a bha sin? thuirt fear. Aon latha, ars e fhèin, is sinn a' fàgail an taighe còmhla, dh'iarr mi oirre an doras a thoirt leatha às a dèidh, 's nuair a sheall mi air mo chùl bha i a' tighinn 's a' chòmhla aice air a muineal. Cha b' urrainn dhut dad earbsa rithe, chuir e ris.

'S math tha fhios agamsa càit a bheil mi fhìn 's e fhèin air a bhith, ars ise, às a guth-shàmh, 's i a' cumail oirr' air an dealgan. Dèan inneas, arsa fear acasan. Anns an t-sìthchrith, thòisich i. Cuimhne mhath agam air an latha. Cùm ort, thuirt an aon fhear. Latha teth samhraidh a bha seo 's mi a' dol seachad air Sìthean

Chapaigeil, chuala mi fuaim maistridh a' tighinn à broinn an t-sìthein. Is truagh, arsa mise rium fhìn, nach robh mo phathadh air bean a' ghlugain. Cha bu luaithe a bha na facail air mo bhilean fhàgail na nochd a' bhean-shìth uaine a bha seo a-mach, le a cuaich blàthaich na làimh 's i ga tabhach orm. Thàinig athadh annam 's dhiùlt mi i. Carson ma-tà a dh'iarr thu i? ars a' bhean-shìth. A bheil eagal ort gun dèan i cron dhut? Tha, arsa mise. Galar na tè a chuir a' chiad chìr chiad-aoin na ceann ormsa ma nì i cron ort, ars a' bhean-shìth. Ciod e an galar a tha sin? arsa mise. Tha, ars a' bhean-shìth, galar a bhith gun mhac, gun nighean, gun ogha, gun iar-ogha. Dh'òl mi na bh' anns a' chuaich, 's ann am priobadh na sùla fhuair mi mi fhìn am broinn an t-sìthein. Cha b' fhada gus na nochd esan a-staigh ri mo thaobh; e air a thogail le Sluagh Fhionnlaigh. Tha sinn air a bhith le chèile san t-sìthchrith bhon latha sin.

Bha fios math aig luchd na h-abaide gile gur e sgan an ceann-uidhe a dheigheadh air a' ghnothaich, ach bha iad airson uidheaman eile fheuchainn an toiseach. Bha sgrion bhàn gu h-àrd an ceann shuas an ionaid anns an robh iad, agus dh'iarr iad air Corra Chriosag sùil a thoirt oirre. Air an sgrion nochd ìomhaigh mhòr dhubh mar gun tilgeadh duine poll oirre bho phìos air falbh. Seo agad, arsa fear dhiubh rithe, innleachd ris an can sinn an Rorschach. An innseadh tu dhuinn dè tha thu a' faicinn anns an dealbh? Cho soilleir, ars ise, ris a' mhadainn Chèitein. Cò eile, mo ghaol is m' ulaidh air, ach Fionn mòr fhèin 's e a' toirt searragan dà cheud cilemeatair às, le Mac an Luinn, nach dìobair, gu gleust' aig' air a shlios. Nochd an ath dhealbh Rorschach. Nach seall thu air Arca Dubh na mallachd. Seall air, a Bhodaich an Ruamhair, ghlaodh i ris an fhear a bha ri taobh. Arca Dubh na gràinealachd, ars ise, air an tug an Fhèinn an t-ainm nuair a rugadh air a' tarbhadh mart. 'S nach deach an arc a thoirt aiste 's a cur mu amhach, gus na sgrèith 's na dhubh i uime. Seo a-nise e a' dol a chur às do Cholla. An seòl-marbhaidh a th' air Colla, 's e gun tèid an ceann a chur dheth nuair a tha e air a bhith air muin boireannaich. Seasamh sam bith eile, 's thilleadh an ceann gu a bhodhaig. Seo agaibh an oidhche a phòs Colla, 's seall, tha Arca Dubh na mì-stiùireachd a-staigh fo leabaidh-phòsaidh Cholla. 'S an dèidh dha Colla a bhith air muin na mnatha, tha Arca Dubh air an ceann a spadadh dheth.

Cha deach fir na h-abaide gile na b' fhaide leis an Rorschach. Chuir iad romhpa na àite gur ann a dh'fheuchadh iad fear de dh'ionnsramaidean sùbailte Freud fhèin. Their mise facal, arsa fear dhiubh, 's abair thusa às mo dhèidh a' chiad fhacal a thig a-steach ort. Beathach: fiadh. Duine: fàmhair. Mac: na banntraich. Eagal: uilebheist. Biadh: a' bheinn-sheilg. Feòil: coire. Sgeadaichte: sìthean. Iargalta: sìthean. Nighean: rìgh Èirinn. Bàs: Tìr nan Òg. Marbhadh: claidheamh. Gaol: Gràinne. Sgeul: Boban Saor. Cha robh seo a' toirt fuasgladh air thalamh. Thug iad mun airidh tiotan faochaidh a ghabhail, 's chuir fear dhiubh an coire air. Chaidh am fear eile a-mach chun an dorais a ghabhail fag, 's chaidh ise a-mach às a dhèidh 's ghabh i tè bhuaithe.

Às dèidh a' bhalgaim chuir iad fios air Dr Grey gus am faigheadh iad beachd bhuaithesan. Bha lab aigesan ann am pàirt eile dhen eòl-lann. Ghabhadh e bhith, a' chiad rud a thubhairt e, 's e a' toirt sùil air a' chàraid; gu dearbh, ghabhadh e bhith. Thòisich e le Bodach an Ruamhair, ag ràdh ris, Chan eil cuimhne agadsa am biodh i seo a' gabhail lusan sònraichte sam bith gus i fhèin a chumail fallain anns na làithean tràtha? Lusan, ars am fear sin, an robh i a' sgur dhiubh? Lus nan laogh, lus nan leac, lus an t-siùcair, lus buidhe Bealltainn, lus Chù Chulainn, lus a' chrùbain, lus an t-siabainn, lus na fala, lus an fhùcadair; slàn-lus, liath-lus; eàrr-thalmhainn, bàrr a' bhrisgein 's am mòthan. Abhsadh cha robh a' dol air a sealghan ach a' criomadh lus. Criomadh nan Cnàmh, ghlaodh i fhèin, e air a dhol às mo chuimhne: 's e bu luaithe san Fhèinn, Criomadh nan Cnàmh, m' eudail air a cholainn. 'S am fùcadair e fhèin, chùm i oirre ri Bodach an Ruamhair, bheil cuimhn' agad air an fhùcadair? Dùil agams' gur e 'Is mise am fùcadair, is mise am fùcadair' a bha an fheannag ag èigheachd 's i air an rùdhan mhònach. 'Mas tu, sin agad e, is fùc e,' arsa mise rithe 's mi tilgeadh a' chlò thuice, na mo bheachd fhìn. Ach dè bh' ann, dh'inns thusa dhomh, a Bhodaich, ach an fheannag ag èigheach, 'Gòrag, gòrag.' Dè fios a bh' agamsa?

Mas e is gun ghlan na bha sin de lusan na ceallan aice bho gach puinnsean na h-èirigh suas, chùm Grey air, dh'fhaodadh e bhith nach do bhean bàs rithe, 's gu bheil i air a bhith beò fad na h-ùine sin. Chan adhbhar-iongnaidh sam bith seo dhòmhsa. Chan e rud nàdarrach a th' anns a' bhàs ann, feumaidh sinn cuimhneachadh; chan eil e ach mar thinneas sam bith eile a ghabhas a sheachnadh. Ma tha gach cealla air an cumail glan, chan fhaigh bàs no bàs làmh-an-uachdair air a' chorp. Cha tig eitig na ghaoth. Agus tha fios is cinnt agamsa gu bheil an tuilleadh 's an tuilleadh dhaoine, mar i seo, gu bhith beò airson bliadhnaichean nam bliadhnaichean, linntean gu dearbh. Chan eil nì mì-nàdarrach mu dheidhinn: am bàs a tha mì-nàdarrach. Duine seang odhar a bh' ann dheth; 's ann a chanadh tu nach b' fhada gus an cuireadh dìth na slàinte giorra-shaoghail air fhèin; ach cha b' e idir a bha na dhùil, 's gach cealla bh' air a

sheilbhidh aige air an cumail mar an daoimean. Dh'inns Bodach
an Ruamhair dha gum biodh ise a' toirt airsan e fhèin a bhith
a' gabhail dha na lusan aig peilear a bheatha. Ma bha, arsa Grey
ris, 's e sin a tha gad fhàgail air uachdar na talmhainn fhathast.
Dh'èist na saiceòlaich gu furaileach ri na bh' aig an t-sàr neach
bith-eòlais ri innse dhaibh. Nach b' fhada gus am faodadh dùil
a bhith aig duine a chumadh a cheallan glan ri bhith beò co-
dhiù fad nan ceudan mòra bliadhna, no eadhon gu bith-bhuan.
Agus gun robh esan dhen bheachd gur e sin a bh' air an dithis a
bha fan comhair a chumail beò, is sin le sogan, fad nan ceudan
bliadhna, 's gun sìon a choltas air duine seach duine ac' gun robh
iad am impis am beul a bhualadh fòdhpa. Thug iad taing dha 's
leig e soraidh leotha, 's dh'fhaighnich ise anns an dealachadh an
robh fag aige. Chrath e a cheann le snodha-gàire 's e a' toirt an
dorais leis às a dhèidh.

Cha robh na saiceòlaich buileach cinnteach dè an taobh
a stiùireadh iad. Gach freagairt a fhuair iad gu ruige seo, cha
robh iad uile leagte gabhail ris. Gus a seo fhèin, ars an dàrna
fear ris an fhear eile, 's e sgrìob liath an earraich a th' air a bhith
againn. Sgrìob Liath an Earraich, dh'èigh ise, na canaibh rium
gun aithnich sibhse esan. Bha iad ga dearg-choimhead 's gun
iad a' dèanamh steama dhith. Choinnich mise ris, bha i ag innse
dhaibh, air an rathad. Èitigh de shean duine bochd liath a bh' ann
dheth, 's thug mise dha an cnoc ime a bh' agam na mo chois.
Ach ma thug: chaidh am fear seo às a rian, gun robh mi air an
fhàrdaich a leigeadh chun na h-aoigheachd. Cha robh fhios aig
muinntir na h-abaide gile ciamar a gheibheadh iad air a stòladh
no idir clost a chur air a cab. Bha i gus an clì a thoirt asta 's am
màdar a chur bhuapa, 's gun iad a' dèanamh an adhartais ris

an robh dùil is dòchas aca. 'S e nan rùn pàipear a sgrìobhadh oirre. Annas air leth a bhiodh innte do shaoghal an t-saiceòlais; rudeigin mar a thug Itard gu aire an t-saoghail mun Wild Boy of Aveyron. 'S iad a' coimhead ri làrach-lìn a thogail, fon ainm Na Fiadhairean.

Fhad 's a bha an dithis sin a' cnuasachadh an ath cheum, bha ise is esan ann an còrnair 's iad fhèin a' feitheamh. An latha ud leis an fheannaig, bheil cuimhne agad mar a chaidh mi ro fhaisg air an rùdhan mhònach 's dh'fhairich mi seub gaoithe air mo chois, 's cha robh mi ann gus na shèid i? Gaoth na nathrach, dè eile bh' ann ach gaoth na nathrach? Ach gum bu mhath gun robh a' chlach-nathrach agads' a-staigh. Bha am fear a bh' ann a' dol a dh'fheuchainn nam ballan air mo chois; deiseal le adhairc dò-bhliadhnach muilt aige 's an t-streafoin, ach cha robh feum air, shìolaidh am bòcadh ro oidhche. Mura robh ceannach agams' air an fhùcadair cheudna: 'Siud i agad, ma-thà, 's fùc i,' arsa mise cho seaghail, 's gun ann ach òinseach feannaig. Nuair a thug iad sùil gu ceann eile an eòl-lainn bha fear às ùr na sheasamh còmhla ris an dithis eile.

Trobhaidibh ach an coinnich sibh am fear sa a th' air tighinn a shealltainn oirbh. Duine tuileir, dèante a bha seo, 's e a' breith air làimh air gach duine aca. Bheil cuimhne idir agaibh dè an staid anns an robh sibh fad nam bliadhnaichean ud a thug sibh a-mach à rèis a' chinne-daonna? Cha robh. Gu dearbh, cha robh fios idir aca dè bh' ann an rèis a' chinne-daonna. An robh cuimhne sam bith aca a bhith fuar aig àm sam bith? Cha robh a bharrachd. Am faod mi fuil a thoirt às do ghàirdean? thuirt e rithese. 'S rinn e sin le snàthad, 's cha b' fhada a thug e fhèin ris. Chuir e fo ghlainne boinne dhen fhuil. Fuil ùr tha seo, thuirt e. 'S e mo bheachd-sa, ars esan ri na saiceòlaich, gun deach iad seo a reothadh nuair a bhàsaich iad bho chionn fhada. 'S dheigheadh an fhùil fhèin a thoirt asta agus seòrsa air choreigin de dh'uisge ris an can sinn cryoprotectant a ruith tro an cuislean falamh; uisge caran coltach ri mar a tha antifreeze. Cha robh na saiceòlaich air a bhith idir cho balbh 's a bha iad a-nise.

Chaidh an gleidheadh reòthte fad nan ceudan bliadhna, ars an duine, ach càit air an t-saoghal am bitheadh sin? Cha robh sibh a-riamh anns an Artaig? Cha robh. Dh'fheumadh na cuirp aca a bhith air an cumail cianail fuar. Dè cho fuar? Co-dhiù 190C. Gu sealladh nì math air mo chorp. 'S dòcha shìos fon riasg, 's gun deach àite a dhèanamh dhaibh domhainn anns a' chloich aosmhoir, an Lewisian Gneiss. Ghleidheadh sin iad, 's dòcha. 'S aon uair 's gun d' fhuair iad fuil ùr an àite an uisge bha siud, 's gun deach am blàthachadh slaodach, rinn iad aiseirigh. Chan eil cuimhne sam bith agaibh a bhith tinn no a bhith air ur lathadh leis an fhuachd? Chrath iad an cinn. Tha cuimhn' agam air Sgrìob Liath an Earraich, mar a dh'inns mi, thuirt ise. Ach cha robh sgot aigesan cò air a bha i a-mach. 'S tha cuimhn' agam Fionn a dhol seachad le forgladh cianail. Cha do dh'fheuch e ri a freagairt. Bu mhath leam gu mòr sgan a dhèanamh oirre, thuirt e. Bha sinn fhìn dhen aon bheachd, thuirt iad ris. Gus am faic sinn dè fo ghrian a th' anns a' chlaigeann aice, no a bheil càil idir. Antifreeze, 's dòcha. Rinn iad gàire a' falbh a-mach ach cha do bhean iad dhan doras.

Bha i na sìneadh gun aon stiall oirre ach plaide. Bha iad air innse dhi gun i eagal sam bith a ghabhail nuair a ghluaiseadh an t-inneal leatha a-steach na bhroinn. Cha b' fhada gus an tàinig ìomhaigh dhathach eanchainn Corra Chriosaig an-àirde air an sgrion. An triùir acasan a' gabhail ealla ri gach cumadh is clais mar a nochdadh iad, buidhe is dearg, san dealbh. Le mar a bha na dathan ag atharrachadh, bha sin a' nochdadh dhaibh gach nì a bha na smuaintean, 's chan e sin a-mhàin ach gu dè bha na rùn a dhèanamh, is sin mus toireadh i e gu buil. Bha Bodach an Ruamhair e fhèin ag amharc air an sgrion ach bha dùil aige gur e Rorschach eile a bha iad a' feuchainn oirre. Shuidh an triùir sàmhach a' leughadh na h-ìomhaigh. Tha an eanchainn sin prìseil, thuirt a' chiad fhear. Chan eil a leithid ann, ars an ath fhear. Ciamar air an talamh a chaidh eanchainn a ghleidheadh cho tèarainte 's a tha i sin fad linntean, 's g' eil i fhathast cho fallain 's a bha i a-riamh. 'S ann a bha mìr na cuimhne na bu bheothail 's na bu deàlraich na dhreach na bha cumanta. Thog iad dealbh an dèidh deilbh, mìr bho mhìr dhen eanchainn, slis bho shlis, bhon dàrna cliathaich chun na cliathaich eile, bho a beulaibh gu a cùlaibh. Bòidheach ri amharc oirre, thuirt a' chiad fhear. Dè air an aon saoghal a tha cho bòidheach rithe? ars an ath fhear. Cumaidh seo na bliadhnaichean rinn, ga tomhais 's ga rannsachadh 's ga sgrìobhadh.

Chùm iad a-staigh iad airson na h-aon oidhche. 'S thug iadsan gealltanas gun tilleadh iad chun eòl-lann cho luath 's a chuireadh càraid na h-abaide gile fios air ais orra. Mas moch a thàinig an latha, bu mhoiche na sin a dh'èirich an làn-fhear ud. 'S iad a-nis còmhla sìos am bàir, le ceum guanach, 's ise a' sadadh ceirsle shnàth suas bhos a cionn dhan adhar, mar gun tilgeadh balach cèiseabal.

A' Chùil

Tha e air greis mhòr a thoirt shìos ann an sin anns a' chladach, an duine tha seo. Na shuidhe air palla a' coimhead na mara a' ghluasad sèimh ri oir na tràghad 's eadar na creagan, 's feamainn a' sluaisreadh air a socair fhèin, na tiùrr. Duileasg is feamainn chìreanach 's feadhainn mar sin. Tha e a' coimhead greis latha, an duine, ach chan eil e air tuiteam bhuaithe ann an dòigh sam bith. Meadhanach tana, le glainneachan, 's a' ghrian air a bhith a' faighinn gu a chraiceann. Aodach soilleir air, ach brògan làidir, ruadha, a tha a' coimhead caran trom son na tìde seo dhen bhliadhna. Na shuidhe le aghaidh air a' mhuir, 's am muir a' tighinn 's a' falbh, a-mach 's a-steach, gun mhòran gluasaid sam bith air. Cha dèan thu a-mach dè tha an duine sa a' smaoineachadh na shuidhe an sin, no idir dè fàth a thurais.

Ach sin a dh'fheumas mi fheuchainn ri fhaighinn a-mach dhomh fhìn ma thèid agam air.

Seo e, ge-tà, tha e air seasamh agus tha e a' tighinn suas tarsainn na tràghad. Chan eil mi cinnteach 'eil e air m' fhaicinn ach tha mi a' dol na choinneamh co-dhiù. Nach eil sin cho math dhomh? Tha mi ga choimhead 's e a' togail slige bheag shoilleir bhon tràigh.

'Chan eil aon chàil a dh'fhios a'm dè an t-ainm a th' air an t-slige bhrèagha sin,' tha e ag ràdh rium sa ghuth-shàmh, mar gun aithnicheadh e mi bho linn cogadh nan con.

'Maothalag,' dh'inns mi.

'Maothalag?' 's e gham ghrad-choimhead. 'Ciamar tha fhios agad air a sin?'

'Rinn sinn pròiseact mu dheidhinn a' chladaich mus do dhùin an sgoil,' arsa mi fhìn.

'Well, I never,' tha esan ag ràdh, 's an t-slige bheag bhìodach a tha seo aige na bhois. 'Maothalag,' tha e ag ràdh a-rithist, 's an uair sin, 'Tha mi far an cuala mi e.'

''S e srainnsear a th' annaib' fhèin air an astar sa,' arsa mi fhìn. Tha mi cho toilichte cuideigin mar esan a choinneachadh air an tràigh. Mar as trice chan fhaic thu duine.

'Srainnsear eòlach,' aigesan.

Chan eil mi a' tuigse sin. Srainnsear eòlach. Tha mi far an cuala mi e, mun canadh e.

'Dè an aois a tha thu fhèin?' thuirt e 's gun càil a dhùil a'm ris.

'A h-aon-deug gu leth,' arsa mi fhìn.

'Mise Murchadh,' thuirt e an uair sin, 's e a' breith air làimh orm.

'Mise Tony,' dh'inns mise, 'no Anthony.'

'Dè as fheàrr leat?'

'Anthony.'

'Anthony it is.'

Nise, ged a bha mo mhàthair ag àithne dhomh gun mi air mo bheatha bhuan bruidhinn ri coigreach nam bithinn leam fhìn, seo mi nise ga dhèanamh. Bheir mi sùil ach a bheil i aig an ròp-aodaich, ach chan eil.

'S nach eil am baile shuas an sin ri ar taobh co-dhiù.

'Anthony dè?' thuirt e an uair sin.

'Causley,' thuirt mi. 'Anthony Causley.'

'A Dhia, glèidh mi, chan ann às a' Chùil a tha thusa le ainm mar sin.'

'Thàinig mo phàrantan ann nuair a bha mi beag. Bha sinn ann an Arcaibh an toiseach 's thàinig sinn an uair sin an seo. Ach 's ann às a' Chòrn a tha sinn bho thùs.'

'Dè an t-àit' tha sin?'

'Cornwall.'

Chrath e cheann ri sin, 's e a' dèanamh gloc-gàire.

''S tha a' Ghàidhlig agad?' thuirt e le rudeigin mar iongnadh na ghuth.

'Dh'ionnsaich mi i sa chròileagan 's anns an sgoil. Well, bho Pheigi Matheson.'

''S tha i aig do phàrantan?'

'Chan eil aon smid.' 'S an uair sin tha mi gam fhaighinn fhìn ag ràdh, 'Agus dè an cinneadh a th' agaib' fhèin?'

'Cinneadh? Tha . . . Tomhais . . .'

'Dòmhnallach?'

'Try again.'

'Mac . . . rudeigin?'

'. . . Leòid.'

'Murchadh MacLeòid?' dh'fheuch mi.

'Correct every time.'

''S cò às a tha sibh?' mi a' gabhail orm faighneachd, 's mi fàs beagan dàna.

'Às a' Chùil.'

'À seo?' tha mi ag ràdh 's mo ghuth ag èirigh mar a bhiodh dùil agad, oir chan eil mise air an duine sa fhaicinn a-riamh 's gun anns a' bhaile ach sia taighean.

'À seo,' ars esan. 'Number 4 Cùil. Sin sinne.'

''S e tha sin ach "Dachaigh Ùr". Far a bheil na Murphys.'

Chan eil fhios a'm fhathast na ghlac e siud, oir cha tàinig deamadh bhuaithe.

'Cha chuala mi riamh MacLeòid air daoine anns an taigh sin,' chùm mi orm.

'Chan eil thu ach òg, Tony.'

'Anthony.'

'Anthony.'

'Bha latha eile aig fear na mònach,' arsa mi fhìn 's mi slaidhdig-eadh; ach ma thubhairt, thòisich esan a' lachanaich 's cha mhòr gun deigheadh aige air sgur.

'Tha thu gu math òg son seanfhacail a bhith tighinn bhuat,' chaidh aige air a ràdh 's e fhathast a' glocadaich.

'Rinn sinn pròiseact air seanfhacail,' dh'inns mi dha.

Mi toirt an ath shùil suas ach a bheil sgeul oirrese, ach chan eil i ri faicinn idir, 's is math dhòmhsa nach eil, no bhiodh mo mhì-shealbh thugam.

'Can fear eile,' thuirt e. 'S e duine mear, dibhearsaineach a th' agam an seo.

'Miann a' chait san tràigh, 's cha toir e fhèin às e,' labhair mi.

'Well, I never,' aigesan. 'S iongantach mur e seo fear dhe na rudan a bhios e ag ràdh. Tric. Feumaidh mi feitheamh ach an cluinn mi.

'Chan eil mi a' coimhead duine a' gluasad mu na taighean,' aige, 's e a' coimhead suas taobh nan taighean am bàrr na bruth-aich gainmhich 's nan creagan nach eil àrd sam bith.

Baile beag sgrothach ann an seòrsa de leth-chearcall. Triùir againn a' dol dhan sgoil às. Eleanor is Robbie 's mi fhìn. 'S b' e sin an triùir. Mise anns a' Ghàidhlig 's iadsan anns a' Bheurla chruaidh Shasannach, mar a theirear. Tha mi ag innse seo dhàsan fhad 's a tha sinn a' coiseachd suas chun a' bhaile, ach chan eil e a' toirt na tha sin de dh'aire dha puingean mar seo. Tha e mar gun robh e ann an saoghal eile air choreigin, chan eil fhios a'm. Co-dhiù, tha mise a' cumail orm, seach gur e sin mo dhòigh, mar a tha sibh a' faicinn.

'Tha mi glè mhòr leam fhìn,' seo mi a' fosgladh cuspair eile, 'le nach eil duine anns an teaghlach ach mi fhìn. Ach 's ann thall aig Peigi Matheson as tric' a tha mi, oir chan eil duine eile ann ris an urrainn mi bhith ga bruidhinn. 'S gu dearbha chan eil duine aicese nas motha ris am bruidhinn i i ach mi fhìn.'

Tro na bha seo, chum mo liagh air a' coiseachd ri mo thaobh, 's e cho sàmhach ri balbhan. Ach chan eil sin ag ràdh nach robh e a' ruith air gu leòr na eanchainn, chan eil fhios agams'.

'Sin taigh nan Crawfords, a' chiad fhear. Ach tha iad air falbh an-dràsta. Robbie am balach aca.' Chan eil mi a' faighinn aon soileap bhuaithe.

Tha mi ga chluinntinn ag ràdh 'Taigh Alasdair Tharmoid' fo anail, ach chan ann riumsa tha a ghnothaich, mur eil mi air mo mhealladh. Ach tha e a' tionndadh thugam a-nis 's ag ràdh, 'Alasdair Tharmoid, 's e greusaich' a bh' ann. Tric a' cur leth-bhoinn air ar brògan.' 'S mise tha sàmhach a-nis, oir chan eil mi cinnteach càit a bheil e ag ionaltradh an ceartuair. ''S a bhean, Catrìona, bean Alasdair, bhiodh i a' briseadh sìos gun sgur. Rud a bha sin a bh' annta.' Cha dèan mi mo bhiadh de chàil dhen seo nas motha. Uaireannan chan eil mi ga fhaighinn cho furast' ri sin

a leantainn, na rudan a bhios e tighinn a-mach leis. 'S cha ghabh
mi orm sin a ràdh ris, no 's ann a tha mi dualtach m' fhaighinn
fhìn ann an tamhain às nach teid agam air mi fhìn a shaoradh.

'Agus seo far a bheil Eleanor a' fuireach,' tha mi ag innse le
guth togarrach, gus an tuilleadh lèig-chruthaich a sheachnadh.
''S ann aig a màthair a tha Oifis a' Phuist agus 's i cuideachd a
tha a' ruith a' chròileagain ged nach eil mòran Gàidhlig mar sin
aice. Mura bitheadh gu bheil Peigi Matheson, à Cròbost shìos,
ga cuideachadh. Ach 's i Martha, màthair Eleanor, a tha bhos
a chionn, mar gun canadh tu. 'S i bh' ann nuair a bha mi fhìn
anns a' chròileagan ach 's e Peigi Matheson a bha ag ionnsachadh
na Gàidhlig dhomh, ged nach deigheadh aice air a sgrìobhadh
ach mu làimh. Ach fhuair sinn troimhe air dhòigh no dhòigh air
choreigin, 's tha sinn an seo fhathast. Tha Peigi Matheson greis
latha an-diugh, ged nach saoil duine sin oirre.'

Tha e a' gàireachdainn mar as àbhaist ga mo chluinntinn, 's tha
e air sgur a bhrunndail mun bhean a bh' aig Alasdair Tharmoid,
's taing do shealbh airson na h-uiread sin. Bidh mi ag iarraidh gu
falbh dhachaigh nuair a bhios e a' tòiseachadh air an duan ud, e
fhèin is bean Alasdair Tharmoid ge b' e cò i when she's at home,
mun canadh e fhèin. Chan e g' eil e air 'Well, I never' a ràdh
bho chionn ghreis a-nis. Tha mi 'n dòchas nach eil e air a leigeil
seachad uile-gu-lèir, oir 's e th' ann ach deagh chur-seachad a
bhith a' feitheamh ri leithid siud.

'Bhiodh teaghlach mòr agaib' fhèin?' 's mi a' leigeil cuideam
air 'mòr'.

'Sianar.'

'Ach chan eil iad an seo?' 's mi leigeil cuideam air 'iad'.

'Chan eil.'

Tha sinn a' cumail oirnn, a' tighinn nas fhaisg' air na taighean.

'Seall, tha B&B an sin,' tha e air mothachadh dhan àite aig Alison Cubitt, far am bi i a' gabhail dhaoine as t-samhradh. 'An Caladh' a th' aice air.

'Cha robh i air a dòigh idir, Alison Cubitt, bho nach d' fhuair i ceithir rionnagan am-bliadhna,' tha mi a' dèanamh inneas dha, 'seach gun d' fhuair Geoffrey Sudby shìos ann an Cothair na ceithir.' Thug na bha seo fiamh a' ghàire air a ghnùis.

'Tha mise a' coimhead son B&B son a-nochd,' thuirt e. 'Cò ris a tha an Alison Cubitt a tha seo coltach?'

'Bitear ag ràdh g' eil i dèidheil air na fir, gun iomradh aic' air George bochd, an duine aic', nach eil buileach ann gu lèir,' 's mi leigeil cuideam air 'ann'. 'Gu bheil i an dòchas fear a choinneachadh air an eadar-lìon no ann an "Ann Kala", mun tuirt i fhèin.'

'Gu sealladh nì math orm' a th' aige fo anail. 'S thuirt e an uair sin tè nach robh mi air a chluinntinn a-riamh gu seo fhèin, anns an sgoil no fiù 's aig Peigi Matheson, 's fuirich ach an cluinn thu i:

''S fheudar dhan èiginn beart-èiginn a dhèanamh.'

'Beat that one,' thuirt e an uair sin, ach cha tèid agams' air grunnachadh nuair a tha am muir-cùil a' tighinn orm mar seo. Beart-èiginn, a dhuine bhochd. Saoil thusa ach am bi i sin aig Peigi Matheson. Feumaidh mi cuimhneachadh a feuchainn oirre an ath thuras a bhios mi shìos aice. Canaidh i, 'Ò, Anthony Causley, cò ris a-nis a tha thu air a bhith a' clabadaich, fo ghrian nan speur?' Tha i cho laghach, Peigi Matheson.

'Cha bhi a' Ghaidhlig aice?' tha e a' faighneachd.

'Chan eil na. An ann aig Alison Cubitt? Càit, a bhròinein, am biodh a' Ghàidhlig aig a leithid siud. Chan eil no aig feadhainn as ionnan 's na i. Aig aon duine chan eil i air druim a' bhaile tha seo ach agamsa.'

Stad e cruaidh.

'Chan e an fhìrinn a tha sin.'

'An tul-fhìrinn onarach,' 's mi ga thoirt dha an clàr an aodainn, ged a bha deagh fhios agam gum biodh a dhìol aige gabhail ris.

'Mise, mi fhìn, mun canadh am measan, 's chan eil an còrr,' 's mi a' bualadh na tarraig a-steach cho fad' 's a dheigheadh i. 'Aon lideadh. Aig beag no mòr. No fiù 's aig an aon chù th' anns a' bhaile.' 'S tha George Cubitt e fhèin ann, ged nach do thòisich e buileach air comhartaich fhathast.

'Chan eil a-rèist duine air fhàgail anns a' chreaga ach coigrich?'

'Mar a tha thu ag ràdh. Coigrich is conadail. Bho thùs etc.' Sin mar a chuir mi e, 's shaoil leam gun robh e agam air a lìbhrigeadh glè loinneil. Sgeilmeil, gu dearbha. Mura bitheadh Peigi Matheson, cha mhòr gun deigheadh agamsa mi fhìn air dà fhacal dhith a chur an ceann a chèile, agus seall orm an-diugh. Cò ris a bhios tu coltach aig fichead? a bhios aice rium. Mi fhìn is Peigi Matheson, 's cò th' ann ach sinn.

Tha e fhathast na chruaidh-stad – ma tha a leithid sin a ghnàthas-cainnte cothromach. Saoilidh mi nach eil e a' riuth bho mo theanga buileach cho siùbhlach 's a dh'iarrainn. Cruaidh-stad. Ach nì e an gnothaich, agus 's esan dha-rìribh a dh'fheumas sin, oir chan eil mise pioc a' dol ga atharrachadh an-dràsta. Ach tha an duine seo a' cur beagan iomagain orm a-nis. Tha e air mullach mì-choltais a ghabhail. An dèidh sin 's na dhèidh, nach e sin crannchur an eilthirich, 's tha h-uile coltas nach b' ann an-dè no bhòn-dè a chuir e seo a chùl ris a' Chùil. Chan e gu bheil mise a' dol a ghabhail a chraicinn-anam orm càil mar sin a thogail ris, 's gu leòr air a làmhan mar a tha.

Tha mi air innse dha gu bheil agamsa ri dhol dhachaigh a-nis gu mo theatha, 's tha e air soraidh slàn a leigeil leam 's e gam ainmeachadh air m' ainm, 's shaoil leam gun robh briseadh na ghuth a' dèanamh sin.

'Cha bhi sibh a' fuireach fada?' tha mi gam fhaighinn fhìn a' faighneachd, 's mi leigeil cuideam air 'sibh'.

'Cha bhi.'

Cha d' fhuair mi an còrr às, ma-thà. Seo mi a' cumail mo shùil air, 's e a' falbh mar neach air an allaban, no mar am Mac Stròdhail, mun canadh Peigi Matheson a' toirt dhuinn Bìoball, 's e a' coimhead an-àirde ri na taighean 's gun duine a' nochdadh a-mach asta dhan aithne e. Tha e na stad a' coimhead suas ri gèibhil taigh Jacque Pomperie far a bheil 1939 sgrìobhte air a' cheann-simileir, ge b' e cò a sgrìobh no a thog càil dhen a sin. Tha mi a' glacadh a' bhoillsgidh mu dheireadh dheth 's e a' dol a-steach staran 'Ann Kala', 's e nise na sheasamh 's air am putan a bhruthadh a th' air ursainn an dorais. 'Well, I never' tha mi creids' a th' aige, a' coimhead 'An Caladh' sgrìobht' ann an glainne an dorais. Cha chreid mi gu bheil mi ag iarraidh fhaicinn a' coinneachadh 's a' dol a-steach an taigh còmhla ri Alison Cubitt, 's co-dhiù bidh mo theatha a' feitheamh orm gu seo, 's nach math gum bi. Ach tha e a' cur smaoineachadh gu leòr orm an dèidh sin, am Murchadh MacLeòid seo, 's tha fhios a'm gun cuir, 's cò aig' tha fios nach dèan mi pròiseact air aon uair 's gun tèid an sgoil air ais. Ainmichidh mi e dha Peigi Matheson.

Latha Eile

Bhuail e mar am peilear mi. Air an tràigh leis a' chù nuair a dh'fhairich mi mi fhìn a' falbh. Cha b' e luairean cho mòr ach nach cumainn mi fhìn an-àirde. Dè fo ghrian tha seo a-nis, Anna? mi ag ràdh rium fhìn 's mi a' suidhe air creig. An tè chlì. Mar gu bheil an lùths air falbh aiste nuair a tha mi ga suathadh. Cha b' e a dh'fheumainn 's na tha romham. Ach g' eil ri cumail orm. An càr aig a' chidhe mìle air falbh ma nì mo choiseachd dhomh e. Mo choiseachd. Tha, a chuilein, tha fhios a'm, cha do chrìochnaich sinn ar cuairt, tha fhios a'm, 's nach d' fhuair thu air d' fhaoileagan a ruith. Ach ruithidh tù. Latha eile. Latha air choreigin. Seach gu bheil do thaca ri mo ghualainn a dh'aindeoin amhghair a thig nam lùib.

A Thriath nan triath.

Na mo shìneadh air uachdar an aodaich na mo ghùn-oidhche fada geal. Gur maite nach gabh piseach a thoirt oirre. Ach gun cuir iad dhachaigh mi gus am faicear. Rùm geal le uinneagan mòra. Cuid dhiubh marbh. Uinneagan marbha. Bha sin anns an sgoil gus nach fhaiceadh sinn a-mach, uinneagan marbha. Mar phrìosan is sinn cho òg 's cho neo-lochdach. Nan seasadh sinn chitheadh sinn a-mach mura robh an tidsear anns an rùm. A' coimhead tiodhlacadh a' dol seachad. Am bucas geal aca ga ghiùlain air an eileatrom. Teasach-eanchainn, thuirt cuideigin, ach dè fios a bh' againne air rud sam bith. Iad a' falbh leis a' bhòstan suas a' mhachair. Sinne gu lèir nar seasamh air ar suidheachain gan coimhead a' dol seachad am measg nan gallan. Leanabh bochd, bha sinn ag ràdh, carson a bha aice ri bàsachadh 's i cho beag? Thill an tidsear 's chaidh i às a rian, cò bha sinn a' smaoineachadh a bh' annainn. Na h-uinneagan an-dràsta a-rithist bhos mo chionn 's ùineachan bho bhàsaich an tidsear. Sgoil le trannsa mhòr fhada, rudeigin mar an t-ospadal fhèin. Tòrr uinneagan innte 's i air a h-ùr-thogail air a' mhachair. A' ruith 's a' ruith am measg a chèile. Luath an uair sin. Luath gus bho chionn ghoirid nuair a thàinig seo. Gun dùil ris. Ach co-dhiù. Nuair as fheàrr a tha dol dhuinn. Nach ann a bha mi na mo mhìorbhail. Sealbhach. Ga mo chaomhnadh 's ga mo dhìon.

Uile-chumhachdaich.

Tha feagal orm, thuirt am fear a bha seo aon latha, gu bheil thu dol ga call. Cha robh dad tuilleadh ann a ghabhadh dèanamh rithe. Ach tha mi gad thoirt a-mach cuairt mar a chleachd, nach eil a-nis, m' ulaidh. 'S mòr a gheibhinn a bheireadh orm gun sin a dhèanamh dhut. A dhèanamh còmhla riut. Cuimhn' a'm. Ach dè an sgeulachd a tha siud? Cò às a tha i a' tighinn 's carson? Saighdear a bh' air a chas a chall, ach 's ann anns a' chogadh a chaill esan i. Ministear ag ràdh ris, Ò, tà, gheibh thusa latheigin i. Càite, amadain, am faigh mi latheigin i? 's e a fhreagair e 's e na

shuidhe ris an teine 's cas na briogais aige falamh. A-nise. Feuch,
co-dhiù. Ach chan e am fàsach an sèithear-cuibhle, mìorbhaileach
's gu bheil e, fhaighinn chun na tràghad. Ainmhinn is eàrraig. An
latha a thàinig an làn a-steach. Ist dheth. Mura biodh gun cuala
am fear ud m' èighe, dè? Dè chòir a th' agad a bhith a-muigh an
seo leat fhèin air an tràigh co-dhiù, leis an arachd coin sin. Mura
bithinn-s' air do chluinntinn. Thu fhèin 's do shèithear, 's tha mi
creids' an cù, a-mach an sin air a' chuan eadar seo is Tìr-mòr.
Fuirich aig an taigh far an còir dhut. Fhad 's a nì mo shlàinte
dhomh e seo far am bi mi a h-uile latha a dh'èireas mi fhìn 's
a' ghrian. Èiridh a' ghrian nuair nach bi iomradh ort. No ormsa
leat. Ga faicinn air an uinneig anns a' chàinealachadh, a h-uile
madainn aig sgarachdainn nan tràth. Chan e uinneag mharbh
a th' innt'. Mar a bh' anns an ospadal 's mar a bha uaireigin
san sgoil. Bho chionn fhada fhada an t-saoghail. Fada fada an
t-saoghail. Gun tigeadh an latha – cò aige bha dùil? – a bhithinn
air leth-chois ann an sèithear-cuibhle air an tràigh, mi fhìn 's an
cuilean. Trobhad, a bhrònag, 's gu sàth mi suas air ais thu. Mar a
chaidh a chur a-mach dhomh.

Gun dèanar do thoil.

Ged a tha mi a' tuiteam mun t-siolp, tha dol agam fhathast air
falbh an taighe leam fhìn. Sin ga mo shlaodadh fhìn cò-dhiù.
Cho sealbhach. Gun a bhith an innibh duine thuige seo. Mì fhìn
's tu fhèin, cha bhi càil a dhìth ort fhad 's a bhios mise mar a
tha mi. Fhad 's. Fhad 's a thèid agam air a' bheing a dhèanamh
dheth chan eil fèar dhuinn. Na mo shuidhe a' coimhead a-mach
's tusa aig mo chasan. Na casan nach eil ann. 'S an fhàrdaich air

a dhol bho aoin gu an-aoin. An rùm sa, 's ann ann a rugadh mi. Dè tha bhuaithe a-rithist? Ùine nan ùine, ùine nan creach. Linn cogadh – ò, ist. Stoirm mhòr ann, bhiodh iad ag innse 's ag innse – rugadh tu an dearbh latha a bha ri na lìn fhàgail a-muigh, 's dèanamh air fasgadh. 'S chitheadh tu. 'Eil fhios agad, a chuilein ghòraich, gu faiceadh tu stàile na bà sìos tron taigh à seo. 'S chluinneadh sinn i. Nar leabaidh. Shuas an seo anns an rùm. Nam fairbheanadh sinn dhi aig àm breith, dh'èireadh iad sìos thuice. Deoch theth le uighean amh, le na spiulgan na mheasg. Gus am beidhir a ghreasad. Na dorsan fosgailt' 's sinne ann an seo anns an leabaidh 's ise a' gnùstaich an laoigh. Nam biodh mo chasan agam dheighinn fhathast sìos a dh'fhaicinn far am bitheadh i. Ach chan e sin a tha freastal, am bleigeard, air a chur a-mach dhomh fhìn no dhut fhèin, a chuilein.

Glòir gun robh dha ainm.

Shaoil leam an toiseach gur ann a bha an latha air fàs na bu ghiorra na bhiodh dùil. A' coimhead a-mach air an uinneig ach an dearcainn air a' bhreac an t-sìl mus fhalbhadh e. Mo chomharr air ciad dhuirchead na bliadhna. Sin 's nuair a chithinn a' chiad smeòrach na sgèithe deirge air an fheans. Ach mhothaich mi nach dèanainn a-mach an fheansa. Mar a thubhairt iad. Mar a labhair iad. Sùil a chumail air mo fhradharc. Fhad 's a chì mi. Fhad 's. An dùil an-dràsta. Dè? Dè do bheachd, a chuilein? 'Eil thu fhèin a' cur umhail sam bith orm? Tha mi a' tuiteam tric gu leòr mar a tha, ach a bheil nas minig? No nas ana-minig? No an aon rud? Cò aig' tha brath. 'S e th' air d' aire-sa nach eil thu a' faighinn a-mach, nach e? A-muigh air an tràigh mar a b' àbhaist, a' ruith nan iseanan nad amadan. Thì mhòir an fhàsaich, 's iongantach gu faic. Fhad 's a chì sinn ròs cha bhi againn air. Fhad 's. Sgleò air mo fhradharc, ga aideachadh, tha sin cho math dhomh. An doille a-nise mo chuideachd. Innsidh mi dhut. Ge b' e carson. Mi a' tighinn às an sgoil. Cailleach ann an dubh le a bothaig ann an doca morghain an oir an rathaid. Air a dithis bhràithrean a chall anns an Fhraing. Bata aice steigte dhan talamh aig a' chruaich 's sìoman a' ruith bhuaithe gu sneic an dorais. I falbh le dhà no thrì fhàdan fo a h-achlais 's i gun leus 's a làmh anns an t-sìoman. Gus an doras a dhèanamh dheth. Ach chì mi thu fhèin cho math ri math. Fhathast. Taingeil airson sin. Am beagan. Gun sinn airidh.

Buidheachas gun robh dha ainm.

Nam bithinn air a bhith na b' fhaiceallaiche, 's dòcha. Cò aig' tha fios. Ma chaidh a chur a-mach dhuinn, a chuilein chòir. Thusa na do dhòigh fhèin 's mise. Nam faigheadh tu cuilean thu fhèin, ach tha sin do-dhèante, mar a tha uimhir eile. Ar cothroman air druideadh gu h-iomlan, eh? Do mhàthair a bha seo romhad, 's a màthair-se roimhpe. Cuimhn' a'm air cò mheud, an dùil? Cha chuimhne leam. Tè bhrèagha a chaidh a mharbhadh gun chrith fo làraidh mhònach. Chan eil ciall no càil dhen dèante i agads' dha nithean dhen sin. Ainmhidh. Nach tu fhèin dha na rug an cat an cuilean. 'S an dèidh sin chan iarrainn a bhith gun chuimhne orra. Oirre. Na chuir i romham 's na sheall i dhomh. Earal gun sgur, is iùl. M' athair cuideachd, ach gu sònraichte ise. 'N dùil idir 'eil cuimhne agad oirr'? Nan coisicheadh i a-steach an-dràsta. Nan coisicheadh. O, nach èist thu 's nach ist thu. Gad

lèireadh 's gad leadraigeadh fhèin. Laigse na mallachd a th' air
mo sheilbhidh. Dorch. Anns an dorchadas, an ìre mhath. Nì mi
a-mach bàrr mo mheòir ge-tà. 'S lèir, nach iad tha sin? Sibh, sibh
tha sin fhathast. Crom, cam leis an t-siataig mar as àbhaist. Mar
feadhainn mo mhàthar, bhon latha 's cuimhne leam. Càil ach
cuimhne leam. Tha, a chuilein, tha fhios a'm, thusa ann a shin,
a bheathaich chòir, tha fhios a'm. Agus gu mìorbhaileach 's gu
taingeil, nach eil sinn leinn fhìn.

Ro-ghlic, ro-naomh, ro-cheart-bhreitheach, ro-thròcaireach, ro-
ghràsmhor.

An seich dhomh èirigh, an dùil? Bu ghia leam, ach. Mo chasan,
mar a their iad, a chur fodham. Deil gun abhsadh annta, ged 's
fhada bho nach robh iad ann. 'S nach lèir dhomh àird an dùirn.
'Eil thu ann, a chuilein? An àbhaist, an cùl na leapa, 's mise ris
a' bhòrd. Mar a chleachd sinn. Na caraich thusa à sin 's cha bhi
eagal dhuinn. Oir chan eil sinn idir gun taca, fhad 's a tha sinn
ag imeachd agus tomhais againn dhen. Cò dheth? Dhen t-slàinte,
theab mi a ràdh. O, a chuilein, nach math dhut nach tèid agad
air lachan a leigeil. Ach na triall bhuam, mo thèarmann 's mo
chairt-iùil a dh'aindeoin 's na thuiteas orm. Tuaireapach 's gu
bheil mi.

Uile-fhoghainteach, bith-bhuan, neo-chaochlaidheach, do-ranns-
aichte, uile-làthaireach, uile-chumhachdach, uil'-fhiosrach, fad-
fhulangach, agus pailt ann am maitheas agus fìrinn.

Na bi a' gabhail dragh, a chuilein. Tha, tha fhios a'm; goirt-àlladh mi bhith air an làr. Cò aig' tha fhios nach tig cuideigin, 's dòcha. 'S mi ag innse dhut. Dè a-rithist a bha mi ag innse dhut? Chan eil fhios a'm carson a tha mi a' buadraigeadh a bhith ag innse. Buad-raig-eadh. 'S ann annad a tha am buadraigeadh. Chan e thusa, m' eudail. Bu mhòr am beud, a luaidh mo chridhe. Fuil mo chridhe. Chan eil fhios an e esan a shrìochdas an toiseach; e fhèin, an cridhe, no 's fheudar an ceann? Na dh'ith sinn càil an-diugh? cha chreid mise gun dh'ith. 'S chan eil thu fiù 's a' gurmal, a bheathaich bhochd. A bheathaich bhochd nar dithis. Ach thoill mise na th' air tighinn orm ach chan e sin dhuts' e. Thoill mise na tuiltean sa. Anns an dorchadas. Saoilidh mi gur e an oidhche th' ann leis an fhuachd tha dol leth rium. An Dàmhair, chanainn, an canadh tu fhèin? 's gun dùrd a' tighinn bhuat. Mo stiùir anns a' mhuir dhomhainn, m' fhear-saoraidh anns gach gàbhadh, a dh'aindeoin èis is ana-cothrom.

Doille-inntinn, tuigse mhì-chèillidh, treun-oibreachadh meallaidh, cruas cridhe, uamhann cogais, agus ana-miannaibh gràineil.

'S e a' chrith as dorra dhe na thig. Chan eil dol-às bhuaipe, a thuilleadh air a' chràdh. Thig a-nall thugam gus am feuch mi rid fhaireachdainn. Tha mi a' cluinntinn d' anail a h-uile car, nach eil, a chuilein chòir. Cha tig càil oirnn gun adhbhar fhèin, gun sinn a thoirt oirnn fhìn. Nan tigeadh seanchas thugam ag iarraidh innse. Innse dhomh fhìn ged nach biodh an còrr. Lachan, nan deigheadh agam air. Aon latha. Aon latha bho chionn fhad' an t-saoghail. Buad-raig-eadh. Bheil càil eile a' tighinn. Aon latha a bha i a' falbh dhan t-searmon 's bha mo ghiogan agam. Rinn mi e a-muigh aig an toll-innearach, thug i orm. A' falbh na còta gorm. Buad. Cò dha a dh'innseas mi gu bheil i marbh bho chionn fhada. 'S ann annad a tha am buadraigeadh. A' chrith. An toll-innearach. Mise nach eil airidh air a mhaitheas.

Ach tha e o shaor-ghràdh agus a throcair a' saoradh a dhaoine taghte às an staid sin, agus gan tabhart gu staid slàinte, trìd an dara co-cheangail da an goirear gu coitcheann co-cheangal nan gràs.

An e nàdar an latha a th' air an uinneig, an dèan thu a-mach, a bheathaich? Na dh'inns mi dhut? Nam faighinn air mo chaoldruim a ghluasad, cha bu bheag e. Air an tràigh a bhuail e an toiseach mi, nach ann? Tha adhbhar airson nan uile nì, nach eil? 'S mi nach creid nach eil mi gad fhaireachdainn a' gluasad ri mo thaobh. Na can rium gur ann a' ruith nam faoileagan a tha thu fhathast, cuimhn' agad? Nan toireadh tu sùil no cas no sùil eile no cas eile a dh'fhaicinn a bheil am breac an t-sìl fhathast mun cuairt. No boillsgeadh fhaighinn air. Boillsgeadh fhèin. No an smeòrach dhearg. Ach bitheamaid taingeil fa chomhair nan uile. Cho brèagha, ùr, 's a bhiodh iad nuair a thilleadh iad as t-earrach, nach bitheadh? Cha bhiodh sin ach airson priobaid gus an sìolaidheadh e seachad. Mar an còrr. Mar nach till. Mar a thoill.

Tre bhuaidhreadh an diabhail, 's a' mheas thoirmisgte ithe, agus da thrìd sin thuit iad o staid na neo-chiontachd ann an do chruthaicheadh iad.

Bheil no nach eil sinn air ar diathad ithe, an inns thu dhòmhsa? Gàire nan deigheadh agam air. Thus' a bhith ag innse càil dhòmhsa. Ach tha thu fhathast ri mo chlisich. Shuas air a' bheing a' coimhead na h-uinneig nach fhaic mi. Ìosal 's gu bheil mi, bu mhath gun tigeadh e thugam na ghabh sinn ar diathad. Mo shubhailcean, mun canadh iad, 's e sin a h-uile rud. Fhad 's nach triall na ciad-fàthan. Fhad 's. 'Eil thu fhèin a' cur càil a dh'umhail orm, a chuilein chòir? Ach tha iadsan ann an siud an àiteigin a' feitheamh rin innse. Aon bheag a-rèist. Aon latha. No an latha eile. Leum a' bhò mhòr a bh' againn. M' athair anns a' bhara 's leum i suas air bho chùlaibh 's i leis an dàir. Dè mar a tha seo a' tighinn ort, a chuilein? Cumaidh mi orm. Thàinig i sìos air 's e fòidhpe 's am bara na spraoidhleagan. Bha mi na mo sheasamh ri thaobh an ath latha nuair a chaidh am peilear a chur innte. 'S thuit i mar luaidhe. Cha dèan thu siud tuilleadh – ged nach b' urrainn dhut a leasachadh. 'S leig iad an fhuil aiste. Làd fala ann an soitheach mòr sinc. Na dh'èist thu ris an tè ud? Ge b' e cò às a thàinig i, no carson. Criomagan. Ged a lorgainn tèile cha bhiodh an sin ach bleadraigeadh. Blead-raig-eadh. Ach dè th' agam ach sin? Acainn-chnàimh. A' togail air latha eile. 'S mar a bhris an latha. An cuala mi? Cha b' e isean a chuala mi air sòla na h-uinneig? Èist. Ist, cha b' e na. Nan cluinninn an dreathan a' leumadaich eadar chlach. Leig comhart ma chì thu càil mar sin gus am bi fhios a'm g' eil e ann. Ach dè math sùil a bhith ri leithid sin?

Ged nach toir an crann-fìge uaith' blàth, agus ged nach fàs air an fhìonan cinneas, ged fhàilnich meas a' chroinn-olaidh, agus ged nach tòir na machraichean uatha lòn, ged ghearrar an treud às on mhainnir, agus ged nach bi bual air bith anns na buailibh; gidheadh nì mise gàirdeachas anns an Tighearna, nì mi aoibhneas ann an Dia mo shlàinte.

Solas na Caillich

Cha robh fhios aige carson 's ann an turas seo a chuir e às dhi. Tha fios is cinnt gun robh iomadh uair ann bho thàinig i a bha e air a ràdh ris fhèin gun cuireadh e an t-eanchainn aiste. Phòs e i gun fhios carson: an dithis air a bhith pòsta roimhe siud, agus iad air tighinn an-àirde ann am bliadhnaichean. Ach ma phòs: chrean esan air. Agus ise, a-nise. 'S i gun deò, ri thaobh ris a' bhòrd-slios. 'S e nach dùineadh i a beul ach cho mìorbhaileach 's a bha am fear eile air a bhith dhìse: coibhhneil, caomh, 's nach b' ann na chànran grànda mar a bha esan. Ceann an duine mhairbh aige air a bhracaist a h-uile madainn. Ach anns a' chàinealachadh, gach madainn bho chionn greiseig, 's ann a bha i air tunbhaireachd a ghabhail a bhith a' dalladh air an tè a bha an seo roimhpe. 'S e sin a bhuin ri a reusan; cha robh dòigh a chuireadh e suas ri leithid siud, bhuaipse no bho dhuin' eile. Sin mar a thòisich i an-diugh: cho luath 's a dh'fhosgail a sùilean prabach. Ga dì-moladh 's ga dubhadh às. Sin nuair a fhuair e i air ubhal sgòrnain, 's cha robh an còrr mu dheidhinn.

Dh'èirich e 's chaidh e na aodach, 's shuidh e anns an uinneig a' coimhead a-mach. Dè fo ghrian a tha mi dol a dhèanamh leatha? a bha a' bùireadh na cheann. Chan eil math innse mar a

35

dh'fhàisg mi a cìoch-shlugain no bidh mi anns a' phrìosan gus an dubh m' fhiaclan, 's iad dubh gu leòr mar a tha. Cha b' fhiach i dhol dhan phrìosan air a lost. No dh'àite eile. Dh'òl e am balgam. Nì mi rudeigin. 'S fheudar sin dhomh. Cha robh duine a' fosgladh an dorais 's bu mhath nach robh. Bha i air a h-uile duine a ghràineachadh co-dhiù, a teaghlach fhèin nam measg. Chan iarradh a dithis nighean gu laigheadh an sùil oirre. Buaireant', mì-chneasta gun loinn: 's e bha dall mise a thug a-riamh thu fo na cabair. Faoineas is fabhtas na h-aois; ach gu dearbh mur do mheal thusa sin, 'ille.

Suas am baile a dh'fhaighinn nam pàipearan mar a b' àbhaist. Cà'il i fhèin an-diugh? mus robh mi dad ach air bùth nam pàipear a ruighinn. An Dùn Èideann aig a piuthar. Dè a' phiuthar? Tha mi far an cuala mi gun robh piuthar no piuthar aice. Mary Anne. Chan eil i fhèin ach meadhanach, 's dh'fhalbh i ga cuideachadh. Cha dèan ise mòran cuideachaidh dhi le mar a tha a cridhe fhèin. Dh'fhalbh i co-dhiù. Bidh tu lost às a h-aonais. Nì mi 'n gnothaich. Air ais anns a' chàr, smaoinich e gu faodadh e a ràdh gun dh'fhàillig a cridhe. Ach dh'fheumadh sin dotair is taigh-fhaire 's na ciliòrams gu lèir, 's cha robh sin gu math sam bith. Bhiodh aige ri cuidhteas fhaighinn dhith e fhèin. Ach 's e a faighinn a-mach à seo co-dhiù. Rud sam bith ach oidhch' eile ri a clisich.

Thug e am feasgar a' reubadh brat-ùrlair bhon rùm-cùil, 's chuir e ise beò-bheumach, ged a bha i rud sam bith ach beò, dhan bhrat-ùrlair 's e air a shuaineadh timcheall oirre 's e air gabhail aige le pìosan ròpa a bha a-staigh. Dh'fhuirich e gus na thuit an oidhche, 's a-mach leis 's i aige air a dhruim. Cha mhòr gun robh càil innte 's i cho aotrom ri ite. Dh'fheuch e ri a faighinn

a dheireadh a' chàr ach cha deigheadh aige air, 's cha robh càil
na b' fheàrr na a feuchainn suas air mullach a' chàr, am broinn
a' bhrat-ùrlair, agus a ceangal an sin leis a' chòrr dhe na bìdeagan
ròpa. An càr fhaighinn dhan gharaids a-nise mus nochdadh
duine a' dol seachad an rathad. Dh'fhosgail e doras na garaids
's thàinig e leis a' chàr, ach chual' e ceann na tè a bh' ann a' toirt
clab, 's bha aige ri stad. Bha doras na garaids ro ìosal. Cha robh air
ach an càr 's i fhèin fhàgail far an robh iad gu madainn.

Dhùisg e le briosgadh tràth an ath mhadainn 's e air oidhche
chadail fhaighinn na b' fheàrr na bh' aige bho chionn fhada.
Thug e èasg-èirigh às. Spaid, smaoinich e. Chan eil spaid no càil
dhen dèant' i an seo, 's bidh ri dhol suas am baile. An tuilleadh
cheistean, faodaidh tu bhith cinnteach. Dè tha thusa dol a
dhèanamh le spaid: duine nach do rug air dul spaid bho rugadh
e? Bha i na bu daoire na bha e ag iarraidh, ach abair gun robh i
gleansach spaideil. 'S fhuair e air a ceannach air fàth, gun sùil
laighe air. A-mach à seo mar an donas leis a' chàr, an spaid anns
an deireadh 's na bha an èis dhen tè a bh' ann air a càradh anns
a' bhrat-ùrlair air a' mhullach.

Ach càit an deigheadh e leatha? Dh'fheumadh e smaoineachadh
dè a b' fheàrr. Bha an cladach ann, ach dè nan tigeadh i air tìr air
an tràigh? An robh dòigh a dheigheadh a h-aithneachadh? Stad
e ann an café airson copan cofaidh. Dh'fhosgail e pàipear ach
cha robh càil fa chomhair inntinn ach: Càit an cuir mi i? Bha
e fhathast ag iarraidh taobh na tràghad agus 's ann air a sin a
rinn e. A-mach frith-rathad 's an uair sin a-null a' mhachair gus
na ràinig e na bancannan gainmhich. A' toirt sùil mun cuairt,
's e àite fosgailte fradharcach a bh' ann, 's cha robh e airson gu
faicte e a' cladhach. Bheireadh e cus aire thuige fhèin, agus sin

an rud bho dheireadh a dh'fheumadh e. Ach bha a' ghaoth air slagan fhosgladh an oir na machrach 's bha cnàimhean each mun cuairt, oir chleachd eich a bhith air an tiodhlacadh an seo. Ged a thigeadh ise ris le tìde, bhiodhte a' smaoineachadh gur e creadhlach eich a bh' innte. Thug e a-mach an spaid 's thòisich e. Bha a' ghainmheach cho tioram 's gun robh i a' tuiteam sìos air ais, spaid mar a thogadh e. Bha mealag is sùdabhan air freumachadh na measg. 'S cha b' fhada gus an robh anail air fàs goirid. 'S ann agam a tha an goirt an ceannach air do chorp, 's e a' suidhe ri oir na machrach. 'S cha robh e ann gus am faca e tè a' tighinn le cù aice air sreang. Thilg e an spaid a chùl a' chàr, 's sheas e an taca a' chàr gu faigheadh e anail air ais. Gainmh-each airson a' ghàrraidh? ars ise. Aidh, ròsaichean. 'S thug e a chasan leis cho luath 's a dheigheadh aige. An càr beag le ràn aige a' tulgadaich a-null tarsainn na machrach, gun fhios cò air a bha e a' dèanamh.

Stad e airson a dhiathad ann an taigh-òsta air an rathad. Bha grunn chàraichean eile am pàirc nan càraichean 's shuidh esan ris an uinneig a' slugadh a mhions 's a bhuntàta 's a shùil air a' chàr 's air an luchd a bh' air a mhullach. Ach feuch riut nach deach m' fhaicinn, dammit. An ann air tòiseachadh air DIY a tha thu aig d' aois? Ò, a riabhach ort, cò às a nochd am blobhdaire cac seo. Hello, Aonghais, seann bhrat-ùrlar a tha mi a' cur dhan sgiop. Ag iarraidh hand? Chan eil, tapadh leat, chan eil e trom. An aire mus caill thu air an rathad e, co-dhiù, 's e a' falbh. An aire mus caill mi air an rathad i? Nan cailleadh bhiodh an donas ann. An dòlas na bids rud, gun fhios fo rian dè nì mi leatha. Bha loch air beulaibh an taigh-òsta, 's smaoinich e gu feuchadh e clach a cheangal slaodte rithe 's a tilgeadh innte. Ach dh'fhaodadh tu bhith cinnteach gu nochdadh drungair air choreigin a-mach às a' bhàr fèar nuair a bhiodh i a' dol às an t-sealladh sìos dhan aigeann. An robh fuasgladh idir dhan diabhal rud? aige ris fhèin fhad 's a bha e a' traoghadh a chofaidh.

'S math a bha fhios aige, luath no mall gun tachradh e, gu feuchadh e taobh na mòintich. An aon rud, an ùine a bha cuirp a' mairtinn anns an riasg fad cheudan bliadhna. Na fhuaireadh de chuirp dhròbhairean a chaidh am murt airson an airgid 's an cur dhan a' mhòintich. Ach dè eile bh' air a shon? Stad e an càr an oir an rathaid an àite iomallach 's dh'fheith e gus an tuiteadh an oidhche. Ach ruith fhoighidinn a-mach, 's anns a' chòmh-thràth chùm e air slaodach leis a' chàr gus na dhearc e air tom nach robh buileach fada bhon rathad. Fhuair thu do spaid 's a-mach leat. Le a spaid air a ghualainn dh'fhalbh e a-null an taobh a bha an cnoc agus chaidh e gu a chùl a-mach à sealladh duine a bhiodh a' dol an rathad le càr.

Ma thàinig luaths-analach air a' cladhach na gainmhich, dè bha sin an taca ri mòintich fhraoich 's i làn còinnich is fhreumhaichean righinn. A dh'aindeoin buiceil is breabail cha tigeadh 's cha deigheadh an ceap, ach le reubadh is spìonadh chaidh aige air ultaich bhoga throm a shlaodadh an-àirde. Thòisich e a' cladhach 's a' cladhradh anns an riasg mar a b' fheàrr a dheigheadh aige, 's e a' tilgeadh taosg na spaid gu 'n aon taobh. Cha b' fhada gus am feumadh e anail, 's shuidh e anns an fhraoch ri taobh an tuill. Cha robh e ann gus an robh i air drùidheadh air a thòin, 's cha b' e sin a bu thlachdmhoire. Fàgaidh mi e aig a sin airson an-diugh, 's sheas e rudeigin critheanach air a chasan. Smaoinich e ise a chur air cùl an tomain gus an tilleadh e an ath latha, ach bhuail aige gur maite gun turchradh cuideigin oirre, 's cho-dhùin e a toirt air ais gu taobh a-muigh na garaids airson na h-oidhche. Le tòin fhliuch rinn e a shlighe dhachaigh air a shocair, 's aon uair 's gun d' fhuair e briogais is drathais thioram uime, dhòirt e sramh math uisge-beatha dha fhèin, 's shuidh e a' coimhead a-mach air ciaradh an fheasgair.

Nuair a thill e chun an tuill an ath mhadainn 's e bha roimhe ach glut a bha a' cur thairis. Cha robh e domhainn gu leòr airson a sadadh ann mar a bha i, 's cha robh dòigh air tòiseachadh leis an spaid 's an t-sloc air lìonadh. Dammit air a h-uile càil a th' ann, fhuair e e fhèin ag ràdh 's e a' tilleadh suas chun a' chàr le a spaid air ais air a ghualainn. Càit a-nis, fo ghrian nan speuran? Nan deigheadh aige air toll domhainn a dhèanamh anns an aon latha, ach bha fios is cinnt aige nach dèanadh a neart sin dha.

Dh'fhaodainn teine a dhèanamh an àiteigin, ach dè dhèanainn le na cnàmhan? Dè nan crochainn i shuas ann an craobh 's gu falbhadh na fithich le na bhiodh ann, ach càit an deigheadh agamsa air a bhith sreap chraobh leathase air mo mhuineal? Ràinig e togalach mòr glainne, làn sholas na bhroinn, 's bha e air cluinntinn gur ann airson ath-chleachdadh sgudail a bha na h-innealan mòra a chitheadh e a-steach air na h-uinneagan. Abair nam faigheadh e air a h-ath-chleachdadh gum biodh sin a rèir an latha, ach cha robh dòigh aige air a faighinn gun fhiosta a-steach a bhroinn fear dhe na h-innealan mòra gointeach sin a chitheadh e. Co-dhiù, bha dithis ann am boilersuits gheala a-staigh a' biathadh nam biastan rudan ud, 's thàinig stadaich ann mu dhol a dh'iarraidh fàbhar, fiù 's ged a thabhaicheadh e blàthachadh pàighidh orra. Cha b' e, cha b' e seo an t-àite na bu mhotha.

Bha thusa air an rathad air ais, led eallach air mullach a' chàr san aon dòigh, 's tu a' cumail ort ge b' e càit. An sin dhearc e air dà mhuileann-gaoithe a bh' air a dhol an-àirde bho chionn ghoirid, 's gun iad fhathast fiù 's ag obair. Agus, thallad, ann an slag, bha na mìrean dhen treas tè a bhathas a' dol a chur suas. Agus abair thusa mìrean: brùideil fhèin, biastail. Cuin a tha sibh a' cur na teo ud an-àirde? Às dèidh na teatha. Ma-thà, bidh an oidhch' ann. Tha sinn ag obair gu meadhan-oidhch'. Cabhaig uabhasach. Thug e an càr air a shocair a-null gu far an robh na mìrean. Air fàth, sheall e a-steach a bhroinn a' bharaille mhòir a bhiodhte a' cur na àite fhathast a-nochd. Chunnaic e gun robh dubhain làidir a-staigh na bhroinn. Chaidh e 's shlaod e sìos am brat-ùrlair le na bha na bhroinn, 's sìos leotha gun deachaidh tu chun a' bharaille, 's cha robh ann gus an deachaidh tu a-steach na bhroinn 's cheangail thu an t-eallach air dhà dhe na dubhain le na pìosan ròpa a bha fhathast agad na do phòcaid-tòin. 'S dòcha nach seall duine a bhroinn a' bharaille. Mar a thubhairt, thachair. Dlùth air a' mheadhan-oidhche 's an t-àite làn sholas grànda ciar, chunnaic e am baraille mòr iargalta ga chur air a chasan 's ga cheangal gu diongmhalta na àite. An ath mhadainn chaidh e seachad leis a' chàr 's bha na sgiathan nan àite air an treas muileann-gaoithe. Gu dearbha, 's ann a bha sgiathan nan trì a' tionndadh cuimseach anns a' ghaoith.

Cha b' e aonan a ghabh e an oidhche sin, 's e air an càr a chur dhan a' gharaids. Air a shocaire fhèin chuir e roimhe mar a bhruthadh e air falbh a-mach à sealladh fon staidhre a h-uile càil a bha leatha, dhòigh 's nach biodh sìon ga toirt na chuimhne. Chuir e deilbh na ciad tè air ais bhos cionn an teine. 'S bheireadh e gàire air, a' smaoineachadh gun robh i an siud a' cur ri bhith a' cruthachadh cumhachd ath-nuadhachail. Gun deach a cur gu feum mu dheireadh thall. 'S an tuiteam na h-oidhche nuair a bhiodh e na rùn am pàipear a leughadh, gheibheadh e e fhèin ag ràdh, Tà, tha cho math solas na caillich a chur air.

Mac an t-Srònaich,
Mac an t-Sàtain

Ach an sgeulachd fad' as fheàrr leam a chuireadh às mo leth . . .
Tha cuimhn' agam dè an tè, 's innsidh mise sin dhuibh gu math
sgiobalta. Bidh i toirt gàire orm gun sgur le mar a tha mi glaist'
a-staigh an seo gun faighinn a-mach. Tha . . . an tè far an robh iad
gam chrochadh, 's thuirt an duine, Carson as e naoi duine deug
a mharbh thu; carson nach do rinn thu 'n fhichead dheth? Cha
do mharbh na . . . Mise? Naoi duine deug. Duine nach do chuir
meur air duine a-riamh, cha b' e sin mo ghnè, ged nach creid
duine agaibhse sin. Fuirich mionaid ort, thig mi thuige. Bha . . .
gun tuirt mi, tha e coltach, fèar nuair a bha iad gam crochadh:
Deoch, bu mhath leam deoch. 'S gun tug iad thugam searrag
chrèadhadh, 's nuair a thraogh mi i, gun tug mi dhan duine bha
seo i mu mhullach a chinn 's gun dh'fhàg mi fuar aig mo chasan
e gun chrith. Cha do mharbh na . . . Nach eil mi ag innse dhuibh
nach do mharbh mise duine na mo bheatha.

Na dh'inns mi dhuibh: tha mi air toirt gu seinn 's gu rabhdan
a chur ri chèile, a-staigh an seo? Bidh sin math dhomh, nach bi?
'S gan seinn àird mo chinn, nuair a tha iad air mo ghlasadh leam
fhìn. Rudan mar:

Mac an t-Srònaich, Mac an t-Srònaich
Ann am beanntan Ùig.

Dè do bheachd? Air fonn 'Robin Hood'... 'N dùil an leig iad
mi a chòisir an ospadail?! Taigh na galladh an leig no nach leig.
Siud am ficheadamh duine agaibh, ma-thà, gun tuirt mi. Leis an
t-searraig, leis a' chearraig, bumf! Fèar mu mhullach a chinn, 's
nach do gheàrr e milead. Mar a thubhairt mi, nach tubhairt? Tha
mo chuimhne air a dhol cho bochd, sin an tè as fheàrr leam a
chuireadh às mo leth. Bumf! Tha e coltach, ma-thà, 's an t-searrag
na mìneasg aig mo chasan, 's esan na reothanach.

Cha robh, a dhuine, annamsa ach falbhaiche na mòintich.
Seach gur ann à Siorrachd Rois a thàinig mi, bha mo chòmhradh
diofraichte bho chòmhradh mhuinntir Leòdhais, mar tha fhios
gum bitheadh. Chan eil fhios a'm; 's dòcha g' eil sibh ceart, gur e
sin a chuir a' chiad teicheadh annta. Bhithinn aig mo chàirdean,
nach eil fhios gum bitheadh... piuthar mo mhàthar, nach b' i
bean tacadair Lìnsiadair, 's an tèile bha gu math faisg dhomh,
ann am mansa Cheòis. Cha robh càil anns an teaghlach againne
ach sgoilearan is ministearan. Cha b' ann bho dhròbh cheàrd
a thàini' mise idir, cuimhnich. Daoine geurchuiseach le deagh
thoinisg... 'S dòcha gur ann a bha sin cus. Co-dhiù, sin mar a
bha, 's seo far a bheil mise. 'S sibhse nar suidhe a' cur rib' fhèin
ach gu dè a nì mi dhen duine seo no dè a nì mi leis. Agus a-nise
rann eile bhios mi a' gabhail leam fhìn:

Seachd bliadhna ghlèidh thu tèaraint' mi,
A mhòinteach riabhach Leòdhais.

Math, nach eil? Tha, 's deagh thoigh leam fhìn e. 'S e cho fìor 's a ghabhas. Bom bom bom, a mhòinteach riabhach, bom. Ach aon rud, na leigibh dhaibh tuilleadh mo cheangal. Cha leig mise leas a bhith ceangailt. 'S e th' ann nach eil mi a' faighinn a-mach; a-mach a dh'fhalbh nam monaidhean – sin an aon rud a tha ceàrr orm. Nam faighinn air ais a-mach bhithinn cho math 's a ghabhadh. Ach chan fhaigh mi sin, tha fios a'm nach fhaigh. Ged nach d' fhuair sibh dearbhadh, 's chan fhaigh, gun mharbh mise aon duine. Cha b' e a bh' air m' aire. Fhad 's a gheibhinn na chobhaireadh mo chridhe dhen bhiadh cha robh fèar dhomh, cha robh a dhìth orm ach sin.

Ach 's e rinn iad, 'eil fhios agad dè rinn iad? Chroch iad ormsa na seann sgeulachdan a chleachd iad a bhith ag innse dha chèile. Sgeulachdan na Fèinne. Dhealbh iad mise mar fhuamhaire mòr a' falbh nam fàsaichean 's a' cur às do dhaoine. Sgeulachd:

Aon latha thàinig Mac an t-Srònaich
Chun na h-àirigh a bha seo an gleann uaigneach . . .

Tha e cho furasta ri furasta an còrr a dhèanamh an-àirde. Balach beag a-staigh leis fhèin anns an àirigh 's e na shìneadh air a' chaillich, 's a mhàthair, banntrach bhochd an-còmhnaidh, aig baile le taosg clèibh de chragain bhainne, 's am balach beag air fhàgail 's e a' cliopadh cnàimh. Trobhad còmhla riumsa, ghlaodh Mac an T sìos tro uinneag bàrr a' bhalla. Nach leig thu leam gus an spiol mi 'n cnàimh, ars am balach. Mar a thuirt fichead balach beag ann am fichead sgeulachd eadar seo is tòin Èirinn. A-steach leam, tha e coltach, 's mi a' breith air ghoic amhaich air 's ga thoirt a-mach 's ga bhàthadh ann am botann.

Tha rann agam a rinneadh mu dheidhinn a' ghnìomh oillteil a tha seo, a tha e coltach a rinn mise, 's bidh mi a' gabhail an fhir seo cuideachd. Nuair a bhios mi ìosal nam inntinn! Seo mar a tha e a' dol:

An t-sùil a thug mo leanabh orm
Anns a' bhotann bhùirn,
Gum b' fheàrr leam na na chunna mi
Gun robh e air mo ghlùin.

Tha e coltach gun ghabh mi an t-aithreachas; gun d' fhuaireas craiteachan iochd air mo sheilbhidh a dh'aindeoin nan uile. 'S bha cuideachd am balach a bha ag ithe a' bhonnaich eòrna. Gun d' fhuair mi grèim airsan san dòigh cheudna 's gun bhàth mi e ann am briathlach 's e ag èigheach rium fhad 's a bha mi ga thumadh 's ga thumadh gus bho dheireadh nach do dh'èirich e tuilleadh, 'Fàg agam m' aran-eòrna.' Gur e sin an èighe bha na bheul gach turas a thigeadh e an-àirde, ach gun chùm mi ga shàthadh sìos air ais. Chan eil fhios a'm, chan eil cuimhn' a'm am biodh iad ag ràdh gun dh'ith mi am bonnach mus do bhàth mi e no às a dhèidh. Chan fhaca mis' am balach no am bonnach na mo bheatha.

Carson a bhathas a' cur na bha seo às mo leth? Ceist mhath a th' agaibh an sin, ach cha chanadh sibh gur mise an duine airson a freagairt. Ach tha mo fhreagairt faisg agus glè shoilleir dhomh. Oir cuimhnich gur ann bho mhinistearan a tha mise a-mach. Càil ach ministearan 's gach dàrnacha duine aca air ceumnachadh à Colaist mhòr an Rìgh an Oilthigh Obar Dheathain, suas tro na ginealaich. An ann, gu dearbh, san oilthigh aosta sin a thug sib' fhèin a-mach an dotaireachd? Cha robh, ma-thà, mac màthar, no idir mac banntraich, a chuireadh cas air monadh ciar Leòdhais, no idir faisg air geàrraidh uaigneach air bòrd loch, nach bithinn-s' romhpa ann an siud, tha e coltach. Gu h-àraid ma bha pigean uisge-beatha aca air an gualainn no breacag mine ann an cliabh. Mi ga mo lìonadh fhìn, a rèir coltais, le na bha de bhainne 's de bhàrr 's de dh'ìm ùr am preasan na h-àirigh. Gum bithinn aig amannan gus spreadhadh le na bha 'mhin na mo bhaghaid. Co-dhiù no co-dheth, togaidh sinn fonn:

Mac an t-Srònaich is sròin mar chaman air
Falbh na mòintich is còta glasa air.

'N dùil an-dràsta cò bha a' dèanamh nan rabhdan sin mu mo dheidhinn? Càil ach cho dorch 's cho brùideil 's cho cunnartach 's a bha mi. Càil cha robh ann an sin ach an dorchadas a bh' air tighinn air an àite fhèin aig an àm ud.

Ach innsidh mi tè mhath eile an toiseach dhuibh. Chan eil i ach mar na sgeulachdan eile, ach bidh mi a' ruith oirre leam fhìn. Mòinteach Àrnoil ... tha na sgeulachdan tric gam chur air mòinteach Àrnoil, ge b' e carson. Banntrach bhochd, mar a tha fhios, agus a h-aona mhac, a' tighinn dhachaigh bhon a' mhòintich. Chì mise an cliabh, mar a tha fhios, agus bheir mi èigh' asam, Hoigh, dè th' agad anns a' chliabh sin? 'S gun leum mi air, ach ma leum. Gille treun, balach làidir a bha seo, a rèir an t-seanchais, 's nach ann a leag e mi. Mach leis an sgithinn, tha e coltach: A Chaluim, a Chaluim, ghlaodh a' bhanntrach bhochd, tha sgian aige, ach cha b' fhada bha esan ga toirt bhuam, 's bha i aige gus na chailleadh i bliadhnaichean mora às dèidh siud 's iad a-muigh air an eathar. Thuirt cuideigin rium a-staigh an seo an latha eile, 's chan fhaca tu daoine a-riamh cho breithneach-ail is cho fiosrach 's a tha staigh an seo, a bhròinein, nach eil anns an t-saoghal ach mu leth-dusan sgeulachd, 's nach eil anns a' chòrr ach iad sin le car beag air a chur annta. Sin mar a tha mo sgeulachd-sa, nuair a smaoinicheas sibh air. Mar mi fhìn: chan eil ann ach an aon dhìom. 'S nach eil sin fhèin gu leòr!

Sin a' rud. Nach tugadh dhomh duine a bhiodh còmhla rium. Duine ach mi fhìn, a' falbh mar siud san dorchadas. Nam biodh iad air boireannach a thoirt dhomh, smaoinich. Chanadh iad anns an sgeula: Tha bodach 's a bhean a' falbh na mòintich a' murt 's a' marbhadh. Seall mar a rinneadh le Robin Hood, thug iad dha caraid dòigheil, Friar Tuck. 'S cha b' e sin a-mhain ach Maid Marian. Tà, cha tugadh gin a Mhaighdeann Mòr dhòmhsa, cha b' e bh' air an aire.

Mac an t-Srònaich, Mac an t-Srònaich,
E fhèin 's a Mhaighdeann Mòr.

Air fonn 'Robin' . . . Ach 's fheàrr dhomh sgur dhem dhìth-cèille, mus cuirear a-steach mi! 'S e air a sgeadachadh aca an èideadh brèagha uaine le ite na aid. Daoine dòigheil a dhealbh Robin còir; daoine bochda ach daoine gun chiont, gun iargain. Gaol aig na bochdan air, 's eagal an tòin aig na fir làsdail roimhe. B' fheàrr leam fhìn gur e cuideigin mar Robin a bha muinntir Leòdhais air a dhèanamh dhìoms'. Ach cha b' e, ach bodach grànda a' falbh anns an dorch a' dochann chloinne bige is bhanntraichean. 'S ag ithe. A' murt 's ag ithe. Ach togaidh sinn sèist mar bu nòs:

Mac an T, Mac an T,
Nochd e anns a' choille
Le it' aige na aid.

Mus toireadh iad ad uaine dhòmhsa le ite peucaig a' steigeadh an-àirde aiste. Nach ann a chuir iad an lagh às mo dhèidh. Mar gur e gadaiche is reubadair na h-oidhche mi. Cò a-riamh a chuala ach mar a sgrìobh iad mum dheidhinn. Bidh mi ga sheinn ach bidh e a' dèanamh cron orm, mise a thàinig bho shliochd cheumnaichean:

1834. July 8. Warrant to apprehend . . .
Bodach no Mondach.
A Moor Stalker
. . . There being a man lurking about the Isle of Lewis
Who is suspected of having committed serious crimes . . .
(he being armed with dangerous weapons).

Seo dhut! Sin agad mise, 's mo chliù. Ach an tug sibh an aire . . . An tug sibh fa-near gu dè a' bhliadhna bh' ann? 1834. Agus cò an srainnsear mòr coirbte a bh' air tighinn a Leòdhas fèar anns na bliadhnaichean sin? Fear milleach uamhalta a gheibheadh gu do thaobh a-staigh 's a cheusadh tu? Fear air nach robh eòlas sam bith air a bhith aca gu ruige seo. Bha, a bhròinein, Dòmhnall Dubh, cò eile! Nochd e anns an àite mar fhiadh-bheathach a-mach à Iutharn, 's chuir e am beag 's am mòr, òige 's aois, à cochall an cridhe. Innleachdan an Deamhain, cha robh seasamh-chas aca romhpa. Droch stillean an Diabhail, gam briseadh 's gan cearbadh gus na ghuil iad bùrn an cinn. Bhathas air innse dhaibh gun robh e mun cuairt, gun robh e anns a h-uile àite. 'S nuair a chunnacas mise a' falbh nam fiadhlaichean, thòisicheadh ag èigheachd, Seall an spùinneadair mòr, seall am murtair; chan eil air aire ach cleasan an Fhir-Mhillidh. Rinneadh an Sàtan dhìomsa, 's rinneadh mise dhen t-Sàtan. Mise a bha cho neoichiontach ris an ionracan air an t-sliabh. Ach gun robh mi anns an àite cheàrr 's mi na mo chonadal a' falbh nam monaidhean. Bha mi, mar gun canadh tu, làn dhen an Diabhal, nan sùilean sin. 'S ruith mi 's ruith mi, fon choill, 's dh'fhalaich mi ann an còsan 's ann am bearraidhean. Theich mi suas dha na beanntan 's cha nochdainn ach ann an dorchadas na h-oidhche. Mar a bhios mi fhathast ag èigheach nuair a tha iad ga mo cheangal:

> *Ma ghleidheas mise beanntan Ùig,*
> *Gleidhidh beanntan Ùige mi.*

Mise am boc-goibhre, 's chan eil dà dhèanamh air. Air mo mhuin-sa chuir iad an luchd ciont is peacaidh a bh' air a dhòrtadh a-steach orra fhèin le na h-uabhasan a thàinig. Bha mise, Mac an T, na mo sheasamh casa-gòbhlagain eadar dà dhualchas agus dà chreideamh, 's le sin dh'fhàgadh orm: Aon latha chaidh an Fhèinn dhan bheinn-sheilg; aon latha thàinig Mac an t-Srònaich chun na h-àirigh. Agus cuideachd dh'fhigh iad an seanchas ùr a-steach dhan tè sin, 's le sin dh'fhàgadh orm: Dòmhnall Dubh an donais 's an dòlais, a thainig nar measg le uile pheacadh is dò-bheart, 's rinn e sin ann an riochd Mhic an t-Srònaich.

Ach cò-dhiù, tha mise an seo fhathast 's chan eil coltas nach bi. Cha b' e bàs beag a dh'fhòghnadh dhomh. Chan fhaigh mi monadh is fraoch fo mo shàil ach na fhuair, ach chì mi na mo chadal iad 's cumaidh mi orm ag èigheachd:

Seachd bliadhna ghlèidh thu tèaraint' mi,
A mhòinteach riabhach Leòdhais.

Cha do rinn i cho dona, mo dhìon 's mo ghleidheadh fad na h-ùine bha sin, 's eileamaidean an t-Sàtain an tòir orm tro na bliadhnaichean. Nach eil sinn air gu leòr a dhèanamh an-diugh, dè?

A' Dùsgadh Chlach

Bha an t-athair 's am mac bu shine ann . . . còmhla a' dùsgadh chlach gus sabhal ùr a thogail. Bha iad air toll leathainn cruinn fhosgladh leis an dà gheamhlaig 's na h-ùird-mhòra. Nan cuan fallais, iad a' tilgeadh nan clach an-àirde chun an uachdair mar a dhùisgeadh iad iad. Clachan aosmhor cruaidh, air an ùr-sgealbadh às a' ghoireil; clach liath-ghorm Leòdhais le gròid soilleir a' ruith troimhpe. An ailbhinn as aosta th' air an t-saoghal, thuirt an duine ris a' ghille òg. Chùm an gille air a' cladhach anns a' ghreabhal chruaidh, gun sùim air thalamh aige ann an gnè na cloiche.

Mu thìde diathad nochd am balach òg. Baga aige na chois lem biadh: dha athair 's dha bhràthair mòr. Shuidh an triùir aca ga ithe. Bha an cladach rin taobh: creagan àrda cas. An t-eun-crom a' siolpadh mun cuairt air sgèith agus flòth ruideagan a' sgiamhail an aghaidh na creig' – oir b' e àird an t-samhraidh a bh' ann. Eòin-dhubh' an sgadain pìos thall, agus sgairbh shìos am beul na mara, agus falcaichean. Gach gnè eun aig an àirde fhèin bho bhàrr gu bonn na creige.

Bha dùil agamsa, thuirt am balach òg, gum biodh na clachan a dhùisgeadh sibh fada na bu mhotha na tha iad. Leig athair lachan 's lean am balach eile e. B' fheàrr leam gum b' urrainn dhomh sgèith mar na h-iseanan sin, thuirt am balach òg an uair sin às a ghuth-shàmh. B' fheàrr leam gun cumadh tu do chab airson mionaid, thuirt a bhrathair mòr ris. Shuidh iad sàmhach, ag ithe.

Chaidh am balach òg cuairt bheag air bàrr nan creag 's thill iadsan a dh'obair. Cha robh buileach fada gus an cuala e athair ag èigheachd air. Dè do bheachd? thuirt athair. Bho dheireadh thall, thuirt esan. Bha oileabhag mhòr cheithir-cheàrnach na suidhe anns an toll. Sheas an triùir ga coimhead. Bha i co-dhiù dà throigh a leud 's a dh'àirde. Sin, ars esan an uair sin, a' rud ris an can thu clach! Leig athair lachan. Tha i brèagha, nach eil? thuirt athair. Thug e greis mhath bhuapa mus d' fhuair iad i an-àirde às an toll, 's nuair a fhuair, shuidh am balach òg oirre 's e a' gabhail dhi le a shàilean. Bha e gu math toilicht' gun robh e ann nuair a dhùisg iad i seo.

Leum e sìos 's shlìob e cliathaich na cloiche. Ruith e a mheur air na srianagan soilleir a bha na cliathaich. An uair sin dh'èigh e. Dh'èigh e ri athair: A Bhobain, tha sgrìobhadh oirre! Ò, nach ist thu, thuirt a bhràthair, 's e a' cumail air leis a' gheamhlaig. Ist, 's thalla dhachaigh, 's cagainn bruis. Trobhaidibh, a Bhobain, thuirt am balach og, tha ainm sgrìobhte oirre. Ainm mar Tarmod. Rinn athair gàire, ach thàinig e. Cha mhòr gu dearbh nach saoil thu gur h-e, thuirt athair 's e ga suathadh, seòrsa air choreigin de sgrìobhadh a th' oirre gun teagamh. 'S e a' dèanamh gàire beag, thuirt e, 'S chan eil e buileach eu-coltach ris an fhacal Tarmod mar a tha thu ag ràdh. Siuthad thus', a ghràidh, nach fheàrr dhut dèanamh às dhachaigh. 'S cha robh an còrr mu dheidhinn.

Air a shlighe air ais dhachaigh thadhail e a-staigh air Peigi

agus Cairstìona, oir bhiodh iad an-còmhnaidh a' toirt dha deoch
mhilis is pìos cèic, 's bhiodh seo a' còrdadh ris. Bha iad le chèile
greis latha: dithis pheathraichean. Co-dhiù, thòisich e ag innse
dhaibh mu dheidhinn na cloiche. Cho mòr brèagha 's a bha i, 's
gu faca e rud mar sgrìobhadh oirre. Dè an seòrsa sgrìobhaidh,
a ghràidh? thuirt tè dhiubh. Bha am facal Tarmod sgrìobhte
na cliathaich... mar phàirt dhen chloich. Sheall an dithis
pheathraichean ri chèile, le lasadh aoibhneis nan sùilean. Tha e
air tighinn, thuirt iad còmhla. Tarmod. Bho dheireadh thall. Mar
a chaidh a ghealltainn dhuinn bho chionn fhada an t-saoghail.
Gu faigheadh sinn comharr mus deigheadh sinn a-null.

Chuir iad am balach òg air ais a dh'iarraidh athar. Dh'inns
na peathraichean dha nuair a nochd e gu feumadh e a' chlach
a ghleidheadh tèarainte gus am faighte air a toirt far am faicte
i. Dh'àithn iad dha gun sgeilb no òrd a chur na gaoth ach a
cumail slàn mar a thàinig i a-mach às a' chruas. Bha sinne, arsa
tè dhiubh, air a bhith ag athchuinge gu faigheadh sinn comharr
fhad 's bu bheò sinn, agus thàinig guth thugainn am marbhan
na h-oidhche, bliadhnaichean air ais, a dh'inns dhuinn gur e
ainm a dheigheadh a thoirt dhuinn. Ainm a dh'fheumadh sinn
a leantainn gus faighinn gu Tìr an Òir far nach tèid a' ghrian
fodha gu sìorraidh. Ghreas an duine air ais suas dhan chuaraidh
air eagal 's gum biodh a mhac air a' chlach a sgealbadh às a chèile
gu seo. Gu sealbhach, cha do bhean e dhi: bha i na suidhe ann
an siud mar a bha, am beul an tuill. Na cuir do chorra-mheur air
a' chloich mhòir: tha e coltach g' eil i seunta. Bidh i math ann an
oisean balla an t-sabhail, thuirt a mhac bho gu h-ìosal. Tha iad
ga h-iarraidh shuas am mullach a' chnuic, thuirt athair. Cò tha?
thuirt an gille. Clann-nighean a' Ghobha, thuirt athair. 'S ann

gan call fhèin a tha iad, thuirt an gille. Gan call fhèin, ann no às, siud far a bheil iad ga h-iarraidh.

Sin mar a fhuaireadh muinntir an àite a' dìreadh a' chnuic feasgar an ath latha, agus b' e sin am feasgar brèagha. Bha Peigi agus Cairstìona a' Ghobha nan seasamh ri taca na cloiche, le beagan seaghain air an anail, oir bha an dìreadh cus dhaibh aig an aois. Bha am balach òg na shuidhe le dhruim ris a' chloich. Thog a' chlann-nighean an-àirde an guth, a' dèanamh inneas air mar a fhuair iad teachdaireachd bho chionn fhada gur e ainm a thigeadh thuca mar chomharr, gus treòrachadh slighe na beatha gu ruige Tìr an Òir. Thuit sàmhchadas sìtheil air a' chuideachd aon uair 's gun do sheas am balach òg a thoirt iomradh air mar a lorg e a' chlach agus mar a dhearc e air an ainm, Tarmod, ann an ruith na cloiche. Bha an tuilleadh a' cumail orra a' tighinn, gus an robh guailnean a' chnuic agus an raon mun cuairt a-nise dubh le daoine.

Cha b' fhada gus na dh'iarr a' chlann-nighean air na bha an làthair tòiseachadh a' tighinn air adhart agus an làmh a chur air Tarmod. Mar a bha daoine a' dol air adhart thòisich torman ìosal, trom air èirigh am measg an t-sluaigh, 's iad ag ràdh nam facal, Tarmod, Tarmod, mar gum biodh fon anail. Ach 's ann a bha an t-annas dha-rìribh air tighinn nam measg nuair a thòisich iad air suathadh ris a' chloich. Oir cha bu luaithe a dhèanadh iad sin na bha iad a' faomadh seachad air aghaidh a' chnuic. Fear no tè mar a dheigheadh suas, 's iad le mothar stuama nam beul mar a bha iad a' tighinn, cho luath 's a shrucadh am bois air an ainm bha iad a' dol fo laige 's a' sìoladh seachad. Chumadh an torman a' dol gus bho dheireadh gun robh e mar thàirneanaich fad' às. Bha a' chlach na seasamh gu h-eireachdail ann an sin am bàrr

a' chnuic 's a' chlann-nighean 's am balach òg ri a taobh, agus
na bha sin a dhaoine nan slèibhtich mun cuairt mar luchd-cath
a bh' air gèilleadh sa bhlàr-rèis. 'S an tàirneanaich a' cumail air,
gun abhsadh.

Thog a' chlann-nighean an guth gu h-àrd aon uair eile agus
shuidh an sluagh an-àirde 's iad a' suathadh an sùilean mar gun
robh iad air dùsgadh à ceò-draoidh. Gluaisidh sinn a-null chun
a' chuaraidh far an d' fhuaireadh Tarmod, dh'èigh a' chlann-
nighean. Agus 's e sin a rinneadh. Dh'imich a h-uile neach
mar a dh'iarradh orra, le seisear fhear a' giùlain na cloiche air
an guailnean air bara-làimhe. Gus na ràinig iad an toll anns an
talamh bhos cionn nan creag. Bha na h-iseanan fhathast a' sgèith
's a' sgreuchail, agus bha am bràthair mòr e fhèin fhathast na
dheann a' dùsgadh chlach. Cò às a dh'èirich sibhse? ars esan, 's e
ga dhèanamh fhèin dìreach. 'S na thachair m' athair ribh air an
rathad; tha greis bho dh'fhalbh e. Le guth àrd dh'inns a' chlann-
nighean dhan t-sluagh a bh' air dùmhlachadh mun cuairt an
tuill gur ann air an dearbh làrach seo a lorg am balach òg clach
Tharmoid. Togaidh sinn teampall bhos cionn an tuill, ghlaodh
cuideigin. 'S thòisich an sluagh air fad air iolach a thogail le
aoibhneas is misneachd. Oir bha iad uile-chinnteach às dèidh na
bha iad air fhaicinn len dà shùil.

Bheir cuid againn cunntas, duine mu seach, dh'èigh a' chlann-
nighean. Agus thòisich a' mhuinntir air innse mar a bha Tarmod
air soilleireachd agus sìth a thoirt a-steach nam beatha bho thàinig
e. Nach robh aca ach falamhachd is mealladh is ana-cneastachd
gus na dhearcadh air a' chloich am bàrr na bruthaich agus gus na
chuir iad an làmh air Tarmod. Gu seo bha iad air am balach òg
a thogail air an guailnean agus air a thoirt a-null gu far an robh

a' chlach 's i fhathast air a giùlain gu h-àrd air a' bhara-làimhe. Cha robh duine ag iarraidh gus falbh; cha robh duine ag iarraidh dhachaigh. Cha robh iad a-riamh nam beatha air faireachdainn cho sona 's cho mòr aig an dachaigh 's a bha iad an seo mun cuairt an tuill 's nan clach a bha am bràthair mòr agus athair air a dhùsgadh. Nochd an t-athair air ais, agus 's ann a bha dùil aige an toiseach gur e aimlisg air choreigin a bh' air a thighinn air a' bhràthair mhòr. Ach cha b' e; bha esan fhathast na sheasamh anns an toll 's an t-òrd mòr air a ghualainn 's e ag amharc mun cuairt air na bh' air tighinn a dh'ionnsaigh an àite. Chitheadh e a' chlach mhòr 's a bhràthair beag àrd os cionn chàich, ach cha robh e a' dèanamh steama dhe carson a bha seo mar seo. Cha b' e gille agharnail no idir briathrach a bh' ann dheth, 's mar sin cha d' fhuaireadh deamadh bhuaithe.

Tha mòran ri dhèanamh, dh'èigh a' chlann-nighean an uair sin, ach gu h-àraid tha ri feitheamh – feitheamh gus an till Tarmod le solas air mar a dh'imicheas sinn à seo a-mach. Tha Tìr an Òir air thoiseach oirnn ach 's esan agus esan a-mhàin a threòraicheas sinn air an t-slighe. Thòisich an sluagh air airgead a thional agus cha b' fhada gus na cheannaich iad an cuaraidh bhon an duine, agus dh'fhalbh e fhèin agus am bràthair mòr dhachaigh le an acadal. Na bi ro fhada gun a thighinn dhachaigh gu do theatha, dh'èigh e suas ris a' bhalach òg nuair a bha e a' falbh.

Ach chaidh am feasgar sin seachad agus thàinig an ath latha agus chaidh e fhèin seachad. Agus mòran dhiubh. Thog an sluagh teampall ceithir-thimcheall an tuill agus chuir iad a' chlach air ais sìos an teis-meadhan ùrlar an tuill, far na lorgadh i bho thùs. Thugadh trusgan òir dhan bhalach òg mar shamhla air Tìr an

Òir, an ceann-uidhe a bha iad beò an dòchas a ruigeadh iad uaireigin. Latha an dèidh latha thigeadh iad a-steach dhan teampall agus sìos chun na cloiche 's dh'fhaomadh iad seachad le fois is fannachd cho luath 's a bheanadh iad ri Tarmod. Agus bha a' chlann-nighean fhathast ann an sin a' feitheamh fios, agus bha am balach òg ann cuideachd, 's e fhèin a-nise le aigne togte ri dhùil.

Agus a-muigh mun cuairt teampall an tuill, agus a-null bàrr nan creag far an robh an t-eun-crom 's an ruideag 's iad sin fhathast a' coileanadh an gnè, chluinnte mothar ìosal, Tarmod, Tarmod, mar mhac-talla aosmhor a' tighinn bho thoiseach-tòisich a' chinne-daonna. Tarmod, Tarmod, Tìr an Òir, Tìr an Òir; chluinnte an torghan am measg sgreuch nan eun-mara a bha iad fhèin air a bhith a' fuireach an seo bho chionn fhad' an t-saoghail. Agus thaisbean a' chlann-nighean, Peigi agus Cairstìona a' Ghobha, dhan bhràthair òg mar thiomnadh gu leanadh seo mar seo fhad 's a bhiodh creutair maireann air uachdar na talmhainn.

Eilean Mo Chreich

Tha cuimhn' agam an criutha bhith fad an latha nan suidhe air na tobhtaichean a' còmhradh air an socair am measg a chèile, oir bha soirbheas samhraidh às ar dèidh. Thug e greis bhuainn faighinn ann, oir tha an t-eilean leth-cheud mìle bho thìr. Mar a tha cuimhne agam oirre, bha an eathar làn bathair – cabair fhada agus bucais mhòra fhiodha a bha mi air m' athair fhaicinn gan lìonadh le teatha is siùcar ruadh, agus pigean ime agus plaidichean clòimhe a bha e fhèin air fhighe. Bha e air gabhail aig gach bucas le canabhas trom a bha e air fhuaigheal gu h-ionaigil leis an t-snàthaid chrom.

B' e seo latha cho iomraiteach 's a bha nam bheatha, agus 's dòcha gur e sin a tha na mheadhan air gu bheil mo chuimhne cho soilleir air an t-sianar fhear a bh' anns a' chriutha anns an eathar; ach gu seachd àraid aodainn an dithis a bha nan suidhe ri mo thaobh – Murchadh agus m' athair. Ged a bha an criutha a' bruidhinn nam measg fhèin, bha mi a' fidreachdainn gun robh, mar gum bitheadh, iad air an casg le sgleò de mhulad anns an robh snàithlean de dh'iomagain a' ruith. Chithinn cho eadar-dhealaichte 's a bha sin ris an t-sùrd 's a' bheothalas a bh' air an dithis eile – m' athair gu h-àraid.

An oidhche sin chaidil mi eadar an dithis sin air an leid a bha m' athair air a chur na chèile leis an fhiodh a bha e air a thoirt leis. Chuir an criutha an oidhche seachad fon eathar shìos faisg air an laimrig aig ceann eile an eilein, ach bha sinne mu thràth anns a' bhothaig bhig anns an robh m' athair is Murchadh a' dol a dh'fhuireach. Cha deigheadh agam air tuiteam seachad le nach fhaighinn bhuam mar a bha sinne a' dol a thilleadh air ais dhachaigh tràth an ath mhadainn – mi fhìn 's an criutha. Ach gun fhiosta dhomh dh'fhalbh an cadal leam, oir bha aig m' athair ri mo chrathadh na mo dhùisg ann an tighinn an latha.

Bidh mi tric a' toirt an-àirde nam chuimhne an dealbh ud a th' agam dhen dithis aca nan seasamh am mullach an eilein 's iad eadar mi 's grian na maidne 's iad a' cumail orra a' smèideadh às ar dèidh mar a bha sinn a' teich na b' fhaide 's na b' fhaide a-mach. Tha cuimhne agam mi smaoineachadh nach iarradh e ach an eathar tilleadh air ais 's gu leumadh iad innte agus iad tighinn air ais dhachaigh còmhla rinn – ach bu mhath a bha fios agam nach robh sin a' dol a thachairt. 'Thig thu a-mach as t-earrach. Chì sinn a chèile an uair sin, a Dhòmhnaill.' Seo na bha dol aige air a ràdh fhad 's a bha e a crathadh mo làimh, shìos aig an laimrig. Chan eil mi cinnteach an robh fhios agam anns a' mhionaid sin nach fhaicinn tuilleadh beò e.

Air ais aig an taigh bha ris an obair a chumail a' dol ged nach robh m' athair ann. Bha an t-àite againne eòlach air fir a bhith gan call nuair a bha eathraichean a' dol às an rathad ann an gairbhsichean a-mach bho na cladaichean, 's bha cuideachd an t-àite uair is uair air a thruailleadh le teasach, 's mar sin bha e mar gum b' e rudeigin dhen t-seòrsa sin a bh' air m' athair a thoirt bhon taigh. Bha sàmhchadas a' cuartachadh e bhith a dhìth; gu dearbh, 's ann a bha e na bu shàmhaich na sàmhchadas. Mar nach robh sinn airson a stèidheachadh ann am briathran an suidheachadh anns an robh sinn. Aig an aon àm bha fios againn gun robh gach gròileagan teaghlaich a bha a-muigh air na lotaichean no anns na bhlàir-mhònach gu mionaideach a' cliathadh an taobh ud 's an taobh ud eile gach adhbhar is reusan a bheireadh air dithis cheann-teaghlaich a bh' air tighinn gu latha iad a dhol leotha fhèin a dh'eilean mara. Tha cuimhn' agam a bhith a' gleac ri gach mìr dheth; a' cladhach nam nàdar fhìn is nàdar m' athar a' sireadh fuasgladh dhomh fhìn dhan rud a bha e air a dhèanamh. Ach cha robh a' coinneachadh rium ach breislich agus tuainealaich gam thilgeadh bhon leanabh a bha mi chun an inbhich òig a bh' annam a-nis. Bha mo shuidheachadh air inbheach òg a dhèanamh dhìom ged nach robh mi ach na còig bliadhna deug.

Bha iad air a bhith air an eilean airson ràithe mus deach a' chiad eathar a-mach, a dh'fhaicinn ach an tigeadh iad dhachaigh. Bha saorsainneachd aig m' athair 's bha e air gabhail aig a' bhothaig 's air a dèanamh dìonach is seasgair, agus bha iad gan cumail fhèin a' dol a' dèanamh càis le bainne nan caorach agus a' faighinn iasg air a' chreagach. Bha iad le chèile slàn fallain agus air an dòigh, 's iad a' caitheamh an cairtealen a' leughadh do chàch-a-chèile às a' Bhìoball Ghàidhlig. Nuair a chuireadh riutha iad tilleadh dhachaigh, cha robh dòigh a bha iad a' dol a dh'aontachadh sin a dhèanamh. Tha cuimhne agam air mac a peathar a' sanais ri mo mhàthair air mar a thadhail iad air an eilean 's mar a bha m' athair gu math 's mar nach aontaicheadh e idir a thighinn còmhla riutha. Làidir 's gun robh i, agus eòlach gu leòr air cruadal, bhris oirre nuair a dh'fhalbh e.

Mus tigeadh rotaichean a' gheamhraidh, tha cuimhn' agam gun dh'fhalbh an aon chriutha gus oidhirp eile a dhèanamh air am faighinn dhachaigh, agus gun d' fhuair iad iad an deagh shlàinte agus ann am fonn math, 's iad air an dòigh air an eilean thorrach ghorm ud, na laighe a-muigh leis fhèin anns a' chuan mhòr. Bha iad a' pronnadh adhaichean throsg 's gan gleidheadh ann an leth-bharaillean fiodha a bha iad air a thoirt leotha, agus iad ag ullachadh airson tighinn nan ròn 's gum biodh an t-saill is na seichean aca gan toirt a-steach. Bha iad cuideachd air eòin-mhara a ghlacadh 's a shailleadh.

Na b' fhaide a-steach dhan gheamhradh chaidh bruidhinn air, co-dhiù dà thuras, gu feuchte a-mach aon uair eile thuca, ach cha do leig an aimsir sin leotha. Aig an taigh bha sinne a' cuartachadh nam beathaichean agus a' cur seachad làithean fada, muladach. Ach 's e na stoirmean fiadhaich a' gabhail dha uachdar na mara nach leigeadh dhomh faighinn bhom aire an dà bhodhaig a bha siud air eilean iomallach, nan crùban ann am bothaig, ri fasgadh bho na siantan.

Eadhon tron gheamhradh dhorch sin bha m' athair air cumail air a' gearradh sneag mu choinneamh gach latha air clàr fiodha. Bidh mi uaireannan a' ruith mo mheòir sìos is suas oir a' mhaide: beum airson gach latha bha iad ann – fear nas doimhne airson Latha na Sàboind agus làrach air a ghearradh tarsainn a' mhaide airson deireadh na mìos. Aon uair eile cunntaidh mi na h-ochd làraich sin. A' tòiseachadh anns an Ògmhios 's a' sgur anns an Fhaoilleach. Na seachd sneagan deug mu dheireadh a' coimhead nas mì-ghrinne mar a tha an Gearran a' dol air adhart, gus mu dheireadh nach mòr gun dèan thu mach an làrach. Às dèidh sin chan eil beum idir anns a' chlàr. Tha e agam crochte air toidhne ri taobh an teine.

Fhad 's a chuir mi seachad na seachdainean 's na mìosan fada ud, bhithinn aig amannan ag ràdh rium fhìn ach an dùil an robh e a' smaoineachadh orm a' dol mun cuairt nam beathaichean còmhla ris am biodh e fhèin gun thogail chinn gus an latha a dh'fhalbh e. Sin na làithean bu dorra 's bu neònaiche a bh' ann: nuair a bha e ag ullachadh airson falbh. Bha troimh-a-chèile nach bu bheag a-staigh an taigh nuair a dh'fhalbh mo phiuthar gun fhiosta leis an aodach aige às a' bhucas fhiodha dhan robh e air a chur. A' feuchainn gu fanadh e. Ach air dhòigh no dòigh air choreigin shlaod a' bhliadhna i fhèin a-mach à dubhar a' gheamhraidh agus ghabh dòchas oirre tòiseachadh air ceasnachadh an t-sàmhchadais uabhasaich agus an fhalamhachd a bh' air a bhith gar n-iathadh.

Agus an uair sin, tha cuimhne agam cho math an latha a nochd an srainnsear. Cha robh innte ach tè bheag agus i glè dhàimheil; 's dh'inns i gun robh i na banntraich 's a' fuireach ann an sgìre pìos bhuainn. Chan aithnicheadh sinne idir i, ach seo i air a thighinn 's i ag iarraidh mo mhàthair fhaicinn. Tha cuimhn' agam an caochladh a thàinig air dreachladh mo mhàthar nuair a dh'inns am boireannach seo dhi gun robh teachdaireachd air tighinn thuice ann an aisling: nach robh cùisean idir mar bu chòir air an eilean. Nuair a dh'fhalbh i thuirt mo mhàthair rium gun mi feart a thoirt air na bha i air a ràdh, 's gun luaidh a thoirt air ri duine. Thiodhlaic sinn seo anns an t-sàmhchadas còmhla ris a h-uile càil eile.

Rinn sinn mar an ceudna le sgeula a bha dol mun cuairt mu fhear anns an ath bhaile a chuala gnogadh aig an doras dà oidhche às dèidh a chèile. Nuair a chaidh a mhac chun an dorais an treas oidhche bha duine na sheasamh ann an sin le breacan mu ghuailnean. Nuair a thill an gille a-steach an taigh 's a dh'inns e dha athair gun robh e air samhla Mhurchaidh fhaicinn na sheasamh air an staran, 's e thuirt athair ris: 'Chan eil cùisean idir ceart air an eilean.'

Tha e fhathast na phian dhomh nach deach agam air falbh air a' bhàta a dh'fhàg airson an eilein aon uair 's gun tàinig càil air an aimsir, 's i làn chaorach is bathair. 'S e am beachd a bh' ann gum biodh e na b' fheàrr dhòmhsa fuireach gus taic a chumail ri mo mhàthair, 's gu faigheadh sinn fios aon uair 's gun tilleadh am bàta. Ach nuair a thill – 's i fhathast pìos math bho thìr – chithinn-sa nach robh innte ach an criutha aice fhèin. Ach 's beag a bha dh'fhios agam na bha aca ri innse dhomh. Agus 's beag a bha dh'fhios agam cuideachd gur e fearg a bha dol a thoirt buaidh orm aon uair 's gun cluinninn na bh' aca ri lìbhrigeadh.

Rug an sgiobair orm teann air ghàirdean agus thug e gu aon taobh mi. 'S e nach robh ceò a' tighinn à similear na bothaig dhan tug e aire an toiseach bho thaobh na mara, 's an uair sin gun bhuail an iomagain e nuair a chunnaic e nach robh duine a' nochdadh a-mach gus a thighinn sìos nan coinneamh. 'S ann air m' athair a thàinig iad an toiseach. Bha e na leth-shuidhe marbh air taobh a-muigh doras na bothaig. Bha àite-teine fuar ri thaobh, le prais fhathast crochte air. Tha cuimhne agam sùil a thoirt sìos taobh na sgothadh ach an robh an criutha air a chorp a chur na shìneadh air a' chidhe. Ach 's ann a bha iad sin nan seasamh mun cuairt mar nach robh iad buileach cinnteach dè dhèanadh iad. 'Càit a bheil e?' chuala mi mi fhìn ag ràdh. Choimhead e air falbh fhad 's a thuirt e gun robh iad air adhlacadh air an eilean. Leum mo chiùrradh gu àrd-fheirg agus dh'èigh mi ris nach robh càil a chòir aige bhith air sin a dhèanamh; ciamar a dheigheadh agams' air sin innse dha mo mhàthair. Dh'fheuch e ri mo shocrachadh, ag innse dhomh mar a bha m' athair agus Murchadh air bàsachadh co-dhiù dà mhìos ron a siud, agus gur e an rud a b' fheàrr a rinn iad; gan suaineadh gu faiceallach ann an canabhas làidir a bh' anns a' bhothaig, mus do dh'adhlaic iad iad ri taobh a chèile ann an seann chladh an eilein.

Bha mi fann le cràidh is ionndrainn fhad 's a chùm esan air: air a shocair ag innse dhomh mar a thachair. Mar a chaidh e a-steach dhan bhothaig 's gun d' fhuair e corp Mhurchaidh sìnte air an làr 's e air gabhail aige gu cùramach le breacan tartain air uachdar agus lèine thartain air aodann. Bha mi riamh dhen bheachd gur e briseadh-cridhe a thug m' athair a-mach agus gur e dubhagan Mhurchaidh a leig roimhe. Oir bha mi mionnaichte, aon uair 's gum bàsaicheadh Murchadh, gum biodh m' athair ga dhìteadh fhèin le ciont is iomchair, agus gun cailleadh e iarraidh sam bith a bhith beò. Ciont is iomchair gur h-esan a bha na mheadhan air Murchadh a thoirt dhan eilean.

A' smaoineachadh air na cuirp aca adhlaichte air an eilean, bha mi nis a' faicinn nach fhaighinn gu bràth tuigse air dè a chuir ann iad. Bha fios agam gun robh dusbann air choreigin air a bhith eadar iad fhèin is ministear, ach carson a bheireadh sin orra teicheadh a dh'eilean mara? Bha fios agam cuideachd gun robh tarraing neo-chumanta anns an eilean fhèin agus gun robh m' athair air a bhith ann greis ag iasgach na òige. Ged a bha fhios agam gur e iarrtas m' athar a bha seo, cha do rinn mi a-riamh a-mach ach carson a chuireadh e ri Murchadh tighinn ann còmhla ris, no carson idir a dh'aontaicheadh Murchadh a leithid sin a dhèanamh. An robh an dàimh a bh' aca dha chèile eadhon na bu dhiongmhalta na an dèidh a bh' aca air an eilean?

Mar as sine a tha mi fàs, 's ann as soilleir' a tha mi na mo bheachd nach b' e an t-eilean gorm bu treise aig an robh buaidh.

Bha mìos eile ann mus d' fhuair mi an cothrom a dhol dhan eilean. Chaidh an turas a chur air chois air lost sgeul annasach a thog ceann. Thòisicheadh a' cluinntinn nach b' e bàs cothromach idir a fhuair m' athair agus Murchadh agus gur maite gur ann a chaidh an dochann, 's dòcha, le sgioba bàt'-iasgaich a bh' air an astar. Agus chaidh aontachadh aig an ìre a b' àirde gun deigheadh na h-uaighean aca fhosgladh agus na cuirp a thoirt an-àirde. Chan e gun ghabh mise ris an sgeulachd, ach thug e cothrom dhuinn adhlacadh coileanta a thoirt dhaibh.

Theich mi pìos air falbh fhad 's a bha iad gan toirt a-mach às an talamh, ach aon uair 's gun robh na dotairean air an obair a chrìochnachadh chàirich sinn an dust anns an dà cheann-crìoch a bha sinn air a thoirt a-mach anns an sgoth, agus chaidh an adhlacadh aon uair eile. Fhuair mi faochadh gun deach seo a dhèanamh, agus gu h-àraid an ceann bliadhna no dhà nuair a chaidh againn air leac a chur air na h-uaighean. Bhon uair sin tha na siantan air dìol a dhèanamh oirre dhoigh 's nach mòr gun gabh na h-ainmeannan aca an dèanamh a-mach.

Tha fhathast an clàr fiodha agam; agus an làmhach a thug mi air ais leam. Agus an sàbh. Ach cha bhi duine ann dhan dèan iad sin ciall aon uair 's gun tèid an sgeulachd aca an dìochuimhn'.

Cùil Lodair

Cha bhithinn-s' air a chluinntinn mura bitheadh gun robh e air Radio nan Gàidheal a' mhadainn ud. Eadar *Smuain na Maidne* agus *An Aimsir* dh'ainmich iad gun robh blàr gu bhith air a chur, tràth feasgar a-màireach, air raon Chùil Lodair. Faisg air Inbhir Nis, thuirt iad. Agus gun robh an t-aiseag a' dèanamh turas sònraichte eadar Steòrnabhagh agus Ulapul am feasgar sin fhèin.

Cha bu mhath a b' fheàirrde sinn na dh'òl sinn air an aiseag cheudna. Cha do ghluais mi fhìn is Iain às a' bhàr bho sheòl i. Thug sinn dhinn na claidhrean 's chuir sinn iad fon t-seat. Ged a bha mise mar a bha, 's ann air an uisge-bheath' a bha mi – ach thòisich esan air an ruma dhubh, 's chan eil càil idir cho suarach ri hangover an ruma dhuibh a' dol a-steach dhan chath. Thòisich an t-sabaisd mus robh sinn càil ach a-mach à Loch Steòrnabhaigh. Bha dithis oirre à Siadar an Rubha 's iad a' falbh chun nan rigs. 'Seall air na h-amadain sin,' thuirt fear dhiubh 's e a' sealltainn a-nall an taobh a bha sinne. 'Seall air na h-amadain sin, a' falbh a chogadh airson poofter de dh'Eadailteach. Pàpanach ann am fèileadh.'

Uill, a bhalaich, ma thubhairt. Leum sinn orra. 'Claidheamhmòr,' dh'èigh Iain, ach thuirt mise ris gun dèanadh na dùirn fhèin an gnothaich. Chaidh an ceathrar againn suas chun a' bhoat-deck 's siud sinn nan cràic 's thug sinn slacadaich mhath air a chèile ann an sin airson greis, gus mu dheireadh gun leig iad-san roimhe. Thurchair do dh'fhear de luchd an rèidio a bhith shuas gu h-àrd, ag òl na gaoithe, 's chunnaic esan an t-sabaisd. 'An canadh sibh gur e samhla tha seo air mar a tha an latha a-màireach a' dol?' ars esan 's a mhic aige ri ar bus. 'Dè rud?' ars Iain. Iain cho geur 's cho luath a bharrachd ormsa. Cha bhithinn-s' air smaoineachadh air a seo gu bràth. 'Dè rud,' ars Iain, 'an e gun robh Gàidheil an ugannan a chèile?' 'Chan e,' arsa fear a' mhic, gun e fhèin anabarrach luath, 'ach gun tug sibhse a-mach a' bhuaidh.' 'Gabhaidh mi iongantas,' fhreagair Iain, 's thill sinn sìos dhan a' bhàr, còmhla ri balaich Shiadair. 'Tha sùil-dhubh ort,' thuirt Iain nuair a shuidh sinn.

Bha am bàr a' brùchdadh le muinntir a' Chomuinn a' dol gu coinneamh dhan Òban. Bha a' choinneamh an toiseach gu bhith an Inbhir Nis ach chuir iad i dhan Òban ri linn 's an ùpraid a bha gu bhith timcheall Inbhir Nis a-màireach.

Thàinig na naidheachdan air an rèidio mus do ràinig sinn Ulapul. Bha fear aca shìos air an raon aig Cùil Lodair agus thug e cunntas air dè an seòrsa àite a bh' ann. 'Achadh còmhnard,' ars e fhèin, 'le beagan thaighean mun cuairt. Mòinteach fhraoich is ballachan cloiche. Cò shaoileadh,' chriochnaich e, 'na tha de Ghàidheil òga eireachdail gu bhith nan laighe marbh mun àm sa a-màireach fèar far a bheil mise an-dràsta na mo sheasamh?' Dh'inns e mar a bha an rèidio an dùil fiosrachadh a chumail ris an luchd-èisteachd mar a bhiodh an là a-màireach a' dol air adhart . . . le OB, no Outside Broadcast Unit, shìos air an raon.

Agus gum biodh ceathrar no 's dòcha còignear cruinn anns an stiùidio gus beachdachadh air cùisean mar a bha iad a' dol air adhart. Dh'inns e gun robh oifis na tìde a' gealltainn slinnteach ghrànda de ghlìbheid bhon àird an ear, co-dhiù son a' chiad cheann dhen là a-màireach.

Dh'fhuirich sinne air leann an oidhche sin anns a' Royal Highlander – gu h-àraid seach gun robh sinn air beathaichean a dhèanamh dhinn fhìn air an aiseag na bu tràithe air an latha. Bha leth-dhùil is dòchas gu nochdadh e fhèin. Agus dh'fheith sinn is dh'fheith sinn na h-uairean gus aon bhoillsgeadh fhaighinn air, no fiù 's suathadh ri iomall a chuid aodaich. Ach cha robh sin gu bhith. Bha dà shagart ag ùrnaigh aig peilear am beath', a' guidhe gun deigheadh an là a-màireach le na Gàidheil. 'Thug thu bhuam gach nì a bh' agam . . .' bha fear a' seinn thall aig a' bhàr le a dheòir sìos a lethcheann. Ach ged a bha ar sùil air doras an residents' lounge, cha do nochd mo liagh 's m' fhear-saoraidh. Bha i a-nise a' fàs anmoch, 's na sagartan a' cumail orra mar gu faigheadh iad èisteachd . . . Agus gu seo bha mo shùil fhìn gu dhol fodha. 'Faic an dithis sin,' ars Iain. Bha esan a' dol fhathast, ged a bha snuadh na h-easlaint' air, a thoradh air ruma nan tràlairean. 'Faic an dithis sin,' ars esan a-rithist, mar a bhios duine a' dèanamh ann an sgeulachd, 'ag achanaich full-out gu sgrios Dia sgiobadh Shasainn a-màireach.' 'Dè eile dhèanadh iad?' arsa Catach caol a bha na shuidhe mu ar coinneamh ag òl glainne mhòr Drambuidhe. 'Dè mu dheidhinn,' ars Iain, 'gu bheil padres inbheil Shasannach gu dìleas a' cur asta fhèin leis an aon ghlaodh bhon taobh-san?' 'Dè mu dheidhinn sin?' ars an Catach. 'Tha,' ars Iain, mar a bhitheas e, 'g' eil e a' cur Dia ann am fìor mhox ach cò dha a bheir e a' bhuaidh.' 'Thèid a' bhuaidh leis a' cheart,' thuirt fear thall aon taobh. 'Theid a' bhuaidh leis an neart,' fhreagair fear beag maol, 's brùchd aige, 's e fèar air a thighinn a-mach às an dining room. 'Gu dearbh,' ars esan, 'cha tàinig na chops ud orm fhìn, ge b' e cò am bùidsear bhon d' fhuair iad iad.'

Ghabh mi fhìn orm a ràdh, 'Thèid a' bhuaidh an taobh a chaidh a chur sìos anns an leabhar mhòr leis an Tì tha riaghladh, ro thoiseach an t-saoghail.' Uill, a dhuine, na rinn na daoine ud de ghàireachdainn. ''S mi nach creid,' thuirt Iain, 'nach do rinn an sgleog a fhuair thu mun t-sùil beagan criothnachaidh air d' eanchainn.' Cha robh dùil a'm gun robh daoine air a dhol cho buileach fineachail.

Aig bòrd leotha fhèin bha dithis a bh' air a thighinn à oilthigh. ''N dùil an e Cùl Lodair a th' ann?' 'No Cùil-Lòdair?' 'Dè mu Cùil-Fhodair?' ''S ann a tha e bho Cuidh,' thuirt fear neulach à Sgoil Eòlais na h-Alba. 'Cuidh, mar Cuidhsiadar . . . Lìonacuidh.' Agus sheinn e, 'Ann an Lìonacuidh ri tàmh, leabaidh bhàn ri sàil na mara.' Cha tuirt duine an còrr.

Sin, ma-thà, an seòrsa oidhche dhòigheil a bh' againne, gun ghuth air an là a-màireach. 'Tà,' ars Iain, 'tha mise fhathast gun mo chlaidheamh a ghleusadh.' Le sin theich sinne taobh na leapa, ach tha e coltach gun robh an fheadhainn eile an-àirde gu eadar ceithir 's a' còig. Agus bha sin glè ghòrach 's am blàr romhpa tràth an ath latha. 'Sin sinn, ma-thà,' thuirt Iain am bàrr na staidhre, 'sweet dreams.' Le gàire. Cha robh mi ann gus an cuala mi fuaim stàilinn 's e a' ruspaigeadh air a chlaidheamh. 'S an uair sin sàmhchair.

Fhuair sinn lioft sìos pìos seachad air Bail' an Loch 's choisich sinn an còrr dhen t-slighe. Bho dheireadh ràinig sinn a' mhòinteach lom seo. 'Na teich bho mo thaobh air do bheatha bhuan': sin an aon rud a thuirt Iain. 'Ma thilleas tu às m' aonais, cùm dìon air Mary Ann,' thuirt mise ris-san. 'Agus, Iain . . .?' 'Dè?' ars esan – agus sin am facal bho dheireadh a chuala mi a' tighinn às a bhilean. 'Iain . . . Ma chì thu mi air m' fhìor leòn . . . Iain, tha fhios agad dè nì thu.'

Ach cha b' ann mar sin a thachair. Thòisich an onghail 's an èigheachd . . . Chan fhaca tu a leithid 's na bu tig an latha a chì. Bha sinne thall air taobh a deas arm nan Gàidheal – aig outside-right, mar gun canadh tu. Aig aon àm bha am Morair Seòras, le a cheann maol, na sheasamh cho faisg dhomh 's a tha thu fhèin an-dràsta. Bha sinne a' dol air adhart, agus am balla cloich an taobh thall dhinn – beagan dìon, bha sinn an dùil. Ach, fhearaibh, fhearaibh, sinn a bh' air ar mealladh 's air ar brath. Mastaigean nan con air nach dèan teanga luaidh . . . na Caimbeulaich mheallta a-staigh am broinn nam ballachan. Mi fhìn is Iain nar ruith . . . na biodagan a' dol . . . nuair a dh'fhairich mi mo ghàirdean a' toirt breab às, 's an uair sin e slaodte rium na bhloigh. Agus èighe Iain ri mo thaobh, 's mus do sheall mi rium fhìn bha e marbh aig mo chasan. Shlaod mi mi fhìn am measg nam marbh . . . Shìn mi greis am measg an fhraoich. Ach bha daoine a' ruith thairis orm gun sgur.

Shìos pìos bhuam mhothaich mi do chairt mhòr agus rinn mi oirre air mo spògan. Dè bha seo ach OB Unit a' BhBC 's i air a dhol am bogadh. 'S iongantach mun do mhothaich cuideigin aca dhomh, oir chaidh mo shlaodadh a-steach agus copan cofaidh ann an copan polystyrene a chur dhan aon làimh a ghluaisinn. 'Tourniquet!' dh'èigh fear. 'Faigh tourniquet! Seall air a' ghàirdean aige.' 'Dè a' Ghàidhlig a th' air tourniquet?' thuirt cuideigin. 'Dè a' Ghàidhlig a th' air banana?' thuirt tè 's i a' suaineadh tè de theipichean a' BhBC mu mo ghàirdean. 'Casg fala . . . sin tourniquet.' 'Sin a tha sinne feumach air an-diugh fhèin,' arsa mi fhìn 's mi rudeigin aotrom a' faireachdainn. 'Casg fala.' Bha mi aotrom a' faireachdainn, oir bha iad air plum ruma dubh a chur an ceann a' chofaidh. 'Faire, faire,' arsa mi fhìn, 'tha fear na shìneadh tosdach glè fhaisg dhuinn san achadh-chogaidh a bha gu math geallmhor air an ruma dhubh.' Ach ciamar a bhiodh fios acasan cò thuige a bha mi ag iarraidh? ''Eil thu deis gus a dhol air an èadhar?' thuirt fear rium. 'Air an èadhar?' arsa mise. 'Aidh,' thuirt e, ''s tusa a' chiad veteran.' 'Coma leam dhan an èadhar,' arsa mi fhìn. 'Cà'il mise a' dol air gin a dh'èadhar 's an diabhal rud a' dol fhathast.' Thòisich iad an uair sin ag argamaid nam measg fhèin. Cuid aca ag ràdh gur ann am Beurla a bu chòir dhomh bruidhinn. Son *Newsdrive*. Aidh.

Shlaod mi mi fhìn a-null gu uinneag an OB 's sheall mi a-mach. Uill, a dhuine thruaigh, nam faiceadh tu am forgladh 's am murt a bha siud. Bha mise le mo leth slaodte rium 's gun eadar mi 's traoghadh gu bàs ach teip a' BhBC a bha mum ghàirdean. 'Uill,' arsa mise rium fhìn, 's mi a' coimhead nan Gàidheal gan sgrios air gach taobh dhen OB Unit. 'Uill,' arsa mise rium fhìn a-rithist, mar a bhios duine a' dèanamh ann an sgeulachd, 'tha sinn done.'

Anns a' mhionaid sin bhuail cnap mòr de rudeigin air cliathaich an OB 's chriothnaich e na bha na bhroinn. 'Na bugairean,' dh'èigh fear. 'Gheall iad nach buaileadh iad sinn . . . 'S fios is cinnt aca nach eil claon-bhàidh againne ri taobh seach taobh . . . G' eil sinn neutral.' 'Chan eil dòigh am Prionnsa fhaighinn son *Aithris an Fheasgair*,' dh'èigh tè. ''S tha mi airson cuideigin a bhith againn live.'

Thòisich i gam cheasnachadh ... Dè mo bheachd air an latha ...? Carson nach tàinig barrachd às na h-Eileanan an Iar? Cha do ghabh i sùim dhe mo ghàirdean idir, ach dh'fhaighnich i dè an ìre dhen bhlàr aig an d' fhuair mi an t-sùil-dhubh. 'Fhuair,' arsa mi fhìn, 'nuair a thug an *Isle of Lewis* robhla aiste 's thàinig gòradh orm 's bhuail oglach dìobhairt mi, 's anns a' mhionaid sin thug fear à Siadar a thurchair a bhith dol seachad dhomh i mar a laigheadh i orm. Aidh,' arsa mise, 'sin mar a fhuair mise an t-sùil-dhubh.' Cha do dh'fhaighnich i an còrr dhomh, ma-thà. 'S an uair sin sàmhchair.

Ùrachadh

Mus tug iad dhomh an cridhe ùr bha mi air a dhol cho lag ris
a' cheò. Gu dearbh, 's e bh' aca rium, mura lorgte fear à àiteigin a
dh'aithghearr, nach robh iad idir cinnteach dè mar a dheigheadh
dhomh. Bha iad air a h-uile iùl fheuchainn: a' leudachadh nan
cuislean, 's a' toirt breaban dealain dha, 's rudan eile nach do
dh'inns iad dhòmhs'. Ach cha robh a' dol aig dad dhen sin air
mo shuidheachadh a leasachadh. Càil ach laige is giorrad analach
ga mo thoirt an-asgaidh. Dh'aidich iad gun robh an grèim bho
dheireadh air fìor droch agalladh a dhèanamh, 's gur ann air
èiginn a bha e a-nise a' cur troimhe na fala. Nach robh air a-nise
ach cur airson cridhe a bhiodh cuideigin air fhàgail às a dhèidh
mar thiodhlac. Cha robh dùil agams' gun gabhainn ri leithid siud
na mo bheath', ach 's umhail tè na h-eisimeil. 'S cuideachd, bha
Doilidh gu mòr air a shon. Bidh tu nad bhoireannach ùr, 's e
bh' aige. Nam biodh fhios aige, no agamsa leis.

Tha mi creids' nach robh dol-às agam bhuaithe. Nach e a thug
a-mach m' athair 's mo mhàthair. Ise nach robh an leth-cheud
dùinte, na b' òige na tha mi fhìn an-diugh. Fiù 's cha b' e an dàrna
duine, ach an dithis – mo lèireadh. Esan, cha robh e a' sealltainn
às a dhèidh fhèin bho rugadh e, le fags is deoch 's, mun canadh

74

e fhèin, asann a' mhuilt. Ach cha b' e sin dhìs' e, 's nach coltach rithe mi, cho caol ri gath 's gun fhiaradh air a corp bho mhoch gu dubh. Ma-thà, cha do sheas sin i; bhuail e i am feasgar ud mar chlach às an adhar. Sheas esan na b' fhaide, ach 's e rinn a' chùis air aig a' cheann thall. Sin a dh'aindeoin 's nach tug e latha dha bheath' gun a bhith a' slàraigeadh air beairt 's às dèidh nan caorach; chanadh tu nach robh air an talamh na bu treise. Mar sin, dè bha na cuislean flagach agamsa a' dol a dhèanamh ach calcadh le geir. 'S nach robh a' bhuil air mo chridhe bacach, gun ach an euslaint air a cur a-mach dha.

An dèidh sin, cha do dh'fhàg sin mi gun a bhith an sàs ann an gu leòr, eadar òige is pòsadh is teaghlach. Na mo riabastan eadar oifis is cròileagan is sgoil is dachaigh gun fhiaradh gun innealadh. Gus an d' fhuair sinn iad air an casan. Doilidh gun thiormach-adh fhad 's a leigeadh aimsir gu muir e. Cuilean a' chuain, ma bha e riamh ann. Dh'fhàs iadsan gun fhiost' dhuinn, 's mus do sheall sinn rinn fhìn bha iad a-mach às ar làmhan, am paidhir aca. Am baile-mòr, cha b' fhiach ach sin; mur eil iadsan a' faighinn an leòr dheth. An dèidh sin 's na dhèidh, nach d' fhuair iad foghlam ann nach do shuath sinne ri càil dha leithid. Chan e gun robh moth-achadh againne e bhith gar dìth. Nach robh sinn mar fheadhainn san t-sreath sa mhagh-shluagh, 's cha do thog sinne a-riamh ar sùil ri chaochladh. Chan e gun robh aon chàil a dhìth oirnn, 's ann oirnn nach robh, 's tha mi cinnteach gun robh sinn riaraichte le ar crannchur, cho fad' 's as cuimhne leam. Chan e – ma nì mi oidhirp tilleadh nam inntinn gu dè bhithinn a' faireachdainn 's a' smaoineachadh, tha sin a' toirt mo dheithead dhomh. Air a dhol doirbh faighinn air ais na bhroinn. Cuimhn' a'm air gu leòr, nach eil fhios gu bheil, ach, chan eil fhios a'm, 's ann a shaoileas mi nach eil mi ag iarraidh a bhith a' ruith air na làithean sin. Neònachas air nach beir mi air tighinn nan lùib. Mar gun robh m' ùidh dha air teicheadh.

Chan e gun dh'fhairich mi beud fad nam bliadhnaichean sin. Cho fallain ris a' bhreac 's a choltas orm. Aig iòga 's anns an gym còmhla ri clann-nighean na h-oifis. 'S mi fhìn is esan gun abhsadh nuair a leigeadh an tìde dhuinn e, a' falbh ag iasgach lochan na mòintich, mura biodh esan aig muir. Làithean fada, tioram, grianach, no làithean fada, fliuch, sgòthach: cha robh e gu diofar leinn 's sinn a-muigh anns an uaigneas. An ùine bho nach do thadhail mi air loch no bho nach do thog mi slat; cha mhòr gun gabh e chreids'. Ach aon uair 's gun bhuail an aon-rud chuir e giorra-shaoghail air a h-uile càil a bha sin. Cha dìochuimhnich mi am pian an latha ud, no a bhith seàrrte anns an fhraoch 's esan air a' mhòbail, 's an uair sin àibheis mus do nochd a' heileacoptair. Ach mo bheannachd aca: cha bhithinn-s' an seo an-diugh mura bitheadh iad. Iad fhèin 's an defib nam beannachd. An uair sin air mo sgèith air falbh dhan bhaile-mhòr, 's dh'fheuch iad sin na bha nan comas. Gus na cho-dhùin iad nach dèanainn mo bhiadh dheth mura faighte cridhe ùr, is sin cho luath 's a ghabhadh. Agus sin mar a bha.

Thill mise dhachaigh 's cò bh' ann ach mì. Mar fhiadh na beinne, cho treun 's cho treis. Doilidh air tilleadh a dh'iasgach 's mise air ais aig m' obair: clann-nighean na h-oifis a' glaodhaich 'Mo chridhe trom, 's duilich leam', ach nam biodh fhios ac' air. Gu dearbh, 's iadsan a chuir a' chiad umhail. 'Tha thu fiot gu leòr, 's tu tha,' ach cha robh iarraidh agam a dhol nan cois dhan gym no càil mar sin. A dhol dhachaigh cho luath 's a bha mi deiseil. Cha b' ann fann no lag no càil mar sin a bha mi; dìreach nach robh

sunnd agam a dhol ann. 'S ann a fhuair mi mi fhìn a' tadhal anns
an leabharlann madainn Disathairne 's a' faighinn leabhraichean
mu dheidhinn pheantairean a bh' ann tro na linntean. Agus, gu
neònach, peantairean caran fiadhaich le ainmeannan mar Bacon
is Bosch is Breugel a bha mi a' toirt leam; daoine mu nach cuala
mise a-riamh na mo bheatha gu siud fhèin. A' còrdadh rium: chan
iarrainn am bainne leotha. Gu uairean beaga na maidne an-àirde
a' ruith a-rithist 's a-rithist air na deilbh aca. A' chiad turas a
mhothaich esan dhomh air an dol-a-mach a bha seo, cha do
leig e air; 's ann nuair a thuirt mise às mo ghuth-shàmh, Dè mu
dheidhinn sinn a dhol air làithean-saora a New York? a chaidh
e dha gu smaoineachadh. Mise nach iarradh falbh taobh sam
bith. Tha e coltach gu bheil gailearaidhean mìorbhaileach ann,
dh'inns mi dha. Sheall mi dha na deilbh anns na leabhraichean
ach cha mhòr gun tug e an dàrna sùil orra. Uill, Lunnainn a-rèist:
tha mi son an Tate fhaicinn. Chaidh esan gu muir, 's thog mise
orm a Lunnainn. Cha robh gailearaidh air nach do ruith mi,
's cha b' ann aon uair. Bhithinn a' cur teacsa thuigesan 's chun
na cloinne – bha fhios a'm gum biodh beagan iomagain airsan
gu h-àraid – ag innse mar a bha mi air mo dhòigh; nach robh
cuimhn' a'm a-riamh a bhith cho dòigheil. Cha robh càil ann ach
gun chuimhnich mi fios a leigeil chun na h-oifis gun robh mi
a' gabhail seachdain no dhà dheth.

Cha b' e a-mhàin na gailearaidhean ach mar a bha mi air mo
dhòigh a' falbh shràidean Lunnainn. Gun teiche, gun eagal. Cha
robh feasgar a' tilleadh dha mo rùm anns an taigh-òsta nach
robh achlasan leabhraichean mòra brèagha agam air a cheann-
ach. Cuideachd a' cur seachad nan uairean mòra a' leughadh
an café a' Bhritish Museum anns an talla mhòr gheal, 's a' falbh

am measg nam mìorbhailean a bha mun cuairt. Fiù 's nach tàinig mi air na Fir-Tàileisg bhon taigh aon latha, agus 's ann a chuir iad an cianalas orm ann an dòigh air choreigin. Gun abhsadh air mo chorp bho dh'èirinn gus an deighinn innte a' coimhead 's ag èisteachd, 's mi cho saorsainneil ri nighean bheag. Cha robh uallach air talamh orm. Chuir mi seachad latha slàn, na mo sheasamh greis 's greis eile na mo shuidhe, a' falbh air cruinneachadh mòr dhealbh le fear aingidh air an robh Caravaggio. Nam faiceadh tu iad: dealbh ann an aon dhe a cheann fhèin mar cheann Eòin Baist'. Theab nach fhaighinn mi fhìn a-mach à siud idir: air mi fhìn a lorg, 's sin gun mhothachadh gun robh mi ann, ach a-mhàin air na bha mi a' toirt fa-near. Agus sin cho furasta dhomh, agus a' tighinn orm.

Bha an trìtheamh seachdain ann mus tàinig Doilidh sìos. Chan e nach robh sinn a' cur theacsaichean gu chèile, ach cha robh mise a' toirt feart air mar a bha e gun sgur, càil ach ag iarraidh orm a thighinn dhachaigh. Cha tigeadh e an aon uair a dh'fhaicinn Caravaggio no duin' aca. Nam biodh mo phassport air a bhith nam chois bhithinn air toirt às a New York mus tàinig e. 'S iongantach g' eil uiread an àite sam bith 's a tha an New York, mura bheil am Paris fhèin. Cha tèid do chas a Pharis, a bh' aige, tha sinn a' falbh dhachaigh a-màireach. Aon latha eile anns an Tate Modern tha mi ag iarraidh, sin uireas: Cha tèid diochuimhn' agad air. Tha làithean do Thate seachad.

An ath fheasgar bha sinn nar dithis aig an dotair againn fhìn aig an taigh. Cha dèanadh e sin steama dhen t-seanchas a bha Doilidh ag innse dha mum dheidhinn. Ach bha de thulchuis ann na chuir air ais sìos mi dhan ospadal mhòr far an robh mi air an opairèisean fhaighinn. Cha b' e gun robh mise a' coimhead ciall sam bith a leithid sin a dhèanamh.

Thug iad dà latha mus do ghairm na dotairean sinn a-steach air ais. An triùir aca an ceann a' bhùird leis a' phroifeasair air an ceann. Tha sinn, ars esan, air a bhith a' coimhead gu mionaideach air mar a tha air a bhith dol dhut bho bha thu còmhla rinn bho chionn sia seachdainean. Thàinig teatha is briosgaidean 's ghabh mise 's iadsan rudeigin, ach cha bhlaiseadh Doilidh air grèim. 'S ann a chithinn a làmhan le faileas de chrith air tighinn annta; na crògan dearga a b' eòlaich air a bhith a' rùrach am measg nam musgan-caola. 'S dòcha gun cuir seo iongnadh oirbh, ars am proifeasair 's e a' toirt srùpag às a chopan; gu dearbh, tha e na fhìor adhbhar iongnaidh dhuinne sinn fhìn. Tha fios agaibh, thòisich e, gur e an eanchainn rian is dòigh an duine. Uaireigin, bhathas dhen bheachd gur e an cridhe a bha a' riaghladh faireachdainnean de shòlas is de dhoilgheas a bha an cois mhic an duine. Ach chaidh am beachd sin a chur à bith bho chionn fhada, 's fhios againn nach eil anns a' chridhe ach seòrsa de phumpa airson an fhuil a chur mun cuairt a' chuirp. Dh'òl e làn a bheòil a-rithist.

Bho chionn ghoirid, ge-tà, ars esan, uill, bho chionn greis a-nise, tha luchd-meidigeach air lorg gu bheil fada a bharrachd ceangail eadar eanchainn duine agus a chridhe. Gu dearbh, ann an dòigh air choreigin, nach eil fhathast buileach soilleir dhuinn, gu bheil an cridhe a' togail co-dhiù cuid de dhol-a-mach na h-eanchainn. G' eil an ceann a' cur dreach air a chridhe a th' anns an aon bhodhaig. Mar sin, 's e a' toirt sùil gheur oirnn le chèile, chan e a-mhàin pumpa sìmplidh a th' anns a' chridhe. Tha e air fàs coltach ris an duine anns a bheil e. Stad e son diog. Ri linn sin, 's e a' cumail air, ma thèid cridhe bho aon duine a chur ann an duine eile, 's fheudar gu fàs an duine a gheibh an cridhe sin, co-dhiù ann an corra dhòigh, coltach ris an duine às an tàinig an cridhe. Rinn Doilidh snodha-gàire, ach thug mise aon sùil air. Mo leisgeul, chuala mi e ag ràdh air a shocair. Lean am fear eile air.

Tha sinn air coimhead ri na rudan a tha thusa air a bhith a' dèanamh, agus tha e air mòran deasbaid a thogail eadarainn. Mar as trice, cha bhi sinne ag innse dad mun neach a thug seachad ball dhe chorp, mar a rinn an duine a thug dhuinn an cridhe a chuir sinn annadsa. Ach, tha sinn air co-dhùnadh g' eil thusa airidh air beagan fhaighinn a-mach mun duine seo. Thug e sùil eile orrasan. 'S e Ameireaganach a bh' ann. Cha robh ann dheth ach duine a bha fhathast òg gu leòr nuair a chaidh a mharbhadh le càr ann an Lunnainn. Ann an Lunnainn, gu dearbh, far an robh e aig co-labhairt mu pheantairean, oir 's e bh' ann dheth ach àrd-ollamh ann an colaiste ealain inbheil ann an New York. Agus tha sinne a' cumail a-mach, ars am fear a bha na shuidhe air làimh chlì a' phroifeasair 's nach robh air a bheul fhosgladh gu seo, gu bheil cridhe an fhir sa a' miannachadh cumail air is leantainn ri na h-aon nithean anns an robh e daonnan an sàs nuair a bha e ann am bodhaig an Ameireaganaich. Dè nì sinn? 'S e Doilidh a bh' air a ghuth a lorg. Cha do dh'inns duine dhuinne. Cha do dh'inns, ars am proifeasair, cha robh fios no dùil sam bith againne sinn fhìn gun tachradh a leithid. Ged a bha mothachadh againn gu faodadh e a bhith.

'S dè a-nise, ma-thà? thuirt mi fhìn air mo shocair. 'S e an treas fear a fhreagair: Sin far an urrainn dhòmhsa ur cuideachadh, le chèile. Dhòigh 's gun tèid agaibh air ur h-aghaidh a chur air an t-suidheachadh a tha seo gun thuisleadh. Thug sinn co-dhiù an ceala-deug ga fhrithealadh 's e gar n-ionnsachadh 's gar n-earalachadh. 'S ann gu sònraicht' aig Doilidh a bha ri a shealladh agus a dhòigh ath-leasachadh gus tuigse agus fois a lorg mu choinneamh na bha air tighinn a rathad. A' mhadainn ghrianach Shàboind a bha seo, bha colbh fada dhen a h-uile treubh agus fine nan seasamh sàmhach sìos oir an rathaid mhòir air taobh a-muigh na Gailearaidh Nàiseanta agus a-null ri cliath-aich Ceàrnag Thrafalgair. An duine a shealladh geur, dhearcadh e air dithis nan seasamh foighidneach anns an t-sreath, esan na èideadh soilleir samhraidh, na aid shràbh, 's ise an aodach aotrom craobhach, 's a h-aodann deàlrach. 'S iadsan maille ri càch a' feitheamh gus am fosgladh dorsan mòra na Gailearaidh, 's an taisbeanadh iomraiteach eadar-nàiseanta aig Miro bho dheireadh thall air tighinn a Lunnainn.

Caitheamh-Beatha

Tha mi 'n-dràsta gam fhaicinn fhìn shìos anns a' chladach, le mircean no 's dòcha duileasg. Stamh is daoidhean. Stad. Mi mu dheich no dusan, chanainn – rudeigin mar sin. Nar suidhe air na creagan gar tiormachadh fhìn. Còignear; 's e, còignear. Aon duine eile 's mi fhìn beò an-diugh, Iain Ruadh – an Auckland, nach ann? Mi fhìn, Iain, Calum, Tarmod, ceathrar, Dòmhnall Iain, còignear. Stad. A' snàmh nuair a thàinig mi mach an seo an toiseach 's a dheigheadh an sàl na mo chuinneanan, bhithinn a' smaoineachadh gur ann air ais shìos an sin còmhla ri na balaich a bha mi. Cha b' ann an dè . . . mise a-mach an seo an toiseach, mise aig a' chladach aig an taigh, eh? Rud a bha neònach: h-uile latha, mi a' snàmh a-muigh an seo nuair a thàinig mi ann an toiseach; càil ach sìos chun a' chladaich, fèar mar a bha mi mus do dh'fhalbh mi bhon taigh. 'S chaill mi a h-uile peite craicinn a bh' air mo dhruim a' chiad samhradh a bha siud, leis a' ghrèin. A thia, peite. Bile craicinn, math gu leòr; ach peite – chan eil fhios a'm. Peite craicinn, bile fuilt, sgionach èisg – ist, lig seachad iad. A h-uile miac aca, an t-sligeach ort le na dh'òl thu dhen bhainne bhlàth, sgionach èisg, a h-uile miac, cho saillte ri mitheal, tha mi na mo mheathal. Stad. Briathran dìomhain, briathran diombuan.

An tuilleadh a' tilleadh. 'Eil càil air fodar dheth, càil air fhàgail dheth ach am fosgar, nuair a chuir e shot dhan a' chù cha do gheàrr e milead. Sguir dhiubh. Caisg iad. Tosd iad. Stad. Tha mi mar gum bithinn air ais a-rithist anns a' bhus. Am bus gorm 's mi na mo shuidhe shuas anns an deireadh. Carson nach fhaigh mi sin bhuam 's nach tug e an dàrna smuain orm an latha ud a bha mi ann? Sibhse ag ràdh, Na bi fada gun thilleadh, 's bi cinnteach gu sgrìobh thu. Mo chiad sùil. Mo lèireadh. Tric cha do sgrìobh. 'S cha mhotha a thill. 'S a-nise chan eil thu ann ged a thillinn. Rud nach till. Mi fhìn no thu fhèin. Mi a' togail orm 's am bus a' dol timcheall ceann shìos na sgìre. Gun air m' aire ach falbh. Faighinn air falbh, gu rudeigin 's bho rudeigin. Cha bhi mi tric gam fhaighinn fhìn air an aiseag idir no air an trèana. Ach a' fàgail Tilbury 's a' tighinn a-steach fo dhrochaid Sydney. Fhios a'm anns a' bhad gur e seo m' àit'. Nach iarrainn às. Nach iarrainn air ais; nach fhaighinn air ais. Leis a' chuthach, an aon bhoil; 's tusa thug ruith gu do rudhaltan, àmhgharan, garna-fhortan, gradan goirt. Stad. Bi cinnteach gu sgrìobh. Mall a bha an sgrìobh-adh, is tearc. Peitean craicinn mo bheatha. Agus sibhse ag innse mar a bha a' dol dhuibh aig an dachaigh. An coirce na laighe le na gèiltean, air dealachadh ris a' bhoin, leag esan an t-sean sabhal le àth do sheanar na bhroinn, e air ais aig a' Hydro, sgiobadh na mònach aige air a chosnadh. Stad. Sin uile a' teiche na b' fhaide 's na b' fhaide air falbh. Gus bho dheireadh, gus bho dheireadh. Nach mòr gun robh e idir ris. Gun smuain agam air càit an robh mi air a chur; air ur cur. Mi air mise ùr a thogail. Mise mi fhìn. Uill, seòrsa eile dhìom fhìn. Fear eile dhìom fhìn. Fear dhen fheadhainn a rinn mi. 'S cha robh iad duilich sam bith an dèanamh. An e pearsa a chanas mi ris? Rinn mi pearsa ùr; stèidh mi e; thog mi e. Gnè, 's dòcha. Gnè ùr nodha, rinn mi dhìom fhìn. Co-sheirmte ri far an robh mi. Ann an dùthaich ùr, fad' air falbh bho chàil a bha mi roimhe, chruthaich is shnaidh mi gnè ùr dhomh fhìn. 'S seach nach robh mi ga cur gu feum, ga cleachd-adh, shìolaidh i sìos, no às – an tè a bh' agam ron a sin. Gach dòigh is modh a bha na cois – agus a cànan. Caitheamh-beath' eile: duine eile. 'S mi air an t-snàmh le mo dhruim air a rùsgadh leis a' ghrèin. Dè an t-ainm a bh' air an sgeir ud a-rithist far am biodh sinn ag ionnsachadh nar balaich? Ridhir, no rudeigin. 'S e, a' Ridhir; cha mhòr nach eil mi deimhinnte. Deimhinnte! cha deighinn cho fada ri sin. A' Ridhir, Na Dorsan, Dalt Iarach; Sgarabhal, Charasgeir. Stad. Ach am bàgh a-muigh an seo far am bithinn air an t-snàmh anns a' ghrèin, 's e Rainbow Beach a bh' air, mar a bhithinn ag innse dhuibh nuair a sgrìobhainn. Nuair a sgrìobhainn. Do litir: tha còrr is ràithe bho nach cuala mi bhuat, an dòchas gu bheil thu slàn. 'S bhithinn a' dol ga freagairt 's a' dol ga freagairt; a' dol gun sgur 's uiread ri dhèanamh 's uiread ri fhaicinn. 'S nuair a fhuair mi am motorbaic 's sinn a' falbh gu fada mach dha na Blue Mountains gun fhiaradh. An t-àite cho coimheach 's cho faisg dhomh: tioram-theth, buidhe-dhearg, coltach ri chan eil fhios càit'. An tìr cho diofraichte; mi fhìn cho diofraichte. Cha b' e idir gun dhìochuimhnich mi thu, ach 's e cuimhne eadar-dhealaicht' a bh' ann. Aisling, tha mi creids'. Glè choltach ri aisling agus glè thric ann an aisling. D' aghaidh 's do chumadh 's do choiseachd. Gheibheadh mo chuimhne thuca gun spàirn, ach cha robh àite airson a leithid sin anns a' . . . Bha mi agad 's cha robh. Bha thu ann 's cha robh. Cha mhòr gun gabh sin a chreids' dhomh an-diugh. Dè math dhomh a bhith a' faighneachd? no cò dha? no co-dhiù? Ma fhuair mi rud chaill mi rud. Mar gum bitheadh. Tha mi a-nise gam fhaicinn fhìn air tòiseachadh a' coiseachd a-steach an tràigh, gun fhios carson sin; tha, seach gun dh'ainmich mi a' Ridhir idir. Creagan a' Ridhir air mo chùlaibh 's mo chasan-luirmeach air a' ghainmhich. Steach, steach romham, taobh a' chidhe. Mo chasan chan ann mar a tha iad an-diugh. Iad cho cinnteach 's cho làidir fodham an uair sin, ged nach mothaichinn do chàil dhen sin aig an àm. Ged a bhithinn ann an-dràsta, cruaidh orm gun coisichinn leth na tràghad le dìol mo chasan; cha choisicheadh no càil as ionnan 's na e. Ach chan ann mar sin a tha iad 's mi gam fhaicinn fhìn ga coiseachd an-dràsta, le sùrd na h-òige – dè bha mi? Deich no h-aon-deug no mar sin. Na creagan 's feamainn thioram steigte riutha 's an tràigh a-muigh, 's am maorach 's na faochagan ris. Slabhcan. Stad. Bonn mo chasan a' srucadh 's a' suathadh lorg is lorg air a' ghainmhich. Eòin-chrom air na h-uighean shuas an aghaidh na bruthaich. Choisich mi a-rithist e nuair a thill mi air an aon turas ghoirid air ais an dèidh a bhith deich bliadhna fichead air falbh. Deich bliadhna fichead eile bhon uair sin. Trì fichead bliadhna gu lèir. Nuair a bhios an dìle ann. Dìle? Peite, 's a-nise dìle. An dìle bhàtht'. 'S a bhios an t-uisg' a' sruthadh sìos leòs na h-uinneig – chan ann tric, ach tachraidh e bho àm gu àm – bidh mi a' cur mo bhois ris an leòs bho staigh . . . 's chan eil bliadhna ann, gun luaidh air trì fichead. Mo làmh air an leòs fhuar aig an taigh 's an t-uisge mòr a-muigh 's mise a-staigh na mo bhalach. Agus. Seach nach eil duine an seo a chì mi . . . a' seasamh air an t-sòfa leam fhìn 's a' buain mhònach. G' eil mi air fàd a' chaorain 's e bog mar a tha an sòfa, 's an tairsgear agam mas fhìor air fiaradh a' gearradh an fhòid, mar a dh'ionnsaich mi bhom athair. Spoth sin ceart aige. Seadh, spoth. Bithidh, ma-thà,

cugallach na mo sheasamh air oir an t-sòfa a' spoth fàd bog
a' chaorain anns a' bhlàr-mhònach air an Druim Buan. Tairsgear
is corrfhad is barrfhad. Mòine chòsach, ath-bhlàr, calcas. Stad.
Facail, gun càil aca a nì iad. Iad a' seòladh 's a' sìoladh air uachdar
na h-eanchainn; uachdar a' phuill. Diombuan. Plòidhe na
h-eanchainn: caitheamh-beatha. Gun ann ach mar dhoras a
dh'fhosgladh son diog 's a dhùnadh air ais: fèar mar sin. Aon uair
's gun thill mi mach an seo an dèidh a bhith air ais bhon chuairt
aig an taigh . . . M' eanchainn ann an car a' mhuiltein às ùr. An
inntinn air car eile a chur. Air ais a' coiseachd na tràghad. An
uair sin a thill am mi fhìn a bha mi air a leigeil seachad bho
thàinig mi an seo. Am pearsa a shearg a-nise air ais. 'S an cànan
aige ga lorg fhèin air ais. Ach mi cho fada bhon àite anns a bheil
sin stèidhte. Dà mhìr mhònach aig an doras, dùn smùir, òcrach,
ceann-sgura. Stad. Dà mhìr anns an eanchainn. Mi gam fhaicinn
fhìn na mo ruith eadar an dà mhìr. Mìr ag innse dhomh càit a
bheil mi an-dràsta; mìr eile gam thoirt air ais gu na th' air mo
chùl. Dà dhòigh, dà ghnè, dà bhith, dà mhìr. Stad. Agus a-nise na
mo sheann aois a-muigh an seo, chan eil mi ag ionaltradh ach
anns an dàrna mìr. Air ais. Daonnan air ais. A' chiad mhìr,
temporal parietal, am falmadair; an darna mìr, left-hemisphere
interpreter. Stad. Facail a' seòladh, facail a' sìoladh, gun chàil aca
a nì iad. A' sileadh trom eanchainn. Geamannan cànain: sin na
th' ann. Nach bu mhath iad, nuair a bha thu ann son an gèam a
chluich còmhla rium. Mar a tha mi a' dèanamh fhathast. Eadar
mi fhìn 's mi fhìn. Ged a thug mi fhìn cho fada air chall, air falbh
bhon a' ghèam còmhla riut. Tioram-theth, buidhe-dhearg.
Cinnteach gu sgrìobh. Dol ga freagairt 's a' dol ga freagairt. Tearc.
Tric. Cha do sgrìobh. D' aghaidh 's do chumadh 's do choiseachd.

'S cha mhotha a thill. 'S a-nise chan eil thu ann. Mo chasan a' srucadh. Rud nach till. Mi fhìn 's tu fhèin. Trì fichead bliadhna. Doras a dh'fhosgladh 's a dhùineadh. Am bus gorm a' dol timcheall ceann shìos na sgìre, na mo shuidhe shuas anns an deireadh. Stad.

Na h-Ailbhein Gaoithe

Baile beag sìtheil a bh' ann, 's iad an ceann an cosnaidh mar a dheigheadh ac' air. Bha muir aca 's bha talamh aca 's bha adhar aca, 's mar sin 's e beatha nàdarrach gheàrr a bh' aca, gun tuisleadh leibideach sam bith nan lùib ach mar a thilgeadh freastal orra. 'S e sin gus an tàinig an tè bha seo. Chualas gun robh i gu bhith a' bruidhinn shuas am meadhan a' bhaile às dèidh na diathad, 's ged a b' e fhèin latha geamhraidh a bh' ann gum biodh e iomchaidh gach duine ac' a bhith ann gus cluinntinn na bh' aice ri ràdh. Seach nach robh iad idir eòlach air a leithid seo, cha robh duine bh' anns a' bhaile nach do dh'fheuch suas ach am faicte dè bha dol. Ged nach robh na bha sin anns a' bhaile, bha am monmhar 's an t-sitrich àbhaisteach nam measg, oir bha feadhainn nach robh air a chèile fhaicinn bho chionn deagh ghreis. Chan eil adhbhar ghearain – thu fhèin? ri chluinntinn thall 's a-bhos.

Bha ise na seasamh shuas am broinn seòrsa de bhucas àrd fiodha a bha a' cumail an uisge dhith. 'S mise, ars ise, Mòr Chiar. Cha tuirt duine diurra-bhid. Creutair beag cnapach, air nach toireadh tu an dàrna sùil, le a gruag liath, ach cha ghann sgairteil aon uair 's gun d' fhuair i fo leigh. Agus 's e bha na iongnadh cho furaileach 's a bha gach mac màthar a bha siud nan seasamh ga h-èisteachd. Mar a bha ise air rabhabh fhaighinn às leth a' bhaile, 's nach b' aon uair sin ach grunn thuras. Ann an riochd sgrìobhaidh; cumhachd air toirt oirre sgrìobhadh sìos na rabhaidhean a bha seo. Gun fhios aice ciamar; gun fhios aice carson. Cha robh e buileach furasta a dhèanamh a-mach ach cò bhuaithe a bha i air am brath a bha seo fhaighinn, ach 's e rudeigin mar Sanndaigh no Santa a bha i ag ràdh.

Le mar a bha a' ghaoth air beothachadh, cha thogadh duine a h-uile lideadh a theireadh i. S – b' e sin ri ràdh Sanndaigh no Santa – air innse dhìse tron sgrìobhadh a bha seo gun robh am baile gu bhith air a chur fo thuiltean nach fhacas an leithid 's nach cualas an samhail, agus sin aig meadhan-oidhch' air an aon-là-fichead dhen mhìos a bh' air thoiseach orra, goirid ron Nollaig. Dh'fhaireadh tu goirseachadh a' dol tro gach crè a bha san t-seasamh, 's cha b' e an aimsir leatha fhèin a bha na meadhan air, ged a bha am feasgar air tionndadh fionnar, 's an tìde na h-ionad. Tuiltean nach do dhòirt an leithid, arsa Mòr Chiar le iolach na bu treise, a-mach à broinn a' bhucais, 's nach cualas an samhail. Ach . . . ars ise an uair sin. Cha robh gluasad no fiù 's tarraing analach am measg na bha cruinn. Ach . . . steinn ise a-rithist, gu bheil S air sinne a chomharrachadh gus a bhith air ar sàbhaladh. Dhòigh 's nach bi sinn air ar bàthadh, no air ar sgrios.

Agus bha loirean beag de dhuine air oir chùisean 's e le seann chòta glas le roisean air earball a ghabh air èighe a leigeil às: Ciamar? Uill, fhearaibh an fhàsaich, ma leig. Bha a h-uile coltas son diog gun robh e gu bhith air a shaltairt fo na casan, esan a' gabhail air a ghuth a thogail; gus na dh'èirich dà ghàirdean Mòr Chiar an-àirde bhos a cionn agus ghlaodh i: Ceist mhath.

Stad iad an làrach nam bonn, 's chaidh iad nan tosd. D' ainm? dh'èigh i ri fear a' chòta ghlais. Feist-aige, arsa esan fo anail 's fo na mùdan. A-rithist orra! dh'èigh an tè a bh' ann. Feist-aige, ghlaodh esan ann an guth critheanach prò. Cha ghann ainm, thuirt ise air a socair, 's ruith fuilmean gàire am measg dhaoine.

Tha S air rabhadh nan rabhaidhean a thoirt dhòmhsa gu bheil againn ri togail oirnn às a' bhaile cho luath 's a chaidh piullag oirnn. Togail oirnn càite? tha mi gur cluinntinn a' faighneachd, ars ise, agus 's math a gheibh sibh sin. Tha mi air fàidheadair-eachd fhaighinn bho S . . . ag innse gu feum sinn imrich a dhèanamh ro mheadhan-oidhch' an oidhch' ud, aon uair 's gun èirich a' ghealach. Ach nach ann air gealach no gealach a bhios ar n-aire-ne . . . Cò air eile? ghlaodh Feist-aige, 's e a-nise a' tòiseach-adh air a bhith bleideil agus caran làsdail, agus chan fhada gu faic sinn carson. Gu dearbh, tha e air tighinn a-steach dhan sgeulachd seo nas motha na bha mi 'n dùil; cha bhi air mura gabh e thairis bho Mhòr Chiar. Tha, labhair ise le sgairt, air rionnag an earbaill. Bha gluasad am measg nan daoine, agus rinn Feist-aige fhèin sitir gàire na mhuinichill. Ma gheibh sinn suas gu rionnag an earbaill a bhios a' dol seachad goirid ron mheadhan-oidhche bidh sinn tèarainte. 'S fuiridh sinn shuas gus an sìolaidh an dìle. Uill, bha tòrr an seo ri thoirt a-steach dha sluagh nach robh cho cleachdte ri sin air fiosrachadh dìomhair a chnuasachadh no eadhon a bhreithneachadh. Ach cha b' e sin dha do liagh e.

'S math a tha fhios agamsa, dh'èigh e an uair sin le sùrd is sgoinn, ciamar a gheibh sinn suas dha na niùil, gus am faigh sinn tèarmann fo sgàil rionnag an earbaill. Bha Mòr Chiar ga èisteachd mar gun robh na clachan air bruidhinn. Mar a tha fhios aig a h-uile duine, mhìnich Feist-aige, tha mise daonnan a' togail rudan le rubair.

A h-uile gnè nì. Agus bho chionn ghoirid tha mi air grunn ailbhean rubair a dhèanamh a ghabhas an gaothadh. Cha dèan sinn idir e! dh'èigh eucorach air choreigin. Sibhs' a nì sin, thuirt fear a' chòta riasaich 's e a' cumail air, oir chan eil roghainn agaibh. Sèididh sinn an-àirde na h-ailbhein gaoithe agus faodaidh grunnan math againn a dhol air muin gach fir dhiubh agus bheir iad sinn suas dha na speuran 's air falbh bho chunnart na dunaidh a bhith air ar bàthadh. Fuiridh sinn shuas gus an traogh an tuil.

Uill, ma bha a' mhuinntir tosdach roimhe seo, cha robh dùrd idir aca a-nis. Chaidh a' chlach-mhullaich a chur air cùisean nuair a dh'èigh ise: 'S e sin fèar a nì sinn! Dh'inns esan gun robh tùc am beul 's an imleig 's an tòin gach ailbhein gaoithe a bheireadh orra a dhol air adhart no air ais no a dhol suas no sìos. Chrom ise a-nuas às a' bhucas agus rug i air làimh air Feist-aige, fhad 's a bha i a' toirt sùil air a h-oir air dìol a chòta. An sin rug a h-uile duine bh' ac' ann air làmhan càch-a-chèile, 's an sin chuir iad gu lèir an gàirdeanan mu chèile 's thog iad iolach aoibhneis. Tha sinn còmhla 's tha sinn tèarainte, ghlaodh Mòr Chiar. Nach tug S dhomh ann an sgrìobhadh e. Gus an tèid an tuil seachad oirnn: nach robh e anns an fhàisneachd! Tha sinn mar pheathraichean is bràithrean, a' dìon 's a' stiùireadh càch-a-chèile. Bha iadsan, gach duine, ga h-èisteachd 's ga toirt fa-near. Nì sinne mar a chanas tusa, thuirt duine às dèidh duine, gus an robh an glaodh mar aon. 'S às dèidh sin cha robh an tuilleadh ri ràdh.

Bha iad furasta gu leòr an dèanamh a-mach ann an solas na gealaich. Gach ailbhean gaoithe air èirigh bhon talamh, fear mu seach. Fhathast bha buinn an casan salach le smùr na mònach, far na sheas iad aon uair 's gun deach an gaothadh agus fhad 's a bha na daoine a' sreap suas air an druim le àraichean. Slaodach,

sàmhach, bha iad ag èirigh an-àirde bhos cionn na talmhainn,
's bha beagan seinn is nàdar canntaireachd ri chluinntinn
am measg na bh' air bòrd. 'S e oidhche fhèathail a bh' ann, le
soirbheas càilear gan togail air an socair. Bha grèim aig gach beag
is mòr air gàirdean a nàbaidh, 's cha robh e a' còrdadh ri duine
idir coltach ri mar a bha e a' tighinn air a' chloinn. Bha cuideachd
a' ghealach a' togail nan dathan a bh' air gach ailbhean fa leth. 'S
e am fear buidhe a b' àirde a bha, le feadhainn dhearga is uaine
is ghorma a' tighinn às a dhèidh. Feadhainn eile le gach dath,
ach 's e am fear pinc a' dh'èirich an-àirde mu dheireadh, agus 's
ann air a dhruim-san a bha iadsan, Mòr Chiar agus Feist-aige.
Mean air mhean chùm na h-ailbhein gaoithe orra a' dìreadh suas
dhan adhar gus bho dheireadh gun robh am baile shìos fodhpa
a' coimhead cho beag ri dealbh air cairt. Sileadh i a-nis, thuirt
Mòr Chiar.

Chaidh iad uile balbh mar a bha e a' casadh ris a' mheadhan-
oidhche, 's iad a' coimhead sìos ach an robh am baile air
tòiseachadh a' dol fo bhùrn. Iad cuideachd ri faire gus boillsgeadh
fhaighinn air rionnag an earbaill. Dh'fheith iad is dh'fheith iad, 's
na h-ailbhein a' tionndadh 's a' tionndadh gun fhuaim gun othail
anns an adhar, 's gun deò air a' ghaoith. Sheòl dà eala seachad
rin taobh gun uimhreachd sam bith a chur orra. Thàinig am
meadhan-oidhch' is dh'fhalbh, 's am baile fhathast cho tioram ris
an spìon. 'S gun ghluasad am measg nan reul. Dè ma dh'fhàilling
an fhàisneachd? ghabh cuideigin air a ràdh air a shocair. Cha
ghabh sinn a bhith, thuirt cuideigin eile le sgoinn. Cha robh
driog a' tighinn às an adhar bhos an cionn, no fiù 's càil ris an
cante sgòth air sgeul, 's cha robh soileap a' tighinn bho dhuine.
Timcheall is timcheall, air an socair fhèin, na h-ailbhein gaoithe

a' cur nan car. Tro uairean fada na h-oidhche gealaich chaidh iad mun cuairt mar sin, shuas anns na niùil, astar bhos cionn a' bhaile. Gus mu dheireadh, 's iad eadar an cadal 's an dùisg, dhearc iad air briseadh an latha aig bun-speur gu 'n ear. Clòthaidh sinn sìos! thuirt Mòr Chiar an guth làidir, agus chaidh leum air na tùcan gus an teàrnadh na h-ailbhein. Cha robh ar creideas ann an S laidir gu leòr, ghairm ise. Chùm e air ais; tha aig ar muinighin ri bhith neo-thimcheall-gheàrrt'.

Laigh iad, fear an dèidh fir, cho sèimh socair 's a dh'fhalbh iad, gun chrathadh no tulgadh ach am beag. Bha am baile mar a dh'fhàg iad e. Bha na cearcan a' ruith mun cuairt ann am breislich, 's bha na h-uircein a' sgiamhail le dìth a' bhìdh. Bleòghnaibh is biathaibh an sprèidh is thèid sinn an uair sin air ais suas a mheadhan a' bhaile, lìbhrig Mòr Chiar.

Bha i na seasamh anns a' bhucas, le peansail rùilig aice na làimh a bha a' gluasad air uachdar a' phàipeir a bh' air a beulaibh. A làmh a' falbh mar gum bitheadh leatha fhèin. S gar treòrachadh gus ar sgeula a sgaoileadh fad' is farsaing. Ged nach do rinn e e fhèin aithnicht' an turas seo, gu cinnteach gun tig e fhathast. Agus sinne a dhol a-mach a dh'fhàsaichean 's a' chùiltean an domhain mhòir agus iompachadh gach dream 's gach cinneadh a tha fhathast gun eòlas pearsanta fhaighinn air comasan bith-bhuan S. Sinne a nì sin! dh'èigh iad uile, le Feist-aige air an ceann, ged a bha fiamh a' ghàire air ga ràdh. Mar as motha a bhios againn ann, 's ann as luaithe a thig S, bha ise a' cumail oirre, anns a' bhucas, leis an aon duan.

Anns na mionaidean sin dh'fhairich iad seub de dh'ioma-ghaothach a' gluasad mun cuairt orra, 's mus do sheall iad riutha fhèin bha seo air na h-ailbhein gaoithe a thogail an-àirde bhon talamh 's air falbh leotha air ais suas dhan iarmailt. Gun duine leotha. Dh'èigh is ghlaodh is leum iad ach cha robh dad ann a b' urrainn dhaibh a dhèanamh. Suas is suas gun lean na h-ailbhein, 's iad a' coimhead deàlrach is dathach an grian na maidne, ach a-mhàin gun robh bonn an casan fhathast feumach air boiseag. Nuair a bha muinntir a' bhaile seachd sgìth a' ruith mun cuairt am measg a chèile, stad iad far an robh iad, a' glacadh an t-seallaidh dheireannaich air na h-ailbhein gaoithe 's iad gu seo a' dol a-mach à faire ann am fànas. Seall! Mura bheil mise air mo mhealladh 's e rionnag an earbaill a chunna mi a' dol mar roth-gaoith nam measg, dh'èigh fear dhen fheadhainn bheaga. Tha fios is cinnt gum bi an fhàisneachd air a coileanadh, fuiricheadh sibhs' ach am faic sibh, bha Mòr Chiar ag ràdh 's i a cromadh caran crùlainneach a-nuas às a' bhucas. 'S chùm i oirre a-mach às a' bhaile 's chan fhacas a dubh no a dath a-riamh dha shamhail.

An Ceum

'S ann anns a' mhòine a bha sinn. Ag ath-rùdhadh mus tigeadh
an tractar ga toirt bho na puill. Bha a' bhliadhna air a bhith fliuch
na bu tràithe, ach bha a' mhòinteach na glòir samhraidh a-nis.
Teas anns an fhraoch agus adhar àrd, gorm. Srann chuileag is
sgread fhaoileag, gun luaidh air an topag os ar cionn.

Bha an t-sianar againn innte. A' làimhseachadh na mònach 's
brunndail còmhraidh eadarainn. 'S mi fhìn a b' òige a bh' innte.
Bha m' athair 's mo mhàthair innt', is a piuthar is Dòmhnall an
duine aicese; 's esan bu shine, an duine aig piuthar mo mhàthar.
Duine àrd, caol, le sròin chrom. Esan ag innse sheanchasan
na sgìre mar a b' abhaist. 'S e a' mhòine acasan anns an robh
sinn, os cionn Heileastotar, pìos a-mach à Sgiogarstaigh, 's sinn
air an tè againn fhìn a dhèanamh. Bha Calum innte cuideachd;
air ùr-thilleadh dhachaigh à New Zealand. Bha mi air a bhith
còmhla riutha gu lèir bho rugadh mi, 's bha mi air sgeulachdan
Dhòmhnaill a chluinntinn tro bhliadhnaichean m' èirigh suas.

'S ann an Eilean Shanndaigh, thall tarsainn a' Chuain Sgìth,
a tha a sgeulachd an-dràsta. Bha fios agam air an t-seanchas
bho thùs gu èis. Mar a chaidh a sheanair ann leis an eathar, 's
mar a shreap iad tarsainn gu mullach an Stac gus na h-eòin

bheaga fhaighinn às. 'Cha do rinn mo sheanair càil a-riamh cho cunnartach,' bha Dòmhnall ag ràdh. 'Dòmhnall Sèonaid a chur a-null àrd bhos cionn na mara mar siud, hand over hand.'

'Thu fhèin 's do sheanair,' bha m' antaidh ag ràdh bhos ìosal, 'mur eil sinne seachd sgìth a' cluinntinn mu dheidhinn.'

Rinn sinn uile gàire beag leinn fhìn 's na h-ultaich mhònach air ar gàirdeanan.

'Nach eil a thìd' agad, a ghràidh, falbh,' thuirt mo mhàthair rium.

'Cuin a th' aige ri falbh?' thuirt m' antaidh.

'Bus nan ceithir,' thuirt mo mhàthair. 'Ge b' e carson a dh'fheumas e falbh.'

'Dhùn Èideann tha thu dol?' thuirt Calum.

'Dè an aois a bha do sheanair nuair a rinn iad sin ann an Sanndaigh?' thuirt cuideigin.

'Feuch an dùin thu do bheul,' chuala mi m' antaidh ag ràdh.

Bha an sgeulachd aice fhèin air a teanga cho math 's a bha i agamsa.

'Tha an druim cho tioram ris an spìon, ach tha a' bhroinn fhathast rudeigin amh,' thuirt m' athair.

'Mòine mhath chruaidh,' thuirt cuideigin.

Agus sinn a' cumail oirnn 's an latha cho blàth, le seub socair gaoithe mun cuairt. Cha robh an cladach fad' air falbh, gun ghluasad air uachdar na mara.

'Bhiodh e mu leth-cheud bliadhna aig an àm,' bha Dòmhnall ag ràdh.

'Dùbh-ghràin air a dhosan,' aice fhèin fo a h-anail.

'Nach leig thu dha,' aig mo mhàthair rithe air a socair.

Bha mi na mo shuidhe an seata-chùil bus nan ceithir. Sgolag orm fhìn gus smùr na mònach 's an riasg fhaighinn bhom aodann 's mo làmhan – 's a-mach à seo. A' rucksack ghlas ri mo thaobh. An latha brèagha soilleir, a-mach air uinneag bus Mitchell. Iadsan fhathast anns a' mhòine. Bhiodh Dòmhnall air a sheanair a thoirt a dh'eilean Rònaigh gu seo, far an d' fhuair e am bàs, bho dheireadh.

Aiseag an oidhche sin. 'S trèana an ath latha. Sìos an Royal Mile le mo rucksack ghlas air mo dhruim, a' dèanamh air rùm beag a bh' aig caraid, ceithir stòir shuas, shìos air a' Chanongate. Sràidean Dhùn Èideann air ghoil le luchd-cleas is luchd-ciùil . . . fuaimeil, dathach, òg. 'S mise le sùrd na mo cheum. Cha robh Alex a-staigh 's shad mi mo mhàileid air an leid far am bithinn a' cadal. 'S sìos leam air ais a mheasg na gleadhraich. Latha teth, teth a bh' ann, gun deò air a' ghaoith. Suas seachad air taigh John Knox 's nochd greann air m' aodann gun fhiost' dhomh.

Bha an Royal Mile na shealladh le cleasaichean dhe gach seòrsa, 's gach mìr dhith dathte le daoine. Sluagh dùmhail suas cho fad' 's a chitheadh tu. Ceòl dhen h-uile seòrsa 's ceòl-gàire na chois. Dh'fhaodadh tu bruidhinn ri duine sam bith air cuspair sam bith, 's am broinn còig mionaidean bhiodh sibh mar dhithis bhràithrean. Gu h-àraid ma bha càil a nadar leth-bhotal air do sheilbhidh. Dè chunna tu? 'S am faca tu an dealbh-chluich ud? 'S 'eil thu air a bhith aig a' chòmhlan-ciùil ud? Fear le fhalt na fhigheachain sìos leth a dhroma 's botal-sòlais na dhòrn ag innse mar a chuala e Ravi Shankar a' mhadainn ud fhèin. 'S na dannsairean aig Martha Graham shìos mu choinneamh bùth mhòr Thins. Ar ceann na luairean gan coimhead, leis an teas 's an leumadaich 's an daorach. 'Fo bhilich an fhraoich tha gaoir is faram nan allt,' anns an taigh-bheag. 'Is that Gaylic or something?' aig fear ri mo thaobh.

An àird a' mheadhain-latha na mo shuidhe anns na h-Assembly Rooms a' coimhead Joan Plowright a' cluich St Joan. An eaglais is rudan. Bha sin air mo chùlaibh-sa . . . cha bhiodh sabaisd agam ri eaglais ach na bha. Goirid ron siud bha mi air litir mhòr uabhasach a chuir dhan *Ghazette* fon ainm 'Higher Critic' 's bha na ministearan mòra heavyweight air a dhol às an rian. Lorgaibh an reubaltach tha seo a tha fuireach air tuath Leòdhais . . . fear-àicheidh Dhè . . . dorchadas bith-bhuan a chrannchur . . . b' fheàrr nach robh e a-riamh air a bhreith. Seachad, seachad a-nis. Ach gun gheall mi dha mo mhàthair nach sgrìobhainn an còrr mar siud fhad 's a bhiodh i beò. 'S i an aon duine a dh'aithnich gur mi a bh' air a sgrìobhadh. Mac a cuim. Thug mi dithis chommunists dhan t-saoghal agus atheist, thuirt i aon latha . . . Sin mi fhìn 's mo bhràithrean – gu lèir air an aon ràmh, ged nach mòr gu faca mi iad a-riamh 's iad air taobh eile an t-saoghail bho thàinig iad gu ìre, na truaghain. Cha b' ann gu gal a chaidh siud dhuinn . . . Ach chuir e smaoineachadh oirnn an dèidh sin.

Joan of Arc ga losgadh anns na h-Assembly Rooms . . . air na chaith mi tomhas mhath dhen fhìor bheagan airgid a bh' agam. Bhiodh Alex 's mi fhìn beò air fàl-bheath co-dhiù . . . cha robh sin na annas dhuinn. Airgead na bidse . . . cho duilich do chrògan fhaighinn air. M' aodach air faileadh, 's gun e buileach cùbhraidh. Mo bhrògan 's na buinn gu falbh asta. Ciamar tha duine a' faighinn an airgid cheudna? Dùn Èideann a' coimhead cho beartach; Dùn Èideann a' coimhead cho bochd. 'S sinne bochd leis. Ach ma tha mo thogair. Chan eil air a bhith bochd ach a bhith bochd. Chan eil dol-às bhuaithe, a nàbaidh.

'We were lifting the peats out on the moor,' thuirt mise.

'Lifting the what?' ars an tè seo a bha na suidhe ri mo thaobh.

'Peats. We use them as fuel.'

Cha b' fhada gus na nochd Ravi Shankar air an àrd-ùrlar, 's bha sin cho math. Oir tha saoghal de dhiofar eadar 'Bha sinn ag ath-rùdhadh anns a' mhòine' agus 'We were lifting the peats out on the moor'. Chan e an aon saoghal a th' ann.

Bha Ravi Shankar na shuidhe air brat-ùrlair agus sitar aige eadar a chasan. Thòisich am morning raga 's cha robh againn ris a' chòrr a ràdh. Rùm mòr soilleir le uinneagan àrda. Grian gheal a' tighinn a-steach 's esan a' cluich ceòl coimheach, socair, aoibhneach na maidne. Bhiodh iadsan an-dràsta a-muigh leis an tractar. Co-dhiù airson druim nam poll fhaighinn dhachaigh. 'S dòcha na branndaichean fhàgail grunn latha eile. Dòmhnall 's maite ag innse mar a chaill e athair 's gun e fhèin ach sia-deug, an latha a chaidh eathar Aonghais 'An Bhàin às an rathad air Latha na Bliadhn' Ùire a-mach bhon a' Bhuta. Bha Calum a mhac a-nise air tòiseachadh a' sgrìobhadh sìos feadhainn dhe na rudan sin ann an notebook le ciofaran cruaidh gorm. Sin agus càirdeas. Càirdeas . . . nach robh dol à beul athar latha a dh'èireadh e. Bha Ravi a' cumail air, còmhla ri drumair tabla, 's mu cheud gu leth againne nar suidhe gan coimhead 's gan èisteachd. Mo chasan teth. A' toirt sùil air buinn nam bròg. Gun chàil ann a gheibheadh leth-bhuinn.

Bha Alex a' feitheamh rium le poit chofaidh 's lof dhonn is ìm is pate. Annlan is aoibhneas. Agus bha rud eile aige dhomh. Trì duilleagan craobh maple à British Columbia.

'From the *Forest Path*,' thuirt Alex.

'I don't believe it,' thuirt mise. Shuidh mi air mo leid a' coimhead nan duilleag. Bha iad dearg-ruadh 's cruaidh is tioram.

'Eileen brought them back,' bho Alex. 'Three each.'

99

'Did she see his hut?'

'Everything.'

Bha sinn a' coimhead nan duilleag mar gum biodh manach air eilean iomallach a' coimhead air duilleig à Leabhar Chealla. Fear dhe na diathan againn aig an àm 's e Malcolm Lowry. Bha e air bàsachadh tri bliadhna ron a siud, air làmh a chur na bheath', agus bha sinn air an leabhar bho dheireadh aige fhaighinn trì mìosan air ais. *Hear us O Lord from heaven thy dwelling place.* Bha e air bliadhnaichean a chur seachad a' fuireach ann am bothaig fhiodh anns a' choille air cost an iar Chanada, bho sgrìobh e am bìoball mòr againn, *Under the Volcano.* Ach 's e an sgeulachd *The Forest Path to the Spring* mullach na craoibhe, agus 's ann bhon cheum seo anns a' choille a bha Eileen air na duilleagan maple a thoirt dhachaigh thugainne. Bha lethbhreac *Hear us . . .* againn an làimh an urra, 's chuir sinn na duilleagan nam broinn. Mar thiomnadh. Mar a bha làmh-sgrìobhaidh Dhonnchaidh Chaimbeil aig mo mhàthair air a tasgadh am broinn a Tiomnaidh Nuaidh. Chrùb mi sìos dhan leid 's bha Alex ag ràdh anns a' mhadainn gun robh mi a' brunndail anns a' Ghàidhlig tron oidhche.

Coinneamh mhòr nan sgrìobhadairean fad an latha, far an robh Trocchi ag inisgeachadh MhicDhiarmaid nach robh anns na sgrìobh e ach 'turgid, petty, provincial, stale, cold porridge'. Sinne a' lorg *Young Adam,* a bha Trocchi dìreach air a thoirt a-mach. Aig a' cho-labhairt chunnaic sinn nighean luirmeach air a giùlain gu h-àrd tarsainn bhos ar cinn, 's chaidh a ràdh gur e 'happening' a bha seo. Rudeigin a rinn Ricky Demarco no cuideigin mar sin. Agus lean sinn Trocchi is Uilleam Burroughs bho Thalla mhòr MhicEwan a-null gu bùth a' Phaperback far an robh cofaidh is rudan eile a' dol. Cha robh an dithis acasan a-riamh air a chèile a choinneachadh chun a seo. Fhuair sinne grèim air botal fìon cò-dhiù. Duine mòr àrd le sròin chrom a bh' ann an Trocchi ach 's ann neulach seang a bha Burroughs. Bha e a' leughadh à *The Naked Lunch* 's cha robh fhios againn dè dhèanadh sinn dheth, ach cha robh sin gu diofar. Bha sinn air ar n-iathadh. Bha a' bhùth làn mar a steigeadh i. Fàileadh an dope. Bha iad a-mach air litreachas nan Stàitean . . . air an dealbh-chluich ùr aig Albee, *Who's Afraid of Virginia Woolf?* agus air an nobhail mhòr annasach a bha John Barth air a thoirt a-mach bho chionn ghoirid, *The Sot-Weed Factor.* Eadar am fìon 's an dùmhlachd sluaigh 's an còmhradh 's a h-uile càil a bh' ann, bha sinne 's gun fhios againn cha mhòr dè an ceann a bha an-àirde dhinn. Alex a' brunndail gun sgur mu Henry Miller, 's nach robh a leithid ann.

Shuidh sinn air taobh a-muigh a' Phaperback 's an latha mòr geal ann. A liuthad blàthachadh mar seo a bha mi air a ghabhail anns a' bhothan, aig an taigh. Ach 's ann an-còmhnaidh anmoch. An dachaigh ann an siud daonnan gus tilleadh thuice; gun mhùthadh, bha dùil a'm. Chan eil fhios dè mar a bha dol dhaibh leis a' mhòine. Ma tha an tìde seo ac' cha bhi iad fada rithe. Thòisich mi ag innse dha Alex mun bhothan 's cho eirmseach 's a bha cuid dhe na bhiodh ann. Fear ac' a' dèanamh inneas air mar a rinn e triop a New York 's air ais gun a chom gluasad. Nuair a fhuair e beagan faochaidh bho dheireadh thall air ais aig an taigh, e ag ràdh, 'Dh'fhaodainn a bhith air fheuchainn air Eaw, mo nàbaidh, às a' ghlungag.' Ach cha robh sin a' dèanamh mòran cèill dha Alex, na shuidhe anns a' ghrèin air taobh a-muigh a' Phaperback le *Tropic of Cancer* aige na làmhan. Seadh, às a' ghlungag.

Bha caraid do dh'Alex à Arcaibh a' deanamh film air MacDhiarmaid 's thug i a-mach sinn gu Biggar a shealltainn air, Latha na Sàboind sin. Bha e ann an taigh beag brèagha, na shuidhe na shandshoes le cràic mhòr fuilt agus cràic mhòr eanchainn.

'MacIntyre's great work on nature . . .' bha e ag ràdh.

'Bha mi,' thuirt mi fhìn, ''n-dè 'm Beinn Dòbhrain 's na còir cha robh mi aineolach.'

'I hope,' ars e fhèin, 'you realise how fortunate you are.'

Cha robh mi cinnteach dè bha e a' ciallachadh, ach bha.

'S e Alex a thog mun cho-labhairt aig an robh sinn a' bhòn-dè, 's gu h-àraid Alexander Trocchi 's mar a dh'èigh MacDhiarmaid 'cosmopolitan scum' air fhèin 's air Burroughs. Bha e a' gàireachdainn. 'Of course I borrowed the phrase from old Joseph Stalin.' Bha mi toilichte nach robh *Young Adam* againn nar cois. Cha bu chaomh leam a dhol ceàrr air an duine sa.

Air ais anns an rùm bha sinn a' crìochnachadh na lof 's an t-ìm 's am pate. Thill sinn chun nan duilleagan maple 's gu stòiridh Lowry air a cheum coille chun na tobrach. Mus do chrùb mi aon uair eile sìos dhan leid bhochd, anshocair, bha mi ag innse dha Alex mar a bhiodh sinne a' dol dhan tobair gun sgur. A liuthad ceum a thug mi sìos an t-srianag eadar an clàr coirc' 's an clàr buntàta. Bùrn fìor-ghlan na tobrach. Geal, fuar mar uisge British Columbia, ach tòrr na b' fheàrr. Chuir mi na duilleagan am broinn *Hear us* . . . 's chuir mi air an làr ri mo thaobh e. Bha Alex anns an t-seann single bed thall ris a' bhalla eile. Às mo chadal bha mi a' coimhead liath-reothadh air na lotaichean 's air mullach nan cruachan-mònach. An ath rud bha Alex gam chrathadh: 'You chattering teuchter . . . You'll have to decide where you want to be.'

An Ceistear

'S e a mhàthair 's a' chlann-nighean a mhothaich gun robh an duine seo mun cuairt. Bha iad air fhaicinn a' dol a-steach a thaighean eile anns a' chreaga. Dh'èigh a mhàthair suas ris-san dhan t-sabhal e a thighinn sìos 's e fhèin a sgioblachadh, gun robh an Ceistear a' tighinn. 'S ann a' bualadh a bha e, 's e air an t-sùist, 's e a' tighinn an-àirde gu treun a neairt aig ochd bliadhna deug. Cha robh na bha sin aige ri dhèanamh: adag no dhà a chumadh arbhar ri na beathaichean is sìol ri na cearcan, 's an geamhradh mun dosan. Cha robh e airson a thighinn sìos chun an teine, ach dh'èigh ise air an dàrna turas.

Bha i air aparan glan a chur oirre 's i a' cìreadh ceann nan clann-nighean. Suidhidh tusa modhail ann an sin 's na cluinn-eam diog às do bheul ach na thèid fhaighneachd dhut, thuirt i. Bha a' chlann-nighean a' gàireachdainn aig a seo, ach thuirt am màthair riutha iadsan cuideachd am beul a dhùnadh. Pheirslich i an teine 's chuir i fàd na sheasamh na mheadhan 's dhà no thrì mu thimcheall, 's dh'èirich a' cheò. Shuidh esan air ceann shìos na beinge 's e a' sealltainn a-mach air an uinneig ùir a bha e fhèin is athair air a thoirt anns a' bhalla goirid mus do dh'fhalbh e. A' chruach-mhònach a-muigh 's an cladach pìos na b' fhaid' às.

A mhàthair a' togail a' Bhìobaill 's a' sèideadh na luatha dheth. 'S ga chur air ais air ceann shuas na beinge, 's leabhar beag eile air uachdar.

Cha ghann nach eil ceò agaibh, chuala iad, 's esan a' tighinn a-steach an stairseach. Duine caol àrd, nuair a sheas e an doras an staill. Tha mi toilicht' fhaicinn gu bheil an teaghlach cruinn. Sheas a mhàthair 's chaidh i na choinneamh 's rug e air làimh oirre. Beannachd Dhè air an fhàrdaich, thuirt e. Nach suidh sibh, thuirt ise, 's shuidh e ann an sèithear an athar. Cha do leig e air gun robh e fhèin no a dhithis pheathraichean a-staigh, 's cha tuirt duine acasan dùrd. Aodach dorch air 's brògan faileasach dubha, 's e a' cur a bhonaid air a' bhòrd ri thaobh; bonaid dubh le putan dubh na mhullach. Cha robh e a' coimhead ri duine, 's cha robh càil ri leughadh na ghnùis. Mar gun robh fhios aige gun robh e airidh air a bhith an siud. Tha Iain air falbh? thuirt e. Bho chionn fichead latha, fhreagair a mhàthair. Bha a pheathraichean a' coimhead dhan teine 's eagal orra gun tigeadh làd ghàireachd-ainn orra, 's bha esan a' coimhead a-mach air an uinneig. Gun leigeil air gun robh am fear eile air tighinn a-steach.

Nì sinn facal ùrnaigh mus tòisich sinn, thuirt e, 's chaidh iad air an glùinean air an làr chrèadhadh, a mhàthair 's a' chlann-nighean 's an duine sa. Dh'fhan esan na shuidhe far an robh e. Thòisich am fear eile air an ùrnaigh 's chuir e crìoch air an ùrnaigh, 's shuidh iad an-àirde, 's e a' suathadh a ghlùinean. Bha fiamh a' ghàire air an dithis nighean ach chaidh ac' air a chasg. Sìn thugam Facal Dhè, thuirt e. Nuair nach do leig esan air gun cuala e e, ghreas a mhàthair 's chuir i am Bìoball na làmhan. Leughaidh sinn cuibhreann dhen Fhìrinn, thuirt e, 's thòisich e an leughadh agus chrìochnaich e an leughadh. Na thuig sibh na briathran beannaicht' ud a leugh mi? thuirt e ris a' chlann-nighinn, 's thuirt iadsan gun thuig. Dè mu do dheidhinn-sa? thuirt e ris-san ach cha d' fhuair e facal freagairt. A Mhurchaidh, freagair an Ceistear 's e a' cur ceist ort, guth a mhàthar le faobhar air. Tha mi dol a dh'fhaighinn deoch, thuirt e 's e ag èirigh 's a' dol sìos gu cùl an talain. An uair sin chaidh e 's sheas e anns an doras a-muigh. Gràin bàis agam air a leigeas, thuirt e ris fhèin. Chan fhaigh sinn cuidhteas seo gu sìorraidh buan, thuirt e 's e a' gabhail dha clachan na h-ursainn le cliathaich a dhùirn.

Thàinig a mhàthair gu chùlaibh 's mhaoidh i air e thighinn air ais a-steach chun an teine. Gu seo bha a' chlann-nighean ag aithris:

Tha gach aon pheacach a' toilltinn feirge agus mallachd Dhè, araon anns a' bheatha seo, agus anns a' bheatha a ta ri teachd.

Shuidh e shìos air ceann shìos na beinge far an robh e roimhe. Dùisgidh duine feargach suas aimhreit, thuirt am fear eile, ach cha do leig esan air gun cual' e e. Cha leig mise a leas innse dhut, thuirt am fear eile an uair sin, gun deach do phàrantan fo bhòidean an latha a bhaist iad sibh gun togte sibh agus gu leanadh sibh fo riaghailtean is fo mhodhan na h-eaglais. Agus tha mise a' tighinn an seo, lem uile chòir, a dhearbhadh gu bheil iad sin air an coileanadh. Cha deach mise fo bhòidean do dhuine geal, 's cha mhoth' a thèid. Ruith an dithis nighean sìos am far an robh am mathair. Mairidh facal Dhè anns an teaghlach seo, ginealach an dèidh ginealaich, thòisich esan. Nach beag an t-iongnadh ged a leanadh, gheàrr esan, ach chan eil sin ag ràdh gu bheil e fìor no iomchaidh. Toibheum, a bhalaich, toibheum. Ach cuimhnich nach dèan thu fanaid air Dia. Cò esan? 's e a' falbh a-mach air ais.

Bha i air bainne teth a dhèanamh dhan a' Cheistear, agus ghabh e sin le pìos mìr eòrna. Bha a' chlann-nighean nan suidhe a-staigh air ais ach cha robh facal a' tighinn bhuapa. Bha am màthair ag ràdh nach b' fheàirrde esan athair a bhith air falbh mar seo, 's gun robh e air a cheann fhèin fada cus. Nach robh e a-riamh furasta srian a chumail air, 's gun robh a h-uile coltas gur ann mar sin a bhitheadh e. Trèigeadh an t-aingidh a shlighe agus an duine eucorach a smuaintean, thuirt esan 's e a' cagnadh. Thug e air a' chlann-nighean aithris nan dithis a-rithist:

Imichibh uam, a shluagh mallaichte, chum an teine shìorraidh, a dh'ullaicheadh don diabhal agus da ainglibh.

Anns na buillean, thòisich iad a' cluinntinn fuaim na sùist anns an t-sabhal, 's esan air tilleadh suas thuice. Slaic bho shlaic aice, a' frasadh an t-sìl. Tuigidh tu nach eil a leithid seo air tachairt rium na mo chuairt, thuirt e. Agus ged is nì duilich leam a leithid, 's fheudar dhomh an suidheachadh a dhèanamh aithnichte dhan Chlèir, oir tha bòidean umhail a' bhaistidh rin gleidheadh. Bhris i air a gal 's sheas an dithis nighean ri a taobh. An ceann ùine thuirt e riutha iadsan ruith suas a thaigh Gormal bheag a bha shuas an creaga; gum biodh am màthair ceart gu leòr.

Chlòth esan air ais sìos às an t-sabhal nuair a bha am frasadh ullamh. Shad e muillean chun na bà anns an dol seachad. Nuair a ràinig e doras an staill chunnaic e nach robh duine aig an teine. Bha bonaid a' Cheisteir fhathast air a' bhòrd. Thug e grad-leum suas gu bòrd-isean na cùlaist agus chuir e a chluais ris an doras.

Lorg e an toll-cnag anns a' bhòrd-isean 's thug e sùil troimhe air fàth. Bha an Ceistear na chrùban air a' chraiceann-laoigh a bh' air beulaibh leabaidh a phàrantan 's e air aon dhe a bhrògan faileasach dubh a thoirt dheth agus e a' fosgladh na tèile. Bha a mhàthair na suidhe a' caoineadh air bòrd-slios na leapa. Leum e chun an dreasair 's thòisich e a' feuchainn nam bobhlaichean mun a' bhòrd-isean 's iad a' dol nan spealgan air feadh an àite. A mhastaige an riabhaich, bidh tu agamsa crochte air d' amhaich mar chù, ghlaodh e. 'S fear bho fhear dhe na soithichean mar a dh'fheuchadh e, bha iad a' dol nan spraoidhleagan tarsainn an làir. Thu fhèin 's do sheòrsa as milltiche na 'n teasach-dhearg. Cha do dh'fhosgail an doras 's cha robh dad ri chluinntinn às a' chùlaist.

Sheall e timcheall 's chunnaic e am bonaid 's rug e air 's rinn e às leis sìos doras an staill. Shad e dhan an todhar e 's thòisich e air leum 's air leum air a mhuin gus an deach e fodha anns an todhar. An sin ruith e suas dhan t-sabhal 's e le crith bàis air, 's shuidh e air an teallach 's thòisich e a' gal 's chan fhaigheadh e air sgur.

Bha a' chonnlach mar a dh'fhàg e i, na laighe aig a chasan air làr an t-sabhail. Ach 's ann roimhe a bha e ga fhaighinn fhèin a' coimhead, a' coimhead gun phriobadh air clachan a' bhalla. Gus na sguir a' ghal. Na clachan a bha a sheanair air a chruinneachadh bho air feadh an talamh-àitich nuair a thàinig e le theaghlach maoth chun an tulaich chruaidh seo an toiseach. Na sòrnaichean mòra cruinn mar a thàinig iad às an talamh, gun chrèadh no sìon gan tàthadh ach an ùirepeic a bh' anns a' bhalla. Chan fhaca e a sheanair a-riamh ach gun robh athair daonnan a' tilleadh gu còmhraidhean a bha e air a chluinntinn

aige. Na seann sgeulachdan, 's mu iasgach agus daoine. Athair 's
a mhàthair nan dealbh-pòsta, crochte ri taobh an àite-teine air
a' ghèibheil ùr anns a' chùlaist. Gum biodht' ag ràdh gum b' iad
nan latha a b' eireachdail' a choisich suas trannsa na h-eaglais
latha am pòsaidh. Air duc, eadar na clachan, bha an t-sùist
crochaichte far na chuir e i, crochaichte air a h-iall 's na pìosan
fiodha sìos air gach taobh – an lorg, am mìr a' b'fhaide, 's am
buailtean goirid làidir: airson frasadh. Dòrnagan a' bhalla mu
choinneimh, 's an t-sùist crochte: shuidh e an sin gun ghluasad
gan geur-choimhead.

Aon uair 's gun dh'fhairich e am feasgar a' ciaradh leum e suas
gu mullach an arbhair a bh' air a chàrnadh an-àirde bhos cionn
na surraig, 's laigh e ann an sin. An tuiteam na h-oidhche chuala
e a mhàthair a-muigh ag èigheachd air, ach cha do ghluais e à far
an robh e. Bha fios aige gur e oidhche na coinneimh a bh' ann, 's
nach b' fhada gus am biodh i a' dol innte. Nan deigheadh i innte.
Chuala e i a-muigh ag èigheachd a-rithist an ceann greis, ach cha
do shnaoidh e.

Cha b' fhada gus na dh'fhosgail e doras an t-sabhail air a
shocair anns an dorchadas agus liùg e sìos cùl an t-sabhail. Chùm
e air sìos cliathaich na lot 's e taingeil nach robh gealach ann. Bha
e air faighinn air falbh bhon taigh gun duine fidreachdainn dha.
Bha e nise a' falbh gu siùbhlach, oir bha e eòlach air gach cùil is
ciall, 's cha b' fhada gus an robh e aig ceann shìos na lot 's a' dol
tarsainn frith-rathad corrach morghain air am b' eòlach e. Chùm
e air tron talamh-àitich is clàir fhosgailte, ach bha fhios aige nach
dearcadh duine air 's an oidhche dubh-dorch mun cuairt air.
Bha fhios aige nach b' fada gus an cluinneadh e an sruthan uisge
a' tighinn às an tobair an oir an rathaid, agus 's ann mar sin a

bha. Shuidh e ri a taobh 's thug e dheth a bhrògan-mòra 's dh'fhàg e ann an sin fhèin iad. An uair sin thug e dheth a bhriogais agus a stocainnean agus phaisg e iad ri taobh nam brògan. Choisich e a-steach an rathad na dhrathais-fhada gus na ràinig e an staran a bha e a' lorg. Chaidh e gu taobh eile an rathaid mu choinneamh an starain, 's chrùb e anns an dìg.

Cha b' fhada gus an cuala e a' choiseachd throm ris an robh e a' feitheamh, a' tighinn a-mach an staran. Bha fhios aige gun tionndaidheadh a' choiseachd a-mach an rathad, oir 's ann an taobh sin a bha an eaglais. Sheas e, 's lean e a' coiseachd, air a chasan luirmeach. Chùm e air gus an robh na ceumannan gu bhith aig an tobair 's ghreas e air gus an robh e air an cùlaibh. Thug an duine a bh' air a bheulaibh leum às, 's chuala e a ghuth ag èigheachd, Cò tha siud? Laigh a' chiad tè air bhos cionn na cluaise 's thuit e na chluain-chlàir air an rathad, le glaodh na bheul. Thog e an t-sùist bhos a chionn a-rithist 's thug e am buailtean sìos le brag chruaidh. Le grèim aige air an lorg, chuir e aon char eile dheth bhos a chionn 's thug e sìos am buailtean le uile neart. Cha robh bìog a' tighinn bhuaithe a-nis, agus cha tigeadh. Cha steinn thu duine gu bràth ach siud, thuirt e, 's e le seaghan air.

Chaidh e a-null chun na tobrach 's chuir e am buailtean fon an t-srùp 's thòisich e ga nighe 's ga nighe. Thug e dheth a dhrathais 's sgol e i an uisge na tobrach 's dh'fhàisg e tioram i. Nigh e a chasan anns a' bhùrn fhuar. Cha robh càil a' gluasad 's bha sàmhchair anns an uaigneas. Chuir e uime a bhriogais 's a stocainnean 's a bhrògan-mòra, 's shàth e an drathais a-steach na sheacaid. Sheall e a-steach an rathad an taobh a bha an duine na shìneadh, ged nach fhaiceadh e e. 'S thog e air, leis an t-sùist fo achlais, air ais tarsainn an talamh-àitich 's nan clàr fosgailte gus na ràinig e cùl an t-sabhail. Chaidh e a-steach air a shocair 's dhìth e an drathais a-steach dhan an arbhar. Agus chroch e an t-sùist air an duc far am bitheadh i.

Bha a' chlann-nighean air a dhol mu thàmh nuair a thàinig e a-steach ach bha ise na suidhe ris an teine. Sheall iad ri chèile ach cha tubhairt iad dùrd. Laigh a làmh tiotadh air a gualainn 's e dol a-null a shuidhe aig ceann shìos na beinge 's thòisich e a' cur dheth a bhrògan-mòra. Bha i a' deasachadh deoch theth dha. Thàinig i thuige leis a' bhainne-theth ann am bobhla eadar-dhealaichte bhon àbhaist. 'S shuidh i air ais far an robh i. An uair sin thuirt e air a shocair, Cuiridh sinn an là an-diugh agus an oidhch' a-nochd dhan an talamh, mi fhìn 's sib' fhèin. Òl do bhainne, thuirt i ris, mus fhàs e fuar.

Ist! 'Eil e ach an leth-uair co-dhiù?

Chan eil càil às ùr agamsa, ma-thà, a Mhàiri, bho bha mi shuas Dimàirt. Agus 's mise nach creid nach eil thu fhèin gu math nas fheàrr a' coimhead a-nochd. Bhruidhinn mi ri tè dhe na nursaichean air mo shlighe a-mach oidhche Mhàirt. Mrs Murray, 's e thuirt i, you know this. I think Mary will be back home before very long. Tha mi creids' gun toir thu greis an ospadal Steòrnabhaigh mus leig iad dhachaigh thu leat fhèin, ach ged a bheireadh... Ach 's e ospadal dha-rìribh a tha seo; ospadal dha-rìribh. Sin fèar a bha mi ag ràdh ri Aonghas a-raoir fhèin aig ar teatha. Gu dearbh fhèin, tha Màiri a' faighinn frithealadh shuas ann an Raigmore. Cho math dhi 's ged a b' e an cuid fhèin a bhiodh innte, 's e bha mi ag ràdh.

Tha esan air tòiseachadh air site ùr na lathaichean ud. Dusan taigh ùr eile. A-muigh taobh Chùil Lodair. Cha ghann nach eil obair ann. Chan eil latha dìomhain air a bhith aige bho thàinig sinn a-mach an seo. Sin am feagal bu mhotha a bh' airsan. Nach biodh obair an seo roimhe. Ach 's e nach leigeadh a leas. Seach g' eil a cheàird air a làmhan chan eil feagal dha. 'S le mar a tha am baile tha seo ri fàs 's taighean gu leòr gan togail, bidh obraichean ann do shaor mar esan co-dhiù.

Ò, tha e air seatlaigeadh tòrr nas fheàrr a-nis. An toiseach cha robh fhios aige dè dhèanadh e leis fhèin. Càil an toiseach ach a' fònaigeadh dhachaigh gu Dòmhnall Iain a dh'fhaicinn an robh na caoraich air a dhol air reitheachd. Caoraich an ànraidh. An anach sgillinn a bha e a' dèanamh asta ach na bha iad a' toirt às a chorp. Subsadaidh, chanadh e fhèin. Subsadaidh na fud; petty cash, bhithinn-s' ag ràdh ris. Thoir sùil a bhroinn a' freezer sin, chanadh e. Ma-thà, tha ceannach agad air, chanainn-s'.

'S e an aon duan a bh' aige mus do dh'fhalbh sinn. Chan eil dà dhèanamh air nach eil sinn nas fheàrr dheth an seo na bhiodh sinn an Inbhir Nis. Dè tha mo leithid-s' a' dol a dhèanamh ann? Chan eil ann an Inbhir Nis, bhiodh e ag ràdh gun tuirt cuideigin ris, ach open-air hospice dha na Gàidheil. Beòshlaint chinnteach, shocair, chanainn-sa. Fhreagradh e fo anail: Chan eil mi cho cinnteach.

Ach cha chuala mi uimhir dhen a sin bhon a' Bhliadhn' Ùir. 'S fheàirrde e g' eil na tha seo de dh'obair roimhe. 'S tha a' firm ud le taighean letheach deiseil ac' an-còmhnaidh, 's urrainn dha bhith ag obair nam broinn air an fhionnairidh ged a tha an latha goirid. 'S ann a bhios mise a' tarraing às gur ann a gheibh sinn taigh nas motha le na tha esan a' cosnadh, 's gu h-àraid mas e 's gun tèid mi fhìn air ais a dh'obair, Taigh nas motha! canaidh esan, cha teid dìochuimhn' agad air.

Cha robh cabhaig sam bith orm tilleadh a dh'obair. Cha do rinn mi fiù 's feuchainn. Ach bho thòisich mi a' cuideachadh leis a' chròileagan tha mi a-nis a' smaoineachadh gur maite gu feuch mi air ais. 'S nì thu gàire ri seo, a Mhàiri. Abair gun tug esan sùil orm nuair a thuirt mi ris-san e. Chan eil mi ag ràdh nach ann a dh'fheuchas mi ri àite fhaighinn a' teagaisg clas Gàidhlig.

Mise . . . ! nach smaoinicheadh air Iain Donald no Mary Alice a chur dhan Ghaelic Medium aig an taigh. Chan eil fhios a'm . . . Tha mi a' faireachdainn cho eadar-dhealaicht' bho thàinig mi a-mach an seo. 'Eil fhios agad . . . tha mi garbh toilicht' g' eil i agam. An-dè fhèin nuair a bha mi còmhla ri Janet aig morning cofaidh ann am foyer a' Station, I really envy you, Ceanag, thuirt i rium. I really wish I had the Gaelic like you. Bidh rudan mar siud a' cur smaoineachadh orm. 'Eil fhios agad . . . Bho thòisich mi dol dhan chòisir 's mar sin . . . 's an cròileagan.

Mar sin cha bhiodh e idir lugha orm a bhith a' teagaisg clas Gàidhlig. Cha do rinn mi riamh e. Rud beag anns na sgoiltean aig an taigh an cois phròiseacts. Ach cha robh sin really ach . . . Nuair a dh'inns mi dhàsan. Chan eil mi creids' mo dhà chluais . . . às dèidh na chuir thu às do chorp mun bhilingual. Tha mi coma . . . Saoilidh mi an-diugh, a Mhàiri, gum bu chaomh leam feuchainn air. Tha e dìreach cho eadar-dhealaicht' a-muigh an seo. Even an rèidio fhèin. Cha mhòr g' eil prògram a' dol seachad orm. 'S aig an taigh cha bhithinn fiù 's gan cur air. Uaireannan chì mi cuideigin de mhuinntir an rèidio shìos am baile, 's cha mhòr nach deighinn a bhreith air làimh orra. Tha thu cho faisg dhaibh . . . Saoilidh tu gun aithnich thu iad. 'S iad cho . . . Chan eil fhios a'm. Cho math iad a bhith ann. Bidh mi ann an siud ag èisteachd ri iomain is na poilitigs, 's ceud bliadhna air ais. Càil dhen a sin a' dol seachad orm. Chan fhaigh mi mo leòr dheth.

Ach càil as fheàrr idir, 's e cuairt sìos am baile, can madainn Disathairn'. Na sràidean làn 's a h-uile duine cho dressed. 'S fhios agad g' eil thu dol a choinneachadh ri cuideigin a dh'aithnicheas tu. H-uile h-àite cho tioram 's cho càilear. 'S cha mhòr gun tèid agad air cuimhneachadh air an uisg' 's na gèiltean aig an taigh.

'S iad sin a rinn a' chùis ormsa, a Mhàiri. Chan ann idir anns a' gheamhradh ach fad an t-samhraidh cuideachd. Gèile 's uisg' 's uisg' is gèile . . . a' gabhail dhut. Mo chreach-sa thàinig, chan e an aon saoghal a tha a-muigh an seo. Chan eil fhios ac' g' eil iad beò.

A' togail a' *Ghazette* is suas leis dhan Eastgate gu balgam capuccino 's pìos natural fruitloaf. Nach b' e an dà latha e, an àite a bhith air do sguabadh le gairbhseach an doras na cruaiche-mònach. 'S e an t-saorsainn a tha a' còrdadh buileach rium. Fhios agad . . . Gun sùilean ort, ag ràdh . . . Siud an tè a bh' ann le na magaidean, 's nach ann dhi a bu chòir. Còir càire . . . nan dèanadh dualchas e, siud an t-sròin dham bu dual a bhith àrd. A' togail oighreachd na seanmhar a chaidh roimhpe. Ach fuirich thusa . . .

Sin an cuingealachadh a tha mise toilicht' a chrathadh dhìom. Chan e a-mhàin a bhith ceangailt' ri faingean is caoraich 's a h-uile mìle rud. Na fillets èisg agam gan togail an sin ann am Marks. Chan eil glanadh no sgoltadh. Cho furasta 's a tha a h-uile rud a th' ann. Na bha a' mhòine a' toirt às mo chorp, eadar buain is togail is ath-rùdhadh is tarraing. Gun thogail chinn, a' dol aig rudeigin . . . fad-fìor-shuaineach an latha. Gun bhriseadh puirt. Dhà no thrì rudan dhan tilgeadh ann am basgaid an seo 's tha do bhiadh agad. 'S tha sinne le na storage heaters is eile. Agus, a Mhàiri, saoilidh mi gur ann às mo chadal a chunnaic mi na poill-mhònach, 's iad rin togail. Broinn fhliuch ga togail 's a' mheanbh-chuileag gad ith'. Cho fada bhuam an-diugh ri cùl na gealaich. 'S chan eil a' bhliadhna bho bha mi ga buain. Cha mhòr gun creid mi e. 'S an taigh a th' againn an seo cho blàth 's cho seasgair. Cha ghabhadh an taigh againn aig an taigh a bhlàthachadh, a bhrònag. A' ghaoth a' siabadh troimhe. Nam fosgladh doras anns a' gheamhradh bha do dhruim reòthte. Tha a h-uile còrnair dhan taigh sa th' againn cho càilear 's cho furasta. Co-dhiù chan eil fuachd is frasan a' gabhail dha gun sgur.

Bidh esan an dèidh sin uaireannan ag ràdh: 'S e a bhiodh math an-drasta ach dhà no thrì phìosan marag dhubh. Thug Anna thugainn tè de dh'fheadhainn Steòrnabhaigh aig àm na Bliadhn' Ùir', 's bha esan air a dhòigh. Aithnichidh mi nach e mo mhàthair a rinn i, a bh' aige, of course. Cha robh mise mar sin buileach dèidheil air maragan aig an taigh, ach gu dearbh chòrd an fheadhainn ud rium. 'S ann a bha esan ag ràdh gu feumadh Anna ceanna-chasach a thoirt a-mach an ath thuras... ach, ò, chan eil fhios a'm dè mar a bhiodh sin. Cha robh fiù 's nuair a dh'fhalbh sinn bhon taigh nach robh e airson an dà ghuga bh' againn air fhàgail a thoirt leinn, ach thug mise air an toirt do Dhòmhnall Iain. Cha robh mi faireachdainn...

Chan e, a Mhàiri, nuair a bha mi cuairt air ais aig an taigh ann an siud, nach robh mi a' faireachdainn glè neònach. Cha b' e cho mòr gur ann an taigh mo mhàthar a bha mi a' fuireach... Ach a' faicinn an taigh' againn fhìn shìos an rathad. 'S gu h-àraid a' coimhead teaghlach Sasannach ann. 'S ann riutha fhèin a tha e a' còrdadh. 'S iad cho snog 's cho faisg. Dh'fheumainn a dhol a-steach còmhla rithe. Cho neònach 's a bha sin, a Mhàiri. Dol tro na rumannan... bedrooms na cloinne 's a h-uile càil. 'S e an taigh againn fhìn a bh' ann fhathast, ach cha b' e. Gu h-àraid nuair a thug mi sùil a-mach air an uinneig. Na lotaichean 's an cladach. Cha robh càil air atharrachadh. Mar gun robh mi fhathast a' fuireach ann. Mar a chaidh na sia mìosan seachad. Cha do dh'fhuirich mi fad' sam bith. Copan cofaidh comhla ri Enid.

À Sheffield a thàinig iadsan, 's cha deigheadh iad air ais ann son rud sam bith. What on earth made you decide to leave this place? a bh' aice rium. 'S cha mhòr gun deigheadh agam air a freagairt. 'S ann a dh'fhairich mi deòir na mo shùilean. A' cuimhneachadh air Iain Donald is Mary Alice nan cloinn bheaga . . . a' ruith tro na rumannan. Ach co-dhiù.

'S nam faiceadh tu na Boltons ud a cheannaich e. Càil ach bòtannan is oilisgeanan anns an lobaidh. Iad a-muigh gun sgur. Air an tràigh tro fhuachd is tro ghailleann . . . leis an leanabh bheag air an druim. 'S chan fhaigh fuachd no fuachd. Nan cuireadh an fheadhainn againn an sròin a-mach air toll dorais . . . Càil ach Cuir ort do chòt', no bhiodh fuachd is flu gun sgur. Tha na Sasannaich ud, saoilidh tu nach fhairich iad fuachd fhèin. Mo mhàthair ag ràdh nuair a thill mi air ais: 'S i tha ciallach, am boireannach Gallt' sin. Iad cho dòigheil an seo 's a tha an latha cho fada. 'S nach iad a dh'fhaodas. Cha tuig sinne gus an tèid sinn a-null dè thug oirbh falbh, 's an dachaigh àlainn a bh' agaibh an seo a reic ri Sasannaich. Bha . . . gun robh sibh air togail oirbh cus. Cus cothruim. Cus dhen a h-uile rud . . . ach sibh ag iarraidh an tuilleadh dheth. Rinn na teaghlaichean againne a' chùis an seo fad nam bliadhnaichean mòra . . . ach cha robh e math gu leòr dhuibhse. Càil ach falbh. Càil ach stoidhle. Chùm i oirre, mar gur ann rithe fhèin a bha i a' bruidhinn. Mar nach bithinn-s' idir ann.

Ach tha e neònach, a Mhàiri, nach eil! Sinne a' falbh às na bailtean anns na thogadh sinn, 's a' leigeil dha na Sasannaich a thighinn annta nar n-àite. Cò aige bha dùil gu faiceadh sinn an latha? Ach 's e nach eil daoine ann. Càil an siud ach taighean le aon duine annta, oir ri oir. 'S an fheadhainn nach eil mar sin, tha

iad falamh. Chan fhaicinn duine beò air rathad . . . fad na h-ùine
bha mi ann. 'S e na Sasannaich fhèin na h-aon daoine a chitheadh
tu a' falbh a-muigh . . . Na Boltons a th' anns an taigh againn
fhìn agus an teaghlach eile à Haywards Heath a th' ann an ceann
a-muigh a' bhaile. Chitheadh tu iadsan a-mach 's a-steach, ged a
bhiodh an dìle ann. A' chlann aca shìos anns na briathlaichean
a' coimhead nan tunnagan fiadhaich, 's a' tilleadh bhon tràigh le
peile beag làn shligean is threalaichean. 'S clann an àite a-staigh
an taigh air am beò-glacadh le *Neighbours* . . . gun iomradh g' eil
cladach no eile ann. 'Eil iongnadh ged a bhiodh mo mhàthair
ag ràdh g' eil an saoghal air a dhol bun-os-cionn? Cuimhn'
a'm mar a bhiodh sinn fhìn air an tràigh fad an t-samhraidh.
A' faighinn peile chudaigean nuair a bhiodh m' uncail leis an
taigh-thàbhaidh. 'S cha b' e an taing a b' fheàrr a gheibheadh
sinn bho mo mhàthair. Cà'il mise an-dràsta a' dol a ghlanadh
na tha sin de mhì-shealbh chudaigean 's mi a' dèanamh deiseil
son an taigh-fhaire? Na lathaichean . . . fada . . . samhraidh.
'S iongantach gun robh clann air an t-saoghal cho dòigheil.
A-muigh air feadh a' bhaile bho mhoch gu dubh. Shìos aig an
abhainn . . . Mo chreach-sa thàinig . . . saoilidh mi gur e aisling
a th' anns a h-uile càil a th' ann. Na lathaichean blàth a-muigh
anns a' mhòine fhad 's a bha iadsan ag ath-rùdhadh. Fàileadh an
fhraoich nuair a dheigheadh an teine a chur thuige. 'S an teatha 's
an duf 's a h-uile rud a bh' ann. Chan eil sin fhèin an-diugh ann.
Càil ach an gual 's an ola.

’Eil fhios agad, mura biodh cho furasta 's a tha a h-uile càil
a-muigh an seo . . . Beòshlainte cho deiseil 's cho cinnteach. 'S
a-rithist na sgoiltean 's na colaistean cho goireasach. 'S nach eil
an oilthigh ùr tha siud gu bhith ann. Mas ann air a bhios sinn

a' tighinn. Tha iad a' faighinn a h-uile cothrom as urrainn dhuinne a thoirt dhaibh. Barrachd na fhuair sinne fad ar beath'. 'S e sin uireas as urrainn dhuinne a dhèanamh . . . dèanamh cinnteach g' eil sinn ag obair airson a h-uile càil a nì feum dhaibhsan. 'S abair thusa, a Mhàiri, g' eil piseach air a thighinn air a' Ghàidhlig ac' bho thàinig iad a-mach a dh'Inbhir Nis. Tha i nas glainne na bha i againne. Cha b' e Gàidhlig cheart mar sin a bh' againn' ann. Tha iadsan le gràineagan is feòragan is ceart-cheàrnaich. Cha mhòr g' eil an dithis againne a' tuigs' dàrna leth 's na tha iad ag ràdh. 'S airson an leughaidh, cha d' fhuair sinne e ach mu làimh, ach chan e sin dhaibhsan e. Leughaidh iad a' Ghàidhlig mar am bùrn . . . agus a' Bheurla, of course. Tha an dàrna duine cho siùbhlach ris an duine eile. 'S cha chreideadh tu e . . . gur e blas Inbhir Nis a th' air a' Bheurla aca mu thràth. Ach gu dè an twang a th' aig a' chloinn sin, bha mo mhàthair ag ràdh. Sin mar a tha clann Inbhir Nis a' bruidhinn, thuirt mise. Fudar-fhèileadh, ars ise, nach ann air sliochd nan Gobhaichean a tha an dà latha air a thighinn.

Ach nam faiceadh tu cho geallmhor 's a bha an dithis ac' air faighinn air ais dhachaigh . . . Iain Donald is Mary Alice. Shaoileadh tu nach robh iad a-riamh air falbh. Bidh taobh aca ris an dà àite, tha mi creids . . . Inbhir Nis agus an taigh. Nach ann mar sin a tha gu leòr. Dà shaoghal . . . no dà bhloigh saoghail co-dhiù. Mar Dòmhnall Iain mo bhràthair . . . brògan suede is cheroots ann am Bearsden leth na bliadhna 's an leth eile às dèidh nan dunaidhean chaorach ud air feadh nam boglaichean. Dà uinneag air an t-saoghal, bidh iad ag ràdh rinn anns a' chròileagan. Gur e sin a tha dà-chànanas a' toirt dhaibh. 'S caomh leam sin . . . Dà uinneag air an t-saoghal.

Tà, Mhàiri... Tha cho math dhòmhsa... An dòchas nach do sgìthich mi thu. Feuchaidh mi suas a shealltainn ort feasgar Disathairn' a-rithist mas ann air a bhios sinn a' tighinn. Ach 's ann a' tighinn a tha do phiseach a h-uile turas a chì mi thu. Cuiridh mi umhail ort. Fònaigidh mi dhachaigh thuicese. Bidh i cho toilicht' an t-adhartas a tha thu a' dèanamh. Mise ag innse dhi am frithealadh a tha thu a' faighinn 's an cùram a th' aca dhìot an seo an Raigmore. Tha mi 'n dòchas gur ann dhachaigh air a' phlèana a chuireas iad thu... aon uair 's gu faigh thu a-mach. Chan eil siud a' toirt tiotadh. Cha mhòr gun deach agam air an drùdhag teatha òl gus an robh i a' tòiseachadh a' cromadh, bhos cionn Steòrnabhaigh. Cha robh tiotadh. An dà àite an-diugh cho faisg dha chèile. Faodaidh duine sam bith falbh is tighinn mar a dh'iarras iad. Ist! 'Eil e ach an leth-uair co-dhiù?

Iomrall

Bha e fhathast na leth-shuidhe nuair a dhùisg e. Fios math aige
nach robh a' mhadainn ach tràth ged a bha a' ghrian bhlàth air
èirigh chun an ear bhos cionn na mara. I air a' chiad tiormachadh
a dhèanamh air aodach, ged a bha cruth a làmhan 's a ghàirdein
mar gun robh e air tighinn às an trainnse. A' chuibhle-stiùiridh
cam air a bheulaibh, 's e air ceann a stocainnean. Air an oidhche
a chur dheth mar seo am broinn an t-seann chàr le a sheataichean
briste is reubte, 's an uinneag tron robh e a' coimhead air a sgàin-
eadh na mìneasg ach fhathast na h-àit'. Chaidh e dhan mhàileid
a bh' anns an t-seata-toisich ri thaobh 's thug e mach am botal
bùirn 's na bh' air fhàgail dhen phacaid bhriosgaid. Cha robh
a' bhriosgaid ach mu làimh ach cha robh math a bhith tolach.

Bha e air a' chraslaich càr a ruighinn anmoch an oidhche ron
a seo, 's càil an latha fhathast mun cuairt 's a' cheò air togail, 's
gun ann ach àird an t-samhraidh. Bha e air na mìltean mòra a
chur às a dhèidh, tro chlàbar is smùid, a' falbh nam maghannan;
a' leum chlaisean rèisg is fhèitheannan 's a' dol tarsainn air
rathaidean mònach, gus an robh e an impis an gog a thoirt suas.
Sin a bh' air toirt air e fhèin aomadh a-steach dhan t-seann chàr
a bha seo a bha cuideigin air fhàgail am broinn poll-mònach

bho chionn nach eil fhios cuin. Bha a' mheirg 's na gèiltean air a
thoiseach 's a dheireadh a bhreothadh air falbh; na cuibhlichean
air falbh leotha bho chionn fhada, 's na dorsan-cùil slaodte ris.
Esan a' criomadh briosgaid fhad 's a bha e a' coimhead a-mach
air a' ghlainne phronn, 's ga cur sìos le stalag bùirn. Na feadagan
a' sgreadail air tomain mun cuairt, 's a' ghrian 's i a' cumail oirre
a' dìreadh bhos cionn nan cladaichean.

Thall pìos bha na fàisgeadairean a' faire mus tigeadh e fhèin
no càil eile an taobh a bha na h-iseanan aca, 's iad mu thràth
a' dèanamh an ciad oidhirp air tabhairt dhan adhar 's a dhol às
dèidh nan ruideagan shìos air bàrr nan creag. Cha b' e eun air
an robh e buileach dèidheil a bh' anns an fhàisgeadair, ged a bha
e toilicht' aig an aon àm gun robh iad air tighinn air an astar,
oir cha do chleachd iad a bhith ann. Annas air leth, eun a bhith
a' sgaoileadh a chuid innis an taca ri bhith dol às an t-sealladh;
rudeigin mar a sgaoil an t-eun-crom latha dhan robh e. Ach 's e
isean sanntach, cìocrach a th' anns an fhàisgeadair, 's cha b' fhada
bhiodh e a' toirt beum à mullach cinn duine a dheigheadh ro
dhàn air a chuid. Co-dhiù, sin iad thall, nan suidhe air na
brugain; iad brèagha donn, nas duirche na 'n t-seabhag. Lorg e a
bhrògan a-muigh.

> *Mu cheann Loch Langabhat 's Loch Chruinn*
> *'S mi bhios aoibhneach ri dol dhachaigh,*
> *Mus tèid mi tarsainn air an òs*
> *Bidh càrnan Bhataileòis nam shealladh.*

Le a mhàileid air a dhruim tha e shìos taobh a' chladaich, 's e
a' tighinn air sean doca-mhorghain ri cliathaich frith-rathaid 's

e loma-làn de sheann innealan-taighe is trealaichean eile. Air an sadadh nan rù-rà am measg a chèile tha seann frids buidhe 's an doras a dhìth air, dà shèithear mòr agus sòfa dhen aon seòrsa, agus roilichean de shean bhrat-ùrlair 's iad riasach, salach le òpar. Air an sgàirdeadh às a chèile tha aon leth-dusan preas a chaidh a reubadh bho bhalla cidsin, le na bha de ghlainne annta, a bha uair a' cunntadh, a-nise na spraoidhleagan air feadh an àit'. Telebhisean trom dubh na laighe air a dhruim le a shùil chiar, mharbh a' coimhead an-àirde dha na speuran. Gleoca cruinn le sprodan a' steigeadh a-mach air na cliathaichean; a ghlainne briste 's e air stad aig seachd uairean agus cruth air mar gun robh e air leaghadh ann an teas. Esan na sheasamh a' coimhead dhan doca, a' ruith air na chaidh a sprùilleach a chaitheamh na bhroinn 's a tha a' sgrèitheadh 's a' cnàmh às a chèile. 'S ann a shaoil leis son mòmaid gun robh an telebhisean air a thighinn air leis fhèin.

Air mo ghlùinean anns an fhraoch ag amharc dlùth air a' chairt-làir, le a dìthean beag buidhe, a tha ga sgaoileadh fhèin mun cuairt am measg nam badan fraoich. Chan fhairich mi dad a dh'fhàileadh dhìot ged a tha mi le mo shròin bhos do cionn. Anns an talamh rèisg tha do fhreumhaichean; freumhaichean air an robh meas. Freumhaichean plugach tais, a chairteadh lìon beag is mòr, no seòl. Bheil thu buidhe mar sin nuair nach eil sùil duine a' laighe ort? Gun adhbhar no ciall thu bhith ann, ach gu bheil thu ann: mi fhìn 's tu fhèin 's na h-uile bheò. Nàdar, na dhìomhanas torrach, àillidh. An-dràsta a' sireadh bàrr a' bhrisgein, le a duilleig mheòirich airgid. Na freumhaichean taisealach aicese, uair dhan robh an saoghal, cho beò air an teanga ris a' charra-meille. An riasg fhathast ro bhlàth 's ro thioram son ròs an t-solais a bhith a' glacadh nam biastagan; i fhèin is bròg na cuthaige, mo thruaighe a' mheanbh-chuileag air am beir sibh. Ach 's ann a thig iad sin le tighinn an fhoghair; sib' fhèin 's an ùr-bhallach, is lus nan leac. Mun cuairt, na raointean fo fhraoch a' mhonaidh; an-dràsta an teas teis-meadhan an latha. 'S mi a' falbh am measg an fhraoich air mo mhàgan.

There the cattle fattened and grew sleek, the young romped, searched for nests and fished during the day and told many a tale and sang many a song at even; the old people filled their lungs with the fresh air, and the peace and quiet of the open moor filled their hearts with comfort and content.

Air bàrr a' chladaich 's e a' coimhead sìos chun na tràghad. Eòin nan creag air sgèith mun cuairt, len èighe a' toirt mac-talla às na creagan. Cadha a' dol sìos aghaidh na creige gus an ruig e na clachan-muile. Duine a thilgeadh e fhèin leis, cha bhiodh e fada a' toirt sgailc anns a' chladach. Thathas air a bhith an seo roimhe, ge-tà. Roilichean uèar-feansa leis a' uèar-bhiorach 's na puist fhathast ceangaile rithe; air an tilgeadh leis a' bhruthaich, far an robh iad nan aon chnap meirgeach air muin a chèile. Am measg na bha sin bha, mar gum bitheadh, ceann taighe le sglèat briste is sarcaing bhreòite is dorsan is uinneagan meatailt. Bha a' gheodha taosgach dhen truileis seo, oir cha bheireadh am muir-làn oirr' far an robh i. A' coimhead an-àirde an aghaidh na grèine, shaoil leis gu faiceadh e shuas air feadh an adhair ghuirm na roilichean feansa air fosgladh a-mach 's iad sgaoilte 's a' sgèith mun cuairt le na puist fhathast slaodte riutha.

Tha mi gam fhaighinn fhìn a' leum 's ag èigheachd anns

a' chladach, air ais bho chionn bhliadhnaichean mòra. Na truinnsearan a b' fheàrr. A' breith air oir orra 's gam feuchainn cho fada 's a b' urra dhut, led uile neart; iad a' sgèith suas dhan adhar 's an uair sin a' tighinn sìos, sìos 's a' spreadhadh nam pistealan mìn air na creagan. Lampa mhòr na dà shiofaig ga tilgeadh fad mo làimhe sìos dhan a' Gheodha Bhriste; cas ghlainne ghorm innte 's dà ghleob ghrèis oirre. Muga craobhach, ga chur air bidean creige 's a' cuimseachadh air le na leogain; an toiseach ach cò chuireadh a' chluais dheth, 's an uair sin cò chuireadh na sgealban e a-mach air a' mhuir. Na bobhlaichean 's iad fhèin a' faighinn am mì-shealbh, a' gabhail dhaibh fear an dèidh fir; ach cha robh càil idir ann coltach ri na h-ornaments àrda phurpaidh 's na cuilein gheala leis an t-sèine òir mun amhaich. Brag, sgailc, sgàird, clab: An diabhal, nach tu tha cinnteach! 'S gu h-àraid leis a' ghlungaig.

Ach an-dràsta air bàrr a' chladaich tha a chuimhne a' toirt cruinne-bhic eile aiste: cà bheil mi? Ò, seadh. Tha, m' athair is fear eile le duine aca ann am feist 's e a' cromadh aghaidh na creige. Sìos gu Lidhe Caor' Alasdair far a bheil a' chaora glaiste, 's i air am feur milis gorm a tha a' fàs air an lidhe a lorg. Ach cha toireadh i i fhèin às gu suthainn. Sìos leis, 's iadsan a' leigeil na feist mar a tha esan a' cromadh. A' chaora a' gabhail an eagail 's i a-nise a' ruideil an taobh ud 's an taobh ud eile ged nach eil mòran rùm snaoidhidh aice. Esan a' ruigheachd gus grèim fhaighinn oirre ach tha ise a' toirt grad-leum aiste 's mus seall e ris fhèin tha i air i fhèin a chur leis a' chreig, 's i a' toirt clab marbhteach gu fada shìos anns a' chladach. Esan na shuidhe a' gabhail fag far a bheil e, mus tòisich e a' sreap suas air ais. Bu mhath nach deach e fhèin leis, iadsan ag ràdh ri chèile.

Dh'fhalbh is thriall mi air mo chuairt
Tro mhonaidh ruadha chòsach,
Eadar briathlaich, lochan's astar fraoich
Feadh raoin san robh mi eòlach.

'S e cho tioram 's a bha a' mhòinteach a mheall e. Le ceum brais bha e a' dèanamh astar math 's a dhùil ri anail a ghabhail air mullach an uchdain a chitheadh e air fàire. Ged a bha a' mhòinteach briste, bruganach, cha do chuir sin maill air 's e le searragan eadar na tomain còinnich, 's am fianach 's an stàrr fo a chasan. 'S ged a dh'fhairich e gun robh an talamh air fàs bog cha tug e cus aire dha, ach an uair sin bha e air a dhol na lèig-chruthaich 's cha robh e ann gus an robh e gu a mheadhan ann am botann domhainn. Sgaoil e a ghàirdeanan gus e fhèin a' chumail air uachdar ach bha e ga fhaighinn fhèin a' dol na bu doimhne 's na bu doimhne dhan bhastaire. Bha deagh fhios aige nach robh math sam bith dha èighe a leigeil às, oir nach robh duine beò mun cuairt air an astar ud. Sgiab e a chasan bho chèile gus greimeachadh ri cliathaich a' bhotainn ach cha robh sin gu math sam bith. Cha robh e fhathast idir a' grunnachadh, agus e crochait air uinnlean. Thòisich e air èigheach àird a chinn, ach cha robh duine ga chluinntinn. Rinn e oidhirp gus grèim fhaighinn air geugan dhen fhraoch àrd làidir a bha mun cuairt, ach 's ann a bha e gan spìonadh às an talamh. Bhuail e air nach robh e a' dol ga fhaighinn fhèin às a seo; gun robh am botann a' dol ga shlugadh mar a shluig i beò sam bith a chaidh a-riamh na còir. 'S nach fhaighte sgeul air dad a bha an èis dheth gu bràth.

Sheòl a' chiad fàisgeadair mun cuairt 's e a' toradh amharais ach an e caora a bha glaiste anns a' bhoglaich. Cha b' fhada gus

an robh fear eile 's an uair sin fear eile air tighinn còmhla ris.
Cha tug esan aire sam bith dhaibh, oir bha a thoinisg gu lèir air a
h-iathadh le gu dè mar a dheigheadh aige air e fhèin a shaoradh
às a' ghlut. Shaoileadh e gun robh a chasan air grunnachadh air
riasg a bha na bu bhonncharaich, ach bha e fhathast a' feuchainn
na bha na chomas gun a thruimid a leigeil air bonn na sluic;
's e sin ma bha bonn innte. Shaoil leis gun robh a mhàileid ga
chumail an-àirde, oir bha i a' greimeachadh ri oir a' bhotainn.
Chuir e a dhà ghàirdean a-mach roimhe cho fada 's a ruigeadh
e, 's le uinnlean air an talamh dh'fheuch e ri e fhèin a shùghadh
an-àirde. Ach cha deigheadh aige, 's le anail a' fàs goirid bha aige
ri leigeil dha fhèin sleamhnachadh sìos air ais. Dh'ullaich e e
fhèin an dàrna turas, agus leis an dubadh a thug e às fhuair e air a
bhodhaig a thilgeadh an-àirde agus a ghrèim a chumail, ged a bha
e fhathast do-dhèanta dha a chasan fhaighinn a-mach à tamhain.
Cugallach 's gun robh e, shlaod e a' chiad tè 's an uair sin an tèile
gus an robh e air a bheul-fodha anns an fhraoch. Chaidh e air a
dhruim far an robh e 's laigh e ann an sin le crith ga thogail bhon
talamh. Shaoil leis gun chaill e a mhothachadh airson priobaid.

Gu h-annasach bha a' phacaid bhriosgaid 's am botal bùirn
gun bheud nuair a thug e iad às a' mhaileid, 's e na shuidhe air
leabaidh chlach am broinn tobhta an taigh-mhòintich. Bha a
chuid aodaich bog fliuch agus air a liacradh le riasg. Chitheadh e
làraich eile mun cuairt na geàrraidh, 's iad uile air tuiteam nam
broinn. Nuair a thog e a shùil 's ann a ghlac e airson diog sealladh
air na taighean-mòintich 's iad gu lèir lem mullach sgrath 's ceò
às an similearan. Cha robh a' cheò a' gluasad idir; mar gun robh
i reòthte os cionn nan taighean. Nuair a thug e an dàrna sùil bha
na tobhtaichean air ais mar a bha iad. 'S bha dreathan beag donn
a' buiceil leis fhèin ann an clachan a' bhalla.

A bhean mhochaireach dh'èirich is na slèibhtean dorch,
An àird an ear le leus a' cur air èideadh gorm;
Mus tug grian nan speuran a-mach leum bho bolg,
A ceòl-maidne ghleus i nuair nach lèir dhomh a lorg.

Thàinig a' cheò. Laigh i cho cabhagach 's nach do dh'fhidir e dhi
ga sgaoileadh fhèin anns na claisean. An ùine gheàrr bha i mu
cheithir-thimcheall; chan e gur e ceò dhùmhail mar sin a bh' ann.
'S ann a bha i aotrom, mìn: ciutharanaich. Esan a-muigh innte,
am measg sgoran is brisidhean na mòintich, gun e idir cinnteach
dè an taobh air an robh aghaidh. An ceann ùine thàinig e air raon
fosgailte far an robh daoine uair air a bhith a' buain mhònach.
An taobh ud 's an taobh ud eile bha rabhcan chàraichean air am
fàgail far na dhìobair iad. Anns a' cheò, 's ann a shaoileadh e gun
robh iad a' falbh leotha fhèin am measg nam pollag. Closach de
dh'fhear grànda ruadh, gun na bha sin ann dheth, a' falbh air thrì
chuibhleachan, 's e a' dol an sàs an cliathach fear meirgeach anns
nach robh doras no uinneag no idir einseann air sgeula, a bh' air
a bhith air a dhubh-losgadh. Iad a' leum air a chèile le rànail is
reubadh air meatailt. Thallad bha chassis a bha uair air bus, 's
shaoil leis gun sheas esan an-àirde anns a' cheò mar sioraf am
measg mheangan, 's thàinig e 's leig e e fhèin sìos le fruis is faram
gun chiall air muin na dhà a bha mu thràth an amhaichean a
chèile. Mus do sguir iad bha aon sia chreadhlaich briste an glaic
a chèile 's air tuiteam nan cluain-chlàir. Ach mar a ghluais na
sgàilean ceothaidh chitheadh e nach robh iad idir air gluasad bho
far an robh iad; nan slèibhtich, astar bho chèile mar a chaidh am
fàgail gun sùim gun smuain, bliadhnaichean air ais. Choisich
e eatarra gun mhothachadh aige càit an robh e a' dol; ach cha

b' ann gun dragh is iomagain, ged nach dèanadh e a-mach cò às a bha iad sin a' tighinn.

Air an loch bha an dà learg dhearg, len àl pìos bhuapa ri bòrd na luich. Le cho socair 's a bha i, cha robh gluasad air an uisge, 's bha fhios gur ann air an eilean na meadhan a bha iad air na h-iseanan a thoirt a-mach na bu tràithe air an t-samhradh. An-dràsta 's a-rithist bha buaileagan a' briseadh air uachdar an uisge far an robh na bric a' ruith nan cuileag. Gun deò air a' ghaoith 's a' ghrian air ais na h-àirde. 'S esan a' cumail roimhe. Fiù 's gun shaoil leis gun robh a chuid aodaich air tòiseachadh a' tiormachadh. Chan eil fhios dè cho fada 's a thug e a' cumail air, gun rathad gun ceum a' comharrachadh na slighe. A-muigh air a' mhòintich àird, choisich agus choisich e gun bhriseadh na cheum.

Fo aiteal an t-samhraidh tha aghaidh nam beanntan
Cho boillsgeach a' sealltainn gun cheann dhiubh fo sgòth,
Na h-uillt bheag nan siubhal nan srianagan dubha
'S uisg' èite gach bruthaich cho fallain ra òl.

Mar bu sgìthe a bha e a' fàs, 's e le cheann air a dhol aotrom, 's ann bu dlùithe a bha e a' faireachdainn dha na bha mun cuairt air. Cha robh uallach air an ann a' falbh air monadh rèidh a bha e, no a' coiseachd ri bruaich lochain, no a' snìomh le a chasan anns na h-aibhnichean, no a' grunnachadh anns na lochan. Mar gun robh e air a dhol na phàirt dhiubh. Agus gu seo bha e soilleir dha gur e an aon chumadh a bh' air aghaidh an nàdair a bha ga iathadh 's a bha air aghaidh inntinn fhèin. Cha b' esan a' chiad fhear dhan robh seo faicsinneach: an co-cheangal eadar coltas is cruth obair-inntinn agus snuadh is gràbhaladh aghaidh na tìre. Gu bheil iad mar aon: an fhiadhaire le a cumadh fhèin, nuair a tha i gun mhàbladh gun thruailleadh, agus cumadh a' mhic-meanmhain. Gun robh e fhèin 's na sgoran 's na feadain 's na ruithean uisge, mar gum bitheadh, nan sgàthain dha chèile. Nach robh an eanchainn idir ann, cha mhòr, ach nuair a bha i an ceangal ri na bha air a taobh a-muigh; ri daoine eile agus ri nàdar. An àrainneachd air a thaobh a-muigh 's air a thaobh a-staigh. Leum e 's dh'èigh e, 's shad e e fhèin às ùr air druim a' mhonaidh. Mar aon, gun sgaradh gun tearbadh.

The fragrant odour of the heather, wild thyme and other moor plants, wafted on the genial evening air; and the shrill note of a snipe and the harsh cry of a belated moor-fowl could be heard now and again. Miles of heather-clad landscape, intermixed with bog-cotton; it looked as if it had been sprayed with snowflakes.

A' coiseachd gun abhsadh 's an fhionnairidh fhathast blàth 's an latha gun teicheadh, 's gun càil a choltas gun dèanadh e sin. Gu seo, a chasan cha mhòr a' falbh leotha fhèin, a' slaodadh an truimid tro fhraoch 's tro fhianach. Eadar e is fàire tha e a' dearcadh air cumadh coimheach, cam air a leth-chliathaich, le uinneagan briste 's a dhorsan slaodte ris, gun sgeul air toiseach no deireadh no càil dhen deant' iad. Chan eil dòigh air do sheachnadh. Nuair as saidhbhir a' mhòinteach shamhraidh, aon phlàigh eile. Tha e ga shlaodadh fhèin a-steach na bhroinn.

An Dachaigh

Ged a bha gu leòr ri dhèanamh a-staigh, bha iad tric nan suidhe air beulaibh an taighe a' coimhead sìos taobh a' chladaich. Dhèanadh ise cofaidh, 's ma bha càil idir air an latha dheigheadh iad a-mach 's shuidheadh iad a' coimhead mun cuairt fhad 's a bha iad ga ghabhail. Cha b' e gun canadh iad mòran ri chèile; ach a-mhain cho do-chreidsinneach 's a bha an sealladh. Bha cnuic ghorma na sgìre nan sìneadh am blàths na grèine; na lotaichean fada, bàna ri cliathaich a chèile; na bailtean beaga a' ruith ann an sreath a chèile, sìos cha mhòr gu bàrr a' chladaich; 's gun ghluasad air a' mhuir, fiù 's eathar.

Cha mhòr gun creideadh an sùilean maise na tìre dhan robh iad air tighinn, an taca ris an estate comhairle air iomall Sheffield anns an robh iad air a bhith, fad nam bliadhnaichean bho phòs iad. An-dràsta 's a-rithist chuimhnicheadh iad air an fheasgar a bha siud, nuair a dh'èigh e oirre 's e air dealbh an taigh sa a lorg le turchartas air an eadar-lìon. Mus robh ceann na mìos ann, bha iad na bhroinn. Iad air a cheannach 's air gluasad le na bh' aca: cha deach aigesan air a thighinn ga choimhead gus an latha a rinn iad an imrich. Mìos eile a-nis bho thàinig iad. Simon agus Ethel Byetheway.

'S ann airsan bu mhotha a bha de chabhaig cìs fhaighinn air na bha ri dhèanamh am broinn an taighe. Bha an t-àite na chorra-lòid 's iad air a bhith a' togail a h-uile mìr carpet anns gach rùm. Fon sin bha pìosan wax a bha air a dhol ciar is pronn. Bha smùid air a bhith air feadh an taighe 's e a' sgùradh bùird an làir le inneal dealain 's e an uair sin gan dèanamh faileasach le varnish. Bha ise air duilleagan sean phàipearan-naidheachd a bh' air a bhith sgaoilte fon wax a chruinneachadh, a' chuid bu mhotha bho na 1950an. Ach cha mhòr gun deigheadh aice air an dèanamh a-mach le mar a bha an sgrìobhadh air a dhol fann 's am pàipear fhèin air a dhol glas-bhuidhe. Cha tug esan fiù 's sùil orra; bha teine math aige a' dol a-muigh air cùl an taighe 's cha robh air aire ach an taigh a ghlanadh a-mach gus am faigheadh e air a dhreach fhèin a thoirt air.

Cha mhotha a thug e sùil air an dealbh. Ann an oisean, eadar na pàipearan fon a' wax, bha ise air an dealbh a lorg. Chan eil fhios cò iad, bha ise a' faighneachd dhi fhèin. B' fheàrr leatha gu

faigheadh i a-mach cò iad, oir 's iongantach mura h-iad a bha
fuireach anns an taigh uaireigin. Anns na 60an, 's dòcha. Ach cha
robh dòigh aice air faighinn a-mach. Cha bhiodh fhios aig duine
cò iad. Ma bha, cha robh lorg aicese orra. Chuir i an dealbh an
taca leòs na h-uinneig. Dh'fheumadh sinn piseag fhaighinn sinn
fhìn, smaoinich i, nuair a gheibh sinn rian air na tha seo.

Rinn iad tòrr gàireachdainn a' reubadh a' bholt bhon a' bhalla.
Dith às dèidh dith. Dath às dèidh dath. Am balla craobhach uaine
son mionaid; an uair sin builgeanach glas. Am facas a leithid sin
a-riamh air balla, a bh' aigesan. Ach dith mar a nochdadh, bha ise
barrachd a' smaoineachadh air a' bhoireannach a chuireadh suas
e, 's cho moiteil 's a bhiodh i air a bhith. Air aon bholt anns an
rùm-cadail shìos an staidhre bha tòrr dhealbhan air an dèanamh
le peansail, mar gum b' e sin am balla a bha ri cùl na leapa.
Gàireachdainn na cloinne; an gal 's an èigheachd. Sguiribh dhen
a sin, cò aig' tha fios nach tuirt am màthair, no thèid ur h-athair
às a chiall nuair a chì e e. Esan an-dràsta a' reubadh sìos: stiallan
mòra dathach dhen h-uile seòrsa bolt, 's e dèanamh dùn dheth
am meadhan an làir. Gus bho dheireadh gun nochd na bùird
lìnig: a' v-lining, 's e fhèin le dithean peant. An leth àrd aon dath
's an leth ìosal dath eile. Le srianag eatarra. An ath rud air am
feumadh e tòiseachadh: ga sgrìobadh 's ga ruspaigeadh, gus an
tigeadh e chun an fhiodh ghlain. Sgealban beaga peant dhe gach
dath nam fras aig a chasan.

Simon, dh'èigh i, trobhad ach am faic thu seo. Bha i anns
an àradh 's i tilgeadh mu leth-dusan leabhar mòr bog sìos
chun an làir. Leabhraichean tiugha; gun chùl orra. Oir nan
duilleag faileasach le peant òir. Iad a' toirt clab air an làr. Bha ise
a' ruigheadh a gàirdein a-steach eadar na sailean, dhan bheàrn

a bha eadar lobht na lobaidh agus làr nan rùm àrd. Thog esan aon dhiubh 's dh'aithnich e gur e Bìobaill a bh' annta. Ged nach deigheadh aige air facal dhiubh a leughadh. Thog e iad nan ultach na ghàirdeanan 's dh'fhalbh e a-mach leotha 's chuir e a mhullach an teine iad. Carson fo Dhia, thuirt e rithe nuair a nochd i, a bhiodh duine sam bith a' gleidheadh dùn shean Bhìoball a-staigh eadar na sailean. Sheas ise a' coimhead atach nan leabhraichean; an teine a' ruith mar fhuil air an duilleagan, 's beag air bheag iad a' dol dubh.

Anns an diog sin chunnaic i an dealbh a' tighinn ris, mar a bha na duilleagan a' gabhail. Bhuail i am Bìoball sin gu aon taobh le a bròig 's thog i an dealbh, teth 's gun robh e. Cha chòrdadh e ris-san i bhith cumail nan dealbh mar seo. Cha mhotha bha fhios aice fhèin carson a bha i ga dhèanamh.

Bheireadh i a-steach e còmhla ris an fhear eile. Bha rudeigin mar Comann Eachdraidh shuas an sgìre: 's dòcha gun toireadh i an sin iad 's gu fàgadh i aca iad. Cò aige tha fios – nach maite gun aithnicheadh cuideigin iad. Uaireigin. 'S maite.

Bha e air geamhlag a lorg air cùl an taighe 's bha sin aige a' spealgadh nan àitichean-teine às a chèile. Air cùl nan teintean taidhle thàinig e air pilearan air gach taobh dhen gholaig, agus iad a' ruith suas gach taobh dhen t-similear. Bha e air a dhòigh le seo: gum biodh teintean fosgailte aca, aon uair 's gu faigheadh e air loinn a thoirt orra. Bha ise a-mach 's a-steach le làn nam peileachan de chnapan saimeant is de thaidhlichean briste.

Am measg gach seòrsa trealaich aodaich is eile a bha i a' slaodadh a-mach às a' chlòsaid am bàrr na staidhre, thàinig i air teip-reacòrdair. Thug i sìos e 's chuir i am plug dhan a' bhalla. Phut i am putan 's thòisich na ruidhlichean a' cur char. Sean fhireannach a' seinn ann an guth tiamhaidh: cha robh na briathran a' dèanamh ciall sam bith dhaibh, 's bha an t-seinn fhèin coimheach nan cluasan – chan e gun robh esan a' buadraigeadh ri èisteachd. Bha fhios aicese gur e Gàidhlig a bhiodh ann. Thalla leis a' ghleadhraich sin, a thuirt esan, 's cuir a-mach dhan teine e.

Chaidh i suas air ais 's chruinnich i na bucais dhathach eile; a h-uile h-aon le teip shia-òirlich nam broinn 's iad ann an cèis. Thug i leatha iad fhèin 's an teip-reacòrdair 's thilg i dhan teine iad còmhla ris a' chòrr. An ceann greis dh'fhaireadh iad a-staigh fàileadh a' phlastaig a' losgadh. Bha esan a' liacradh saimeant air na pilearan le cùl na triubhail.

Bha iad air an glùin a lùbadh, a' gabhail an anail air a' bheing a-muigh. Bha iad toilichte gun robh iad air a' bheing a thoirt suas leotha. Ach an dùil an robh ainm air an rubha sin, bha ise ag ràdh, cha mhòr rithe fhèin. Air aon taobh dhen chladach bha an rubha a dh'ainmich i, 's bha dìreadh àrd air an taobh eile. Cha robh lorg aca air ainm àite bha sin, no air àite sam bith eile a chitheadh iad sìos chun a' chladaich, fhad 's a bha iad nan suidhe a' gabhail cofaidh na maidne. Tha mi creids' gun thachair gu leòr shìos mun chladach sin, chùm ise oirre 's i a' ruith a sùil air a' bhàgh; 's beag tha dh'fhios nach deach daoine a bhàthadh a-muigh an sin. Cha do leig esan air ma bha e ga cluinntinn. 'S ann ann a tha an latha, thuirt e ris fhèin; 's ann orm fhìn tha an fhadachd gus am bi an taigh deiseil 's am faod mi cuairt a ghabhail air feadh an àite; seall air an rubha ghorm tha sin shìos bhos cionn a' chladaich.

Shuidh iad ann an sin greis eile: a' coimhead na tìre a bha gun ainm, 's na mara a bha gun sgeul. Bha an taigh ùr aca sàmhach air an cùlaibh; cha robh càil aige ga ràdh. Bha a chlachan is fhiodh balbh, mar a bha iad bho thùs; cha robh iad a' giùlain ach iad fhèin. Tà, ars esan 's e a' seasamh, mus cruadhaich an saimeant orm.

An Cluaisean

Cha robh an Cluaisean ach mar bhalach sam bith eile. Dol dhan sgoil... ri cluich ball-coise nuair a thigeadh e aiste... agus a' coimhead an teilidh mar a leithidean eile. Ach anns a' gheamhradh bhiodh e bhon an sgoil uair is uair le amhach ghoirt. A h-uile fuachd a gheibheadh e, 's ann na amhaich a stadadh e. Agus air pleatha-mòr an t-samhraidh an latha às dèidh a bhirthday, naoi bliadhna, chaidh e dhan ospadal a thoirt às nan tonsils.

Cha do chuir seo iomnaidh sam bith air a' Chluaisean. Chaidh a mhàthair chun an ospadail còmhla ris, 's cha robh gruaimean sam bith air nuair a dh'fhàg i e, na shuidhe stobach anns an leabaidh. Chaidh na tonsils a thoirt às a' Chluaisean am feasgar sin. Thug iad sùil air na h-adenoids aige fhad 's a bha e aca air a' bhòrd, ach cha robh de dh'adenoids anns a' Chluaisean na b' fhiach bruidhinn air, 's mar sin cha do chuir iad làmh orra.

Cha do dhùisg an Cluaisan gu fhionnairidh. Mhothaich a' bhanaltram gun robh e a' tighinn timcheall 's chaidh i os a chionn. Bha beul a' Chluaisein a' fosgladh 's a' dùnadh. Thug i dha deoch bhùirn a-mach à poit-teatha. Bha copain gu leòr aca, ach bha fios aice gum biodh e na b' fhasa dhan Chluaisean òl a-mach à srùp na poit. Laigh e air ais 's chaidil e greiseag eile.

Dhùisg e an ceann greis 's a' bhanaltram ri sàthadh poit a-steach fodha; tè gun shrùp. Shuidh an Cluaisean oirre ann an sin mar bhanrigh, gun smid. Nuair a dh'fhaighnich i dheth dè mar a bha e, cha deach aige air a freagairt idir. Bha amhach a' faireachdain neònach dha-rìribh 's gu math goirt. Cha b' fhada gus an tàinig na dotairean timcheall: an fheadhainn a bh' air na tonsils a thoirt às a' Chluaisean na bu tràithe. Tharraing tè dhe na banaltraman an t-aodach bhon an leabaidh 's bha an Cluaisean aca na laighe ann an sin mar a rugadh e. Dè mar a tha thu a' faireachdainn, dh'fhaighnich an dotair anns a' Bheurla, 's e a' bualadh failmhean a' Chluaisein le òrd beag rubair. Leum cas a' Chluaisein an-àirde ach cha tuirt e smid. Cha deigheadh aige air. Chaidh a bheul fhosgladh, 's thòisich na dotairean a' goraireachd sìos dhan amhaich aige. Dh'fhairich e dèireach na chluais dheis.

Bha na dotairean a' brunndail ri chèile, 's ri toirt sùil an-dràsta 's a-rithist ann am beul a' Chluaisein. Thuirt fear dhiubh ris a' bhanaltram mura tigeadh a chòmhradh chun a' Chluaisein ro mheadhan-là i fios a leigeil thuca. 'S dh'fhalbh iad. Nuair a thill iad aig meadhan-là cha robh diurra-bhid air a thighinn bhon a' Chluaisean, ged a bha a' bhanaltram air a bhith ga cheasnachadh anns a' Ghàidhlig, 's ag iarraidh air bruidhinn. Cha b' urrainn dhan Chluaisean ach a cheann a chrathadh. Dh'fhalbh na dotairean is iad rudeigin iomnach. Cha bu chòir dha bhith air a ghuth a chall mar seo. Feasgar, thàinig na càirdean a shealltainn air, 's cha mhòr gu faiceadh tu an Cluaisean fo na bha siud de dh'ùbhlan, bananas is grapes air a leabaidh. 'S thug piuthar a mhàthar thuige am *People's Friend*.

'S ann anns a' mhionaid sin a thàinig a chòmhradh air ais chun a' Chluaisein. Am *Beano*. Sin a' chiad rud a thuirt e . . .

Am *Beano*. Às dèidh seo cha ghabhadh casg a chur air. Ag innse dha mhàthair mun opairèisean, 's an sgàthan mòr cruinn a bha os cionn bòrd a' theatre. Shaoil a mhàthair gu robh guth a' Chluaisein air a dhol rudeigin neònach, ach bhiodh dùil agad ri sin 's an truaghan air tilleadh bho bhith fon sgithinn.

Nuair a dh'fhalbh aunties is màthair a' Chluaisein chuir a' bhanaltram fios chun nan dotairean gun robh a chòmhradh air a thighinn air ais. Thàinig na dotairean a shealltainn air. Bhruidhinn iad ris anns a' Bheurla ach cha fhreagradh an Cluaisean dùrd. Thuirt a' bhanaltram ris anns a' Ghàidhlig carson nach robh e a' freagairt nan dotairean. Thuirt e nach robh e gan cluinntinn. Gu faiceadh e na lipean ac' a' gluasad ach nach robh e a' cluinntinn smid a bha iad ag ràdh.

Fhad 's a bha an Cluaisean a' bruidhinn mar seo ris a' bhanaltram, chaidh an dithis dhotair os a chionn 's cha mhòr gun creideadh iad an rud a chunnaic iad. Bha an Cluaisean a' bruidhinn a-mach tro chluais dheis. Cha robh a lipean a' carachadh. Sheall an dithis dhotair ri chèile le uabhas. Dè bha iad air a dhèanamh? Bha rudeigin air a dhol ceàrr anns a' theatre mus robh seo mar seo. Bha an Cluaisean a' dalladh air, a' còmhradh ris a' bhanaltram.

'S ann às na Hearadh a bha ise, 's cha tug i an aire gu robh sìon ceàrr air a chòmhradh. Ach bha an dithis dhotair ga dhearg-choimhead.

Thug iad an Cluaisean dhan theatre am feasgar sin a-rithist, ach an anach càil a b' urrainn dhaibh a dhèanamh dha. Ri linn toir às nan tonsils bha iad air gearradh annasach a dhèanamh air sgòrnan a' Chluaisein, 's air a chòmhradh a chur a-mach air a chluais. Chùm iad seachdain eile anns an ospadal e, 's na dotairean ga thaosnadh 's ga chinicneadh, ach cha do dh'atharraich staid a' Chluaisein. Cha chluinneadh e ach Gàidhlig 's cha labhradh e ach Gàidhlig . . . 's i sin a' tighinn a-mach air a chluais dheis. Chuir iad dhachaigh an Cluaisean anns an ambaileans, 's abair gun chòrd sin ris. Ach thuirt iad ri mhàthair gu feumte a chur a Ghlaschu mura tigeadh a shubhailcean thuige cunbhalach ro dheireadh na mìos.

Thill an Cluaisean dhan sgoil 's cha ghann nach d' rinneadh greadhnachas ris. Agus anns a' chanteen an latha sin fhèin thug fear 'An Cluaisean' mar fhar-ainm air. Mar a tha fhios, cha chluinneadh an Cluaisean no duine eile mòran Gàidhlig anns an sgoil, 's mar sin cha chuala e càil a bha dol. 'S cha tuirt e facal. Nuair a bhiodh càch ag ionnsachadh duilleagan de *Leabhar Aithghearr nan Ceist* cha robh gin aig a' Chluaisean ach gur e Dia a ghlòrachadh crìoch àraid an duine. 'S cha robh sin buileach furast' dha a dhèanamh . . . tro chluais.

Chaidh ceala-deug seachad mar seo. Aig an taigh cha robh an Cluaisean a' cur mòran umhail air fhèin, oir chluinneadh is thuigeadh e a h-uile dùrd, 's bhruidhneadh e tro chluais gun thrioblaid sam bith. 'S ann a bha e a' coimhead na bu tighe, dreachail na bha e bho chionn fhada, oir b' fheàirrde e na tonsils ghrànda a thoirt às. Fhuair e slàint' is càil dha bhiadh ri linn. Ach bha e a' fàs sgìth dha-rìribh dhen sgoil, 's a' faireachdainn a thìde fada. Aon fheasgar nach ann a dh'fhalbh an cadal leis. Bha dùil aige an toiseach gur ann na chadal a bha e a' cluinntinn an tidseir a' bruidhinn anns a' Bheurla. Dh'fhosgail e a shùilean. Cha b' ann. Bha e ga cluinntinn. Chuir e suas a làmh 's dh'inns e dhan tidsear gun robh a chlaisneachd air tilleadh. Agus 's e seo an rud . . . 's ann anns a' Bheurla a dh'inns e seo dhan tidsear.

Chaidh ise na trotan a-null gu far an robh an Cluaisean na shuidhe, 's i a' bruidhinn anns a' Bheurla mar a bha i a' dol. Sheas i a' coimhead a-steach a chluais dheis a' Chluaisein . . . a' chluais a bha air a bhith a bruidhinn chun a seo. Thuirt i ris anns a' Bheurla gu dè an ceathramh Àithn'. Bha i a' cluinntinn guth a' Chluaisein ga freagairt, mar gum biodh fad' às. Ach cha b' ann pioc a-mach air a chluais àbhaisteach a bha e a' tighinn. 'S i Catrìona bheag dhubh a bha na suidhe air taobh eile a' Chluaisein a dh'inns dhan tidsear gun robh còmhradh a' Chluaisein a-nis a' tighinn a-mach air a chluais chlì.

Làrna-mhàireach chaidh an Cluaisean a rotadh a Ghlaschu, gus am faigheadh na dotair mhòra an làmhan air. Thug e seachdain a-staigh mus cualas an còrr. Ach air feasgar Diardaoin chuir an t-ospadal a-mach bulletin air a' Chluaisean agus leig iad dhachaigh e às dèidh na diathad. 'S i piuthar a mhàthar ann am Partaig a chaidh ga iarraidh chun an ospadail. An ath Dhiardaoin bha bulletin an ospadail air fad anns a' *Ghazette*. Agus cha robh duine againn nach do leugh gu furaileach e. Dh'inns an *Gazette* mar a thachair dhan Chluaisean. Ri linn opairèisean tarraing nan tonsils thachair rudeigin a choisinn do mhodh-labhairt agus do chlaisneachd a' Chluaisein a bhith an urra ri a chluais dheis. Mar sin 's e aon taobh na h-eanchainn aige a bha ri dol. Ri linn 's nach robhas a' cleachdadh na h-eanchainn air fad, sheac am ball a bha a' ceangal dà thaobh na h-eanchainn ri chèile. Mar sin cha robh aig a' Chluaisean ach leth clì na h-eanchainn, agus cha tuigeadh agus cha chanadh i sin ach Gàidhlig. Nuair a fhuair taobh deas na h-eanchainn seachad air a' chriothnachadh a fhuair i leis an opairèisean, thàinig a mothachadh thuice an ceann an fhichead latha. Ach cha robh cainnt air a seilbhidh ach a' Bheurla.

Thuirt sgrìobhaiche a' *Ghazette* fhèin gun robh e a' tuigse gum biodh seo doirbh dhan luchd-leughaidh a leantainn. Ach ann a dhà no thrì fhacail, gur e seo mar a bha. Nach robh corpus collossum a-nis anns a' Chluaisean. Mar sin, bha dà thaobh eanchainn air leth bho chèile. Bruidhinn Gàidhlig mar sin ri cluais dheis a' Chluaisein 's bruidhnidh i sin riut air ais anns a' Ghàidhlig.

'S mar sin le a chluais chlì . . . ach Beurla.

Mun do dh'fhàg an Cluaisean Glaschu bha e aca air an telebhisean . . . agallamh anns a' Ghàidhlig ri chluais dheis agus anns a' Bheurla ri a chluais taisgeil. Bha an Cluaisean ann an sin na shuidhe cho dòigheil 's a' coimhead timcheall, 's fhreagair e gu coileanta na chaidh a chur air. Thuirt na craoladairean gur e leasachadh a bha seo do phrògaman Gàidhlig. Leasachadh, ars iadsan, air a bheil cruaidh-fheum againn agus ris a bheil sinn air a bhith a' feitheamh bho chionn fhada. Chaidh obair a thabhach air a' Cluaisean anns a' bhad . . . a' leughadh nan naidheachdan Gàidhlig leis an dàrna cluais agus an fheadhainn Bheurla leis an tèile. Bha iad airson audition a thoirt dha ach thuirt an Cluaisean nach robh tìde aige . . . gum biodh a theatha deiseil gu seo aig piuthar a mhàthar ann am Partaig.

Anns a' chunntas a chuir na neurosurgeons dhachaigh an cois a' Chluaisein bha iad ag innse gun robh e dualtach dha-rìribh gu seacadh a-nise bann sam bith a bha eadar dà shùil a' Chluaisein. 'S ann Latha an Trasgaidh a mhothaich fear de shrainnsearan nan òrduighean gun robh an Cluaisean a' leughadh *Last Exit to Brooklyn* leis an t-sùil chlì agus *Carmina Gadelica* leis an tèile. Cha robh sgeul air optic chiasma a' Chluaisein. Bha e air searg mar gun cuireadh tu lastaig air rùda.

Thug an tidsear greis mus do mhothaich i nach robh fhios aig an dàrna taobh dhen Chluaisean gu robh an taobh eile idir ann. Oir nuair a bhruidhneadh a chluais chlì Beurla cha chluinneadh a' chluais eile smid dheth. Mar sin, bha aig an tidsear ri innse dha mar a b' fheàrr a b' urrainn dhi. Co-dhiù, ars ise ri cluais chli a' Chluaisein anns a' Bheurla, 'Eil fios agad g' eil d' eanchainn na dà leth. A bheil? ars esan. Tha, ars ise. Ciamar tha sin? ars esan. Tha, ars ise, na tonsils. Na tonsils? ars esan. Seadh, ars ise. Bha mi a' smaoineachadh sin, ars esan. Robh? ars ise. Bha, ars esan, uaireannan nuair a bhios mi son cadal cha leig mi dhomh fhìn a dhol dhan leabaidh. 'S bidh mo làmhan ri dèanamh rudan leotha fhèin . . . a' tighinn thugam le leabhraichean nach eil mi a' tuigs'. Leabhraichean Gàidhlig, ars ise. 'N e? ars esan. 'S e, ars ise. Ach cha deigheadh aicese no aigesan e fhèin air tuigse an staid anns an robh an Cluaisean.

Chaidh a chur na shuidhe air oir anns a' chlas gus am biodh cluais na Beurla ris an tidsear, oir cha bhiodh feum sam bith air a' chluais Ghàidhlig. Aon mhadainn 's an clas gu lèir, agus cluais taisgeil a' Chluaisein nam measg, a' gabhail Our Father, 's ann a thug cluais dheas a' Chluaisein srann air 'Ceanag Mòr'. Cha do thuig a chluais chlì fhathast carson a bhathas ga chur chun a' mha'-sgoile.

Cha b' fhada gus an tàinig fear beag odhar a ghabhail IQ a' Chluaisein. Mar a bha dùil, bha IQ cluais chlì a' Chluaisein na b' àirde na a chluais dheis. Abair gun chuir seo daoine air bhoil. Bhathas a' tighinn à Eirinn 's às a' Chuimrigh ga cheasnachadh, 's rinneadh tràchdas air a' Chluaisean. Bha na tidsearan air an dòigh dà IQ a bhith aige. Thòisich iad ag iarraidh dà IQ a thoirt dhan h-uile leanabh . . . gum cumadh e uiread eile còmhraidh riutha anns an staffroom. Nuair a chuala an t-oilthigh gur e a dhol air bàt'-iasgaich a bh' ann an rùn a' Chluaisein thabhaich iad àite air, nuair a bhiodh e còig-deug, gu Joint Honours a dhèanamh, Beurla is Gàidhlig, cluais is cluais. 'S gun tugadh iad dha an ceum inbheil a bhios iad a' toirt do dhaoine a nì sin. 'S thabhaich iad an uair sin a chur a Chambridge a dhèanamh ard-thràchdas air an t-snaidhm a chuir Fionn air na coin.

Ach b' e fear-stiùiridh a' Chomuinn Ghàidhealach a bha buileach toilicht' leis a' Chluaisean. Seo, ars esan, a bha sinne a' sireadh bho chionn bhliadhnaichean. An dà chànan a chumail air leth bho chèile, 's air an aon stèidh. Cha robh sinne a-riamh ag iarraidh cur às dhan Bheurla. Biodh a cluais fhèin aice . . .'s a cluas fhèin aig a' Ghàidhlig. Agus tha mi son innse dhuibh, ars esan, g' eil mise mi fhìn a' dol a-steach a Raigmore a thoirt asam mo thonsils . . . agus ri dol gan gleidheadh ann an sileagan ann an rùm air leth an àrd-oifis a' Chomuinn. Agus cò aige tha fios, ars esan, 's dòcha nuair a chì sibh a-rithist mi gum bi mi leis a' Bheurla air an dàrna cluais agus a' Ghàidhlig air an tèile. Cha do thachair càil cho sealbhach dhan Ghàidhlig ri toirt asainn nan tonsils. Tha an Cluaisean a' sealltainn gur e na tonsils a bha a' cumail na Gàidhlig air ais. Ga cumail ceangailte ri, agus fo smàb, na Beurla. Mar sin, tha an Comunn a' tairgse còig notaichean a chur gu gach duine a chuireas a thonsils thugainn ann an sileagan. Seòlaibh na sileagain gu àrd-oifis a' Chomuinn agus cuiridh sinn thugaibh not nan còig notaichean. Agus nuair a bhios rùm nan tonsils làn gu bheul, thèid sinn le na tonsils ann am bàta a-mach bhon Bhuta Leòdhasach. Dòirtidh sinn an luchd tonsils air uachdar na mara 's cuiridh sinn teine riutha. 'S bidh an teine-èiginn sin na shuaicheantas dhan t-saoghal gu bheil a' Ghàidhlig beò. 'S cumaidh sinn ri cur tonsils ùr air an teine. 'S cha tèid teine nan tonsils bàs fhad 's a bhios a' Ghàidhlig air ar bilean.

An ath bhliadhna nochd bàta nan taighean-solais a-null mun Charbh le cargu thonsils anns na tuill aice. Thaom i iad air uachdar na mara. Ach gu mì-fhortanach bha na sùlairean gam pràbladh mus fhaighte air teine a chur riutha. 'S mar sin bha na tonsils air ais ann an goile nan Leòdhasach an ath fhoghar. 'S cha do sguir a mhàthair a thoirt a' ghuga dhan Chluaisean gus am faiceadh i an tigeadh e thuige fhèin. 'S dh'fhàg mise ann an sin e . . . Spòg dhubh ceathramh-deiridh a' ghuga na làimh, 's e a' seinn 'Hi ri rì' le a chluais dheis agus a' feadalaich a' 'Yellow Submarine' air an tèile.

Còmhla

Mi fhìn 's mo sheanair 's sinn air turas. Tha sinn a' dèanamh seo
bho àm gu àm, oir tha dèidh aig an dithis againn a bhith a-muigh
còmhla mar seo. Mar as trice seachnaidh sinn an rathad mòr
's gabhaidh sinn taobh na mòintich no sìos taobh a' chladaich.
Dh'iarradh sinn a bhith a' gabhail an rathaid, oir 's toigh leinn
a' bhith dol ann an loidhne dhìreach ma ghabhas sin dèanamh,
ach tha de chàraichean air an rathad nach eil e idir càilear no
ciallach a bhith a' falbh air dhar cois. Ach tha sinn cuideachd
geallmhor a bhith a' falbh a' bhaile 's a' coimhead nan daoine
mun cuairt agus gach gnè nì a tha dol air an astar. Ged a tha mo
sheanair an aois a tha e, tha mi fhìn 's e fhèin mar aon 's gun mise
fhathast ach òg. Bidh mi tric a' toirt gàire air, rudan dhe na bhios
mi a' faighneachd dha.

Aig a' chladach tha sinn a-staigh leinn fhìn. Tha am bàgh
sàmhach, sìtheil, gun càil a' gluasad ach uachdar na mara agus
corra eun air sgèith a-mach pìos bho thìr. Tha tiùrr feamainn
sgaoilt' air an tràigh mar a thàinig e air tìr 's tha sinne a' coiseachd
na mheasg. Tha dithis ag obair air feur 's an tractar aca ga lìonadh
son a thoirt a-mach chun a' bhaile. Iad ag innse gu bheil dà bheath-
ach mairt aca agus beagan chaorach, ach nach eil an slàinte ach

mar a tha i, 's gu bheil iad an impis a h-uile càil a th' ann a leigeadh seachad. À sin, seach gu bheil an latha air cumail air, tha sinne air leantainn oirnn a-mach taobh na mòintich. Tha an t-àite againn an ìre mhath dhuinn fhìn ach gun cluinn sinn corra sgread aig feadag 's gu leum cearc-fhraoich an-àirde aig ar casan an-dràsta 's a-rithist, ach 's ann tearc. 'S e a' mhòinteach as fheàrr leam, a' falbh am measg an fhraoich 's a' leum nam pollagan.

Dol tron a' bhaile, 's tha ceò às na taighean seach gu bheil e faisg air àm na diathad. Ceò gach taigh a' nochdadh a-mach tron toll anns an tughadh 's na taighean oir ri oir 's daoine a-mach 's a-steach asta. Tha sinn air a dhol a-steach a thaigh 's tè air èigheachd oirnn 's sinn le bobhla bainne 's bonnach eòrna an làimh an urra. Tha mise na mo shuidhe aig a' bhòrd air stòl beag 's tha esan na shuidhe thall air a' bheing. Ghabh esan an t-altachadh mus do thòisich sinn. Tha fear an taighe air nochd-adh le cairt mhònach 's e fhèin 's an t-each deiseil son greis dhaib' fhèin. Tha esan 's mo sheanair nan suidhe mun teine 's gach fear dhiubh le a phìob. Ach tha ise a' falbh leamsa suas dhan t-sabhal gus am faic mi an laogh a fhuair iad a-raoir. Tha e aca ann an cotan beag dha fhèin 's connlach gu leòr mun cuairt air. Ged a tha i air iarraidh ormsa a' mhias a chumail ris, tha beagan teichidh agam roimhe mus dòirt e orm i. 'S chan eil mi son gun tòisich e gam imlich. Ach tha e glè bhrèagha an dèidh sin: sleamhainn, dubh, 's fàileadh laoigh dheth. Tha sinne leinn fhìn, tha i ag ràdh às a guth-shàmh, agus bithidh, bho dh'fhalbh an triùir nighean agus Iain. Tha i air mìr is silidh a thoirt dhomh 's mi ga ithe às mo dhòrn suas oir an rathaid.

A-staigh aig a' chladach, 's tha an t-àite air èaladh le daoine is eathraichean is càparaid le ceudan langannan air tighinn air tìr.

A h-uile duine dripeil a' spliotadh an èisg 's na boireannaich 's a' chlann gan sgaoileadh air na creagan gus an tiormachadh. Tha mise mi fhìn a' slaodadh tè mhòr às mo dhèidh 's mo sheanair a' dol gu dhruim a' lachanaich ga mo choimhead 's mise mi fhìn a' gàireachdainn. Chan fhaca mi uimhir seo a langannan na mo bheatha 's tha esan ag innse dhomh gur e seo bliadhna cho math 's a bh' aig na h-eathraichean bho chionn nach eil fhios cuin. Ach na h-iasgairean a' brath a dhol air an casan leis an dìol a tha an ceannaiche a' dèanamh orra, ge b' e dè tha sin a' ciallachadh. Samh bho mo làmhan 's tha mi a' dol sìos gan nighe anns a' mhuir. Thoir an aire ort fhèin, tha esan ag èigheachd às mo dhèidh mar as àbhaist.

Ag ithe brobht aran-coirce is blàthach nar suidhe a-muigh le ar druim ri balla na h-àirigh. Àirighean sìos cliathaich a' chnuic gu lèir, 's tha mise air a bhith a' cluich còmhla ris a' chloinn eile 's iad a-muigh an seo son an t-samhraidh. Tha iad air an casan luirmeach 's le glè bheag aodaich, ach chan eil sin a' cur smuain orra 's iad a' ruith cho luath 's cho làidir ri fèidh air feadh a' mhonaidh 's air bruaich nan allt. Tha esan a-staigh a' cèilidh air fear ann an aon àirigh 's e na leòinteach air tilleadh dhachaigh às a' chogadh. Tha mi air faighneachd dhàsan mun chogadh ach tha e air a ràdh gu bheil e fada air falbh ann an àite air a bheil an Èipheit, 's nach eil Ruairidh ud a' coimhead ach truagh, 's e dall.

Air ar slighe chun a' bhaile, 's tha sinn a' tighinn air grunn mòr dhaoine 's iad nan crùban ri fasgadh bhothagan is shean thobhtaichean. Tha esan ag innse dhomh gun deach na daoine seo a chur a-mach às an dachaighean 's gu bheil iad air an allaban. Tha mi fhìn 's na balaich 's a' chlann-nighean nar ruith air feadh an àite, ach tha iad ag ràdh nach eil càil a dh'fhios aig duine càit a bheil iad a' dol no dè a tha dol a thachairt dhaibh. Tha iad a' cluiche sgiobag 's a' seinn dhuanagan a chuala mise aig mo sheanair ach air nach eil fhios agams' idir. Tha iad an uair sin ag èigheachd oirnn, 's tha againn ri suidhe sàmhach 's a h-uile duine aca ag èisteachd fhad 's a tha fear a' leughadh a-mach à leabhar, 's tha iad a-nise air tòiseachadh a' seinn còmhla. Aon bhoireannach a tha ri mo thaobh 's chan eil i a' sgur a dh'osnaich. Chan eil mo sheanair cho còmhraideach 's as àbhaist 's sinn air ar slighe suas ri cladach. Tha staid nan daoine a' dèanamh uallach dha, 's e ag ràdh rium gu bheil iad fèar mar sinn fhìn. Nach eil fhios gu bheil, 's cionnas nach bitheadh?

A-staigh ann an taigh beag tughaidh bhos cionn a' chladaich. An teine am meadhan an làir 's doras ìosal le aghaidh ris a' chladach. Tha plàt air ar beulaibh de chreachain is eisirean 's a h-uile duine againn a' dèanamh ar diathad air. Chan eil mise ga fhaighinn buileach furasta a chagnadh ach tha esan ga ithe le càil a tha nochdaidh. Tha an teaghlach nan suidhe anns gach oisean dhen fhàrdaich 's tha an t-seanmhair na sìneadh ann an leid thall anns a' chùl. A-muigh tha mi fhìn 's a' chlann a' cluich le sligean bhàirneach, gan cur air falach 's gan lorg. 'S an uair sin a' ruith 's ag èigheachd shìos anns a' chladach mar gun robh sinn às ar ciall. Saoilidh mi gun robh mi eòlach air a' chloinn seo bho 's cuimhne leam. 'S fhad 's a tha sinne gar cur fhìn bun-os-cionn le èigheachd is leumadaich tha mo sheanair 's an fheadhainn a tha a-staigh air a bhith ag òl leann agus tha iad a-nise air tòiseachadh air amhrain. Tha nighean òg a' toirt slige eisir dhomh nuair a tha sinn a' falbh. Tha gàire is beagan robhla air mo sheanair 's sinn a' togail oirnn, 's e ag ràdh nach eil fhios aige ciamar a tha iad a' dèanamh a' chùis 's gun càil aca dhen t-saoghal. Tha mi a' cumail na slige an-àirde ris 's tha e ga mo choimhead fo na mùdan.

Fear beag cnapach a' tionndadh leis fhèin pìos suas bhon a' chladach. Inneal fiodha aige a' briseadh an talamh-àitich agus 's e spaid-dhìreach a th' aige oirre. Tha e air cliath bheag a dhèanamh bho chionn ghoirid 's tha dùil aige a bhith ga slaodadh às a dhèidh gus cur fodha an t-sìl. Aon bhò aca, e fhèin 's a phiuthar, 's leth-dusan othaisg. Tha e gar n-iarraidh a-steach dhan aitreabh. Àite cumhang le balla cheap agus ceann air de sgòid cladaich le sgrathan air uachdar, 's e aca glè chomhartail. Tha ise a' dèanamh stapag dhuinn air min-choirce is bùrn teth, 's i a' cur plum barra na cheann. Tha mo sheanair ga chur às an t-sealladh gun dàil ach chan eil e a' tighinn ormsa cho math, ach tha mi a' dol ga ithe an dèidh sin. An duine a' bruidhinn air an aimsir 's mar a tha e a' feitheamh na gealaich ùire. Cho toilichte 's a tha e nuair a nochdas i; mar a tha i a' cur a h-uile càil na àite fhèin. Gu faod dùil a bhith ri aimsir briseadh ma tha cearcall mun t-solas; an tìde na h-ionad. Aodach bho chionn fhada air a dhol piullach 's a dhà bhròig nan caglachan. Seo e le pigean beag uisge-beatha a thug e a-mach à oisean 's e ga thabhach air mo sheanair, 's chan e a dhiùltadh a nì am fear sin. Mus seall mi rium fhìn tha an duine ag aithris dhuan is bàrdachd dha mo sheanair 's tha ùine mhòr aige ga toirt ag innse sgeulachdan mu ghaisgich 's mu euchdan rìghrean. Chan eil na bha anns a' bhuideal fada a' dol às an t-sealladh. Tha ise na suidhe sàmhach ris an teine ga èisteachd 's i ag altramas canastair teatha an cliathaich na golaig. Cuin a chunna mi a leithid siud, tha esan ag ràdh fo anail 's sinn air ais a-muigh air an raon. Ach a' gearain gu bheil e a' cur umhail air a chasan a' fàs trom.

Còmhla ri grunn bhalach shìos anns an tràigh-mhaoraich, 's sinn gun stiall oirnn 's sinn air a bhith a-muigh a' snàmh a' chuid mhòr dhen mhadainn. Cha deach dragh a chur oirnn le mar a tha muinntir a' chreaga dripeil, oir thill na fir le closaich mhòra fhiadh ann an tighinn an latha. Tha mo sheanair air a bhith còmhla riuth' bho thill iad, ach 's iad fhèin a th' air a bhith ga fheannadh 's ga phronnadh. A-nise tha sinn nar suidhe mun cuairt 's beag is mòr ag ithe ar cuibhreann de shitheann fhiadh, 's e cho blasta ris a' mhil fhèin. 'S air ais sìos chun na tràghad 's esan 's fear eile nar cois. An duine ag innse dha mo sheanair an t-annas a th' ann dha daonnan a' faicinn mar a tha an cuan mòr a' lìonadh 's a' tràghadh na àm fhein gach latha. Tha iad a' coiseachd ri taobh a chèile am beul an làin gun lideadh aca ga ràdh. An uair sin tha e a' stad, 's ge b' e carson, tha e a' tionndadh ri mo sheanair 's ag ràdh ris gur e beatha dhoirbh is theugmhalach a tha seo. Tha iad nan seasamh mar sin airson mionaid 's tha mo sheanair a-nise air innse dha gu bheil sinne a' dol a chumail romhainn. Nan tilleadh sibh ro dheireadh na bliadhna, their e ri mo sheanair, chan eil fhios nach biodh fleadh againn, nach deigheadh agam air bìdeag feòil uircein a ghleidheadh air ur coinneamh. Mura till an teasach, tha e ag ràdh fo anail. Ach tha mo sheanair air innse dha gu garna-fhortanach nach tèid againn air a leithid sin a dhèanamh. Tha iad a' clapaidh a chèile anns an dealachadh.

'S e an teine a chunnaic sinn mus do ràinig sinn. Chan eil an clachan fhèin na theine ach tha lasraichean ag èirigh dha na speuran air feadh na tìre 's nam bailtean beaga eile mun cuairt. Agus tha grunn bhirlinnean mòra fada nan tàmh pìos a-muigh anns a' bhàgh. An truaighe th' air tighinn oirnn, tha tè ag èigheachd 's i a' tighinn, le giorrad analach. Tha seo an ceathramh turas aca air tilleadh bho chionn ghoirid, tha i ag innse dha mo sheanair. Tha e na sheasamh ri a taobh 's iad a' coimhead mun cuairt air an aimlisg a tha a' tachairt, 's tha esan a' gabhail a làimh 's iad nan seasamh gun deamadh ga ràdh. Tha mise air a dhol a-steach dhan bhoth far a bheil a' chlann air an cur, air falach, a-mach à sealladh. Tha mi a' suidhe sìos nam measg 's chan eil teicheadh aca romham ged nach fhaca iad mi a-riamh roimhe. Oir tha fhios aca nach eil dad againne ri dhèanamh ri na h-uabhasan a tha seo. Tha a h-uile h-àite sìos ri na cladaichean nan smàl, a thuilleadh air gach preas is doire mun cuairt. Chì sinn a' cheò 's an teine a-mach air doras ìosal na both 's cha mhòr gu bheil duine againn ag ràdh aon fhacal. Chan eil fhios againn dè a chanadh sinn co-dhiù. Tha mo sheanair a' tighinn gam iarraidh 's e ag ràdh gur fheàrr dhuinne feuchainn a-mach taobh na mòintich agus air falbh bhon a' chall 's a' mhiastadh a tha seo. Agus 's e sin a tha sinn a' dèanamh. Air ar socair a-mach cùl a' bhaile bhig mhì-fhortanaich seo, oir chan eil dad sam bith ann as urrainn dhuinne a dhèanamh mu dheidhinn na tha air tuiteam air. Chan eil mòran againn ga ràdh eadarainn, ach gu bheil mi air faighneachd ach dè as ciall dhan a seo 's chan eil e ach air a cheann a chrathadh.

Cha robh càil ann ach gun mhothaich sinn dhan taigh aca shìos anns a' ghainmhich. Tha sinn nar suidhe a-staigh ann a-nise ri oir na tràghad agus cha thuigeadh tu gu bràth bho muigh cho rùmail 's a tha e. Tha sinne nar suidhe mun teine a tha am meadhan an ùrlair 's sinn air ar deagh dhiathad fhaighinn de dh'iasg 's de dh'fheòil rèisgte. Tha de thrannsaichean cloiche 's de chùiltean am broinn na fàrdaich seo 's nach eil fhios agam cò mheud duine tha a-staigh. Ach tha mi fhìn is dithis nighean gu dòigheil a-nise shuas ann an oisean leinn fhìn. Le mar a tha an taigh fon talamh, cha chluinn sinn dad mar a' ghaoth no an t-uisge na bhroinn, ach tha an tràigh ri thaobh 's mar sin tha fuaim na mara ann fad na h-ùine. Cha tàinig mise a-riamh gu seo tarsainn air taigh dhen t-seòrsa seo, ge b' e an tàinig esan. Faighnichidh mi dha a-rithist nuair a bhios sinn leinn fhìn. Ach tha e a' coimhead mun cuairt an taigh' agus suas ri mhullach mar nach biodh e fhèin air a shamhail fhaicinn. A-muigh aig an doras tha fear an taigh' a' sealltainn dha mo sheanair an tùr mòr àrd a tha thallad. Bhon a' mhuir a tha an cunnart daonnan, 's e tha e ag ràdh, 's thig iad ort nuair as lugha tha dhùil agad. Àmhghar nan àmhghar, do leanabanan a chall, tha e a' sanais mar ris fhèin. Air am breith a-steach a shaoghal nan àmhgharan, aige an uair sin. Tha sinn air tighinn dhan dùn 's tha mi fhìn 's an fheadhainn òga a' ruith nar deann suas an staidhre mhòr chloich eadar na ballachan. Tha iadsan cho dèidheil air sgiobag 's a tha mi fhìn, 's chan eil càil air ar n-aire ach ruith is èigheachd 's gun duine a' cur casg oirnn. Tha esan na shuidhe shìos còmhla ri na daoine as sine 's chan eil gainnead air còmhradh. A-muigh, 's tha sinn a' toirt sùil air ar cùlaibh 's sinn air an rathad, 's ged a tha an dùn cho faicsinneach 's a ghabhas, cha mhòr gun tog sinn mullach an taigh' anns a' ghainmhich. Cò am fear dhiubh anns am b' fheàrr leam fuireach, tha e a' faighneachd. Chan eil mi buileach cinnteach dè chanas mi, 's tha seo a' toirt fiamh a' ghàire airsan.

Ged nach eil mise ach glè bheag, tha mo làmh anns a' chloich còmhla ri càch, 's esan e fhèin na mhàl gan cuideachadh. Seo a' chlach as motha a th' ann is iad ga cur na seasamh an teis-meadhan a' chearcaill. Tha iad air staran cas a thogail bhos cionn an tuill dha bheil i a' dol, 's tha iad ga cur air a ceann 's ga leigeil sìos dhan toll. Tha iad a' cur meas air ar cuideachadh,

oir chaill iad mòran de dh'fhir an àite anns a' bhlàr nach eil ach
seachad, 's gu leòr eile air an droch mhàbladh. Tha iad air na
tursaichean fhaighinn an-àirde 's na clachan gu lèir a' coimhead
glan is liath-ghorm eadar thu 's am bàgh tha shìos fòdhpa. Thug
e ùine mhòr bhuapa ach rinn iad e. Tha fios is cinnt againn gu
nochd i ìosal bhos cionn nam beannaibh, tha sean duine ag innse
dha, agus gun tog sinn i bhos cionn na talmhainn eadar an dà
chloich mhòir. Tha mi cinnteach gun tig i, 's nochdaidh i a cùrsa
chinnteach dhuinn. Saoghal caochlaideach ach chan e sin dhìs'
e. Dh'fheith sinn an fhionnairidh còmhla riutha 's dh'èirich i
a' mhionaid a bha dùil, ìosal bhos cionn nan cnoc. Chaidh i greis
às an t-sealladh ach seo i a-nise air ais 's gu saoil thu gu bheil i
a' dèanamh tiotadh dàlach eadar an dà chloich mhòir, 's tha na
tha an làthair air iolach àrd a thogail a tha ri chluinntinn air
feadh na tìre mun cuairt. Mi fhìn 's an fheadhainn bheaga eile
nar ruith eadar na clachan, ach chaidh ar cur nar tosd. Faicibh i,
tha an duine ag ràdh, 's gum bi cuimhne agaibh oirre, 's gum bi
fhios cinnteach agaibh gun till i thugaibh agus cuin. Tha sinne
nar seasamh ga coimhead mar a dh'iarr e, 's i a' coimhead nas
motha 's nas fhaisge na chunnaic mise a-riamh i. Chan e gu bheil
sinn ag ràdh na tha sin, 's sinn a' cromadh a' chnuic agus sinn air
làmhan càch-a-chèile a ghabhail.

Thàinig sinn orra gun sìon a dhùil againn. Bha aon phàillean
mòr aca an-àirde air a' chòmhnard 's iad trang a' sgaoileadh
gheugan is chraiceann son feadhainn na bu lugha fhaighinn
an-àirde mun cuairt air. Chan eil sinn dad ach air tighinn,
thuirt am boireannach, 's ann a ghabhas sibh grèim bìdh còmhla
rinn. Chan e gu bheil e cho furasta ri sin dhuinn a dèanamh
a-mach, ach g' eil gàire aoigheil air a h-aodann, ged a tha làrach

sean leòn air a lethcheann. Tha i còmhdaichte air fad ann am bèin is craicinn, 's a caiseart dha rèir. Chomharraich i dhuinn a dhol a-steach 's thug i thugainn soitheach craicinn le bìdeagan feòil bheathaichean allaidh air. Chan e am fàsach do bhiadh a dhèanamh air ach rinn esan a' chùis air; 's esan a rinn sin. Tha mise nas tolaich na tha esan, 's dòcha gur e an aois a tha mi. Tha mòran onghail a' dol air feadh a' champa, oir chan eil iad ach air tighinn 's tha balach beag air innse dhomh nach bi iad an seo ach latha no dhà gus an tog iad orra a shealg a-muigh anns an fhiadhaire mar a bhitheas iad. Ach abair balach beag toilichte, 's e gam dhearg-choimhead mar gun robh mi air tighinn à saoghal eile. Mo shùilean gu h-àraid. Aon rud dha bheil mi air mothachadh, 's e cho brèagha 's a tha a' chlann-nighean a tha nam measg, chan e gu bheil iad a' toirt mòran aire dhòmhsa no ag ràdh facal rium. Gruag fhaileasach dhubh air gach tè 's iad seang is cuimir nan gluasad. Iad cuideachd a' dèanamh tòrr gàireachdainn nam measg fhèin ged nach fhaigh duine eile a-mach ciod as adhbhar dha. Àite beothail a tha seo, le daoine a-muigh is dripeil gun sgur. Tha aca rin cumail fhèin a' dol 's i fuar, le ùr-shneachd air an talamh. Ach tha iomagain nam measg aig an aon àm, mar gun robh an sùil a-mach son rudeigin a bha gus a thighinn orra. Tha sinne mar sibhse, tha mo sheanair ag ràdh ri na fir, tha sinn a' dol a thogail oirnn gus nach bi sinn nar fuathshlatan mu ur casan. An aon rud a tha sinn taingeil air, tha an duine ag ràdh, 's e mar a tha an aimsir air blàthachadh. Bha eagal oirnn gun tilleadh an deigh 's an crannadh, ach tha sinn air a bhith sealbhach gu ruige seo fhèin, tha e ag innse. Ged a tha tinneas is gàbhadh daonnan maille rinn, tha sinn fhathast an seo. Na th' againn ann.

Tha mi fhìn 's e fhèin a' dìreadh a' chnuic bhos an cionn. Air ar cùlaibh chì sinn an campa sgaoilte air a' mhonadh, 's ceò nan teintean fosgailte an taobh ud 's an taobh ud eile. Ach e a' coimhead cugallach is neo-sheasmhach air dhòigh air choreigin. 'S mi nach creid nach e an losgadh-bràghad a tha a' tòiseachadh orm, chuala mi aigesan, ach cha do leig mi càil orm, 's cha chanainn co-dhiù gum bu mhath an airidh. Tha i a' fàs caran disearr, nach eil? thuirt e an uair sin. 'S ann a shaoileas mi gu bheil coltas an reothaidh oirre mar a tha am fuachd air a dhol leth rium. Cha robh no reothadh.

Dùsgadh

Bha an dithis aca ochd-deug; ise air tilleadh dhachaigh às na hotels agus esan cuairt aig an taigh bho muir. Bhon àm a bha iad òg còmhla anns an sgoil bha bàidh aca dha chèile, 's lean sin.

Bho chionn sia mìosan bha e air a dhol a shealltainn oirre 's i ag obair air falbh ann a hotel ann am Pitlochry, 's esan air a shlighe dhachaigh aig deireadh bhòidse. Bha dà latha shubhach air a bhith aca còmhla, agus thug esan a' chiad luaidh air fàinne. Esan Murchadh. Esan mo sheanair. Rugadh e an àiteigin 's chuir e seachad a bheatha, 's an latha eile bhàsaich e.

An-dràsta bha iad le chèile aig an taigh, agus seo esan air a thighinn a shealltainn oirre 's iad a' gabhail cuairt a-steach chun a' chladaich. Cha robh ise ag ràdh mòran. Ise Màiri. Ise mo sheanmhair. Rugadh i am badeigin 's chuir i seachad a beatha, 's an uair sin bhàsaich i.

An ceann ùine a' coiseachd ri oir na traghad stad iad 's thionndaidh iad ri chèile. Bha i air innse dha gun robh i sia mìosan trom. Trom le Catrìona. Catrìona mo mhàthair. A-staigh aig a' chladach thuirt e rithe gun robh e ag iarraidh a pòsadh, 's gun deigheadh iad a New Zealand. Thill iad bhon a' chladach gun mòran ga ràdh, 's nuair a dhealaich iad chaidh ise a-steach an taigh a dh'innse dha màthair gun robh i trom 's gun robh i fhein is Murchadh a' dol a phòsadh 's gu robh iad a' dol a New Zealand.

An oidhche sin bha coinneamh anns a' bhaile agus bha Màiri innte còmhla ri a màthair airson a' chiad uair. Nuair a sguir am ministear a shearmonachadh dh'iarr e air neach sam bith a bha fo uallach anama fantainn a-staigh an dèidh chàich agus gun dèanadh e ùrnaigh maille riutha. B' e Màiri tè dhen triùir nighean òga a rinn sin. Chaidh iad air an glùinean còmhla ris a' mhinistear, agus bha Màiri a' gal fad na h-ùine. Nuair a thàinig iad a-mach bha a' chuid mhòr a bh' anns an èisteachd fhathast an sin, agus rinn iad gàirdeachas ron triùir iompachan òga. Chuir a màthair a gàirdein mu thimcheall Màiri agus bha iad a' gal air guailnean a chèile. Bha greis ann mus do thòisich daoine a' gluasad sìos an rathad air an socair chun na coinneimh-taighe.

Bha Màiri ag innse dha gur e am peacadh a thug oirre sleamhnachadh; gun robh i aingidh agus neo-airidh. Ach gun robh i beò an dòchas gun robh a fear-saoraidh air tròcair a dhèanamh oirre. Gu feumadh esan maitheanas iarraidh mus deigheadh a ghairm fa chomhair cathair breitheanais. Gur e obair an dorchadais a thug a thaobh i; gur e sin a bha a' fàgail leanabh neo-dhligheach air a seilbhidh. Bha Murchadh na sheasamh ga fuar-choimhead. Bha e air a leithid seo fhaicinn roimhe 's bha fios aige dè bha e a' ciallachadh. Nach robh dol-às aice a-nis. Sheas iad mu choinneamh a chèile. Le saoghal a' fosgladh eatarra. Ise Màiri. Ise mo sheanmhair. Esan Murchadh. Esan mo sheanair.

Dh'fhalbh Murchadh an ath sheachdain a-rithist, 's leum e an t-soitheach ann an New Zealand.

Rugadh leanabh dha Màiri an ceann na ràithe. Ise Catrìona. Ise mo mhàthair.

An ceann sia mìosan chaidh Màiri air beulaibh an t-seisein. Chaidh a ceasnachadh agus chaidh na Ceistean a chur oirre. 'S e na Ceistean a b' fhasa. An ath sheachdain bha i na seasamh air beulaibh a' choitheanail, agus dh'inisgich am ministear a gnìomh agus a cliù, agus ghuidh e gum biodh na nithean seo air am maitheadh dhi. Bha mo mhàthair a' gal fhad 's a bhathas ga baisteadh.

Bhiodh i ag innse dhomh nach deach a màthair air beulaibh an t-seisein dha shamhail. 'S bhiodh i ag innse mar a thog i ise leatha fhèin 's mar nach do bhruidhinn i a-riamh air mo sheanair, Murchadh, a dh'fhalbh a New Zealand. Uair is uair bhiodh i ag innse cho cruaidh 's a dh'obraich a màthair gus a h-uile cothrom a thoirt dhìse, agus mar a bha i a' frithealadh fad a beatha ged nach robh i na bean-aidich.

* * *

Bha mo sheanair air a bhith leth-cheud bliadhna ann an New Zealand. Thàinig e na mo choinneamh sìos staran morghain air taca mhòr chaorach. Thuirt e 's gàire air aodann gun robh mi coltach ri na daoine. Cha robh mise air aithneachadh-san idir. Leig e lachan nuair a dh'fhaighnich mi dha an ann leis fhèin a bha an taca. Choisich sinn sìos chun an taigh' bhig fhiodha. Bha botal letheach air a' bhòrd, 's bha fear falamh na shìneadh air an làr.

Thàinig e air ais dhachaigh còmhla rium à New Zealand na bu deiseil' na bha mi 'n dùil a thigeadh. Gu h-àraid aon uair 's gun thuig e gun robh mo mhàthair glè lag air fàs.

Mus d' fhuair sinn dhachaigh bha i air bàsachadh.

Bha an dà uaigh ri taobh a chèile. Bha uaigh mo mhàthar fhathast le na dìthein oirre. Bha feadhainn ann bhuam fhìn agus feadhainn bhuaithesan. Ise Catrìona. Ise a nighean. Bha an uaigh eile air talamhachadh. Ise Màiri. Ise a leannan.

Thuirt mise: Chan eil sgot aig an rud a th' ann.

Thuirt esan: Ciamar a bhitheadh? Chan eil sgot aig càil a th' ann.

A chàirdean, cà'il am bàr?

Cha robh beachd sam bith agam dè bha gu bhith romham a' chiad mhadainn ud. Rùm àrd geal, grian a' dòrtadh a-steach, 's an còignear nan suidhe a' feitheamh; leth àrd an cinn a' nochdadh os cionn nan coimpiutairean aig an robh iad mu thràth air suidhe. Aoisean bho dheugairean gu aois. Madainn mhath, mi ag ràdh, 's a' chrith, 's mi a' cur mo sheacaid bhàn anairt air cùl an t-sèithir, an dòchas nach laigheadh an sùil air an toll fag air a' mhuinichill, 's fhreagair iad, 's mi ag ràdh rium fhìn ach dè fo Dhia bha gam fhàgail an seo. Cùrsa samhraidh chòig latha air brosnachadh sgrìobhaidh. Dìth an airgid air mo lèireadh mar as àbhaist: a liuthad staing dha na chuir thu mi. Dithis nighean òga is triùir fhear. Madainn mhath a-rithist, is gàire fann. Cha robh mi air duine beò aca a-riamh fhaicinn gu seo.

Fhad 's a dheighinn-s' a-mach son grèim fhaighinn air cofaidh dubh an àiteigin a ghabhainn leis a' chiad fag, dh'fhàg mi iad a' cur sìos càil sam bith a thigeadh a-steach orra. 'S e obair-latha tòiseachadh, dh'abair fear a' chòigeamh coimpiutair, no C5, 's ghreas mi mo cheum a-mach. Gun fhios carson a bha agam ri fuireach an-àirde mar siud a-raoir. Tha fios math: fhad 's a bha drùdhag fhathast air fhàgail anns an t-searraig aice. An

t-searrag aice. Obair-latha tòiseachadh, gu dearbh. Deireadh
na seachdanach a' coimhead cho fad' às ri freastal. 'S ise air
nochdadh a ceann ciar mu thràth, freastal na galla.

Ged a bha an tòiseachadh mall, cho fad 's a chluinninn, aon
uair 's gun dh'fhairich iad gaoth anns na siùil, mun tuirt C5,
cha robh stad orra. An t-àite mar phrais phortan, C5 a-rithist,
nuair a chlòth mi a-steach air ais. A' falbh am measg a chèile 's
a' tòiseachadh air an guth a thogail mar a leughadh iad a-mach na
bha cuideigin air a sgrìobhadh, 's air tabhairt gu gàireachdainn.
Iad air ruith air falbh leis a' ghnothaich 's mise na mo shuidhe
cruaidh gan coimhead. Chan e sgeulachd a tha sinn a' dèanamh
ach blog, dh'èigh an tè dhorch aig C1. A h-uile duine againn air
blog a thòiseachadh. B-litir, bho C4, sin a bheir sinn air. Cha do
dh'fheuch mise air b-litir na mo bheatha, thuirt C3. Dh'fheuch
thu a-nise, thuirt an tè bhàn aig C2. Chan eil e furasta cuimhn-
eachadh air na seanfhacail, tha C5 ag ràdh air a shocair, le nach
eil sinn gan cleachdadh cunbhalach. *Cunbhalach, cunbhalach,
sgrìobh C2 's i a' lachanaich ga dhèanamh. Sgrìobh C1 e le 't' na
mheadhan 's leig C2 sgreuch àird a cinn; thug iad às e mus dearc-
adh C5. Chan eil sinne idir a' cleachdadh àrd-litrichean, an dà C
sin a' glaodhaich, no idir clò eadailteach; tha sin ga dhèanamh
cho furasta. No clò bucach, bho C3 às a ghuth-shàmh.

Bha e follaiseach gun robh C3 & C4 a' dèanamh taca à
càch-a-chèile 's gun robh C5, le na seanfhacail, dualtach a bhith
ag àiteach leis fhèin, 's gun robh an dithis aincheardach aig C1
& C2 mu thràth mar aon. Tha sinne, thuirt C3, a' feuchainn ri
gearradh sìos air na facail shlàn, 's leugh e a-mach: *tha gasd
a' maoin pne & fnag le cosg calpa ach tha smg & cnag iad fhèin
air ofcom is rnang fhiathachadh gu dìnnear & 's iad hèin a va

deònach tin. Tuigidh fear-leughaidh leth-fhacal, bho C5, mar a
bha cothromach dha. Cuir thugainn sin air post-d, a bh' aig C1,
's nì sinne an aon rud. No teacsa. 'S ann mar sin a bha: gach
lideadh a chuireadh iad sìos, bhathas ga chur mun cuairt air càch,
's duine mar a gheibheadh pìos, bha e a' cur ris 's ga thilleadh.
A' mhadainn air nach robh dùil agam gu faicinn crìoch, bha i
a' dol seachad aig astar *gath & clì & tosg, b-litir gu bnag. 'S b' e
m' aon iomnaidh gu nochdadh ceannard na colaiste a-steach a
chur fàilte orra; mu thràth bha an rùm na chorra-lòid 's mar gun
robh e gun chuimse gun chonn.

*ro-innleachd & ftmg % stòrlanniodhlannleabharlann &
backlines, ach bhris iad orra a' lachanaich ghàireachdainn an
uair sin gun fhios càit an robh dùil aca a dhol. *comataidh ea-
dar-phàrtaidheil còmhdhail innse gall, chithinn aig C4, 's gun
bhriseadh-puirt bha C3 le *cothrom & acair & comhairlenan-
leabhraichean agus uhi & athnuadhachail & widt & urras. Gun
stadaich nan ceum, chàirn iad an-àirde *aileagtiompanmir-
eriaithrissmuainlitirsruthnamaoiletiompanaileaganaonduan-
gunsgurgachlàgachseachdaingachbliadhnaaaaggghhh. Sheas iad
mun cuairt air C5: esan a' dol aig peilear a bheath', *ruigidh each
mall & miannaichidh an leisgean & 's ioma rud a chì 's a h-uile
latha nach fhaic.

Ach cha dèan facail an gnothaich leotha fhèin: nach cuir sibh
iad an sàs, mi gan treòrachadh mus nochdadh an ceannard.
*ro-innleachd, sgrìobh iad uile. *ro-innleachd/roi-innleachd
co-fhillte & planaichean ro-shuidhichte & maoin-saoghalta
poblach le stiùirichean neo-dhreuchdail & amasan bunaiteach.
b-eachd, nì sinn b-litir le b-eachd, mar plana-na-g 's gheibh sinn
airgeadteachdasteach ann an cladhan dhan choimhearsnachd-

choimhearsnachd-choimhearsnachd vo v-nag no vo c-nag no
g-nag; g-nag? ainm a' feitheamh ri buidheann; cha bhi fada aige
ri feitheamh.

A-rithist, aon uair 's gun do thòisich iad cha robh rathad a
ghabhadh casg a chur orra. Gun iomradh air teatha na maidne no
a dhol dhan taigh-bheag no fiù 's air diathad no càil dhen dèant'
i. Bho fhuair am b-litir gath-droma, cha b' fhada gus an tug iad
fiaradh na lùib gu atharrais is fealla-dhà & geàrr-ghobaich. Bha
mise a' siolpadh a-mach gu fag is cofaidh mar bu nòs ged nach
deigheadh agam air sealltainn ri sgath diathad, 's beag a bha
ghuth acasan air dad a bha mise ris. Ma bha càil idir ann, 's ann
na b' àirde a bha a' ghleadhraich a' dol mar a bha an latha ga
thoirt fhèin air adhart.

Dol-a-mach eile air an deach tòiseachadh mu mheadhan-latha:
a' sgrìobhadh sìos àireamhan mu choinneamh chuspairean 's iad
gu dhol às an rian nan glòir ghàireachdainn nuair a dheigheadh
an àireamh ainmeachadh. Cnes – 2, whfp – 0, uhi – 11, wihb – 7,
sgioba na G – cò?, footnotes – 6, smo – 13, smuain na maidne
– 9, 's chanadh cuideigin aca fear mar 7! 's cha mhòr nach robh
gach mac màthar seàrrte air an làr air cùl nan coimpiutairean. 6!
dh'èigheadh iad, 's cha robh sgot cèille ri fhaighinn asta son an
ath ghreis, 's iad a' gairm feuch feuch air feadh an rùim mar gun
robh plàigh dhen chliobadaich air an leagadh. Cha bhiodh iad càil
ach air an anail fhaighinn air ais nuair a ghlaodhadh cuideigin
9! 's cha b' e crocadaich is cochlaich gu sin e. An uair sin 's dòcha
15! – sin an comunn – 's cha robh math dùil ri rian no reusan gus
am biodh an ath throthail seachad. Dunaidh oirbh, nach ist sibh,
thuirt cuideigin, 's dh'ainmich mi fhìn am b-litir le beachd air an
tug iad iomradh anns an dol seachad na bu tràithe.

Nuair a thill mi a-steach bho dà cheò tràth air an fheasgar
's ann a bha monmhar a' gluasad nam measg: nach b' ann gus
beachd a thoirt a thàinig iadsan ach a sgrìobhadh sgeul. Dallaibh
air, arsa mise riutha. Còmhla, no leinn fhìn? Mar as fheàrr a thig
sin oirbh, dh'fhàg mise aca. 'S shuidh mi air ais nam àite fhìn.
Gan toirt fa-near. *aon là goc is cnag suas na staidhrichean mòra
prìomh dhoras ac – 's e sin mar gun canadh tu, alba cruthachail.
Gu seo bha fios is cinnt agam nach biodh m' obair feasgair-sa ro
luchdmhor. Leac shleamhainn doras an taigh mhòir, chuala mi
C5 a' tighinn a-steach air cùisean. *bheil sibhse a' riochdachadh
buidheann sam bith? thuirt àrd-cheannard ac. mar cò? thuirt
iadsan. can an eaglaisdhaorursealbhachailleanmhainneach? an
e sinne? fhreagair goc 's e a' toirt sùil air cnag, tha sinne saor
's an-asgaidh dha gach duine a thig ar rathad, ged nach mòr
dhiubh sin a thig. calpa no teachdasteach? bho fhear mòr ca.
ionad no nàis? cho nàis 's a th' ann, thuirt cnag, às leth dàrna
cànan nàis na h-alb. 'eil càirdeas no comunn no fiù 's gaol eadar
sibh 's an comunn & comunnnampàrant & comunneachdraidh &
comunnnahòige & comunndìonnaneun & comunndìonnasàboind
no iar-chomataidh no fo-chomhairle sam bith eile a th' air
an ainmeachadh an leabhar fada nan ceist? uchdmhacaich &
banachliamhainnean & lethbhràithrean & coimhleapaich is
dubhsheanairean & banoglaich & gealsheanairean sinn uile dha
chèile, oir is aon treubh sinn bho thùs & gu èis. 'eil mòran agaibh
a-bhos? chuir am fear mòr an uair sin. Mi fhìn is goc a-mhàin,
arsa cnag, oir is sinne luchd-labhairt na buidhne air fad bho
mhoch & gu dubh bho thù & gu è, mar a lìbhrig mi roimhe.

ainmich iad, bhrunndail an ceann-feadhna aig ac an uair sin.
nas fhasa iarraidh na choileanadh. ach shìn goc air cur a-mach

na ceist mar a dh'àithn mo liagh, 's e ag ràdh: anns an fhìor thois bha an comunn agus b' e a chiadghin cnag agus bha bràthair ann air an robh pne agus ghin pne òrd & sgealb agus fnag & feuch bhrùchd fnag mar fhìonlios air agh nan uisgeachan no rudeigin agus chroch pne e fhèin ri agh nan creag & thog e iol a chualas fad & fars agus feuch chuala gasd & dh'imich . . . Hoigh, thog mi mo ghuth, bheil seo a' dol a chumail air fad an fheasgair no dè?

Oir bha a' bhuille àbhaisteach air tòiseachadh an cùl na sùla clì agam, àbhaisteach dhan àm sa latha. 'S an leth-bhotal air a stobhaigeadh air falbh am pòcaid-achlais na seacaide bàine far nach fhaighinn mo chorra-mheur air gun iad m' fhaicinn. Chan fheumainn ach an aon stalag. Goc is gasd is cnag is clì na galla na mo chluasan gun abhsadh, ach 'eil ann ach mo choire fhìn ag aontachadh na diabhail rudan sa a dhèanamh a h-uile riabhach samhradh. Na cruacain na mallachd sin, gun fhios cò às a tha iad a' tighinn, às gach diabhal ceàrnaidh dhen domhain, len goc & gac fad-fìor-shuaineach an latha; 's fiù 's aig bòrd a' bhìdh, lethbhreacan is leabharlainn is làrach-lìn le mo lite; inntinneach is cudromach is smaointinneach is goireasach le mo leann. Bha iad gam dhearg-choimhead, na truaghain; na sùilean air steigeadh nan ceann. Rug mi air mo sheacaid 's rinn mi air an doras 's mi feuchainn ri ràdh, 'S dòcha nach bi mi air ais son deagh ghreis, cumaibh oirbh. Tha sibh a' dèanamh gu math. Ach cha tubhairt aon smid.

Thill mi 's chan aithnicheadh tu nach b' e an-dè a bh' ann, 's cha robh mi buileach cinnteach nach b' e. Sgrìobh sibhse leabhraichean, nach do sgrìobh? arsa C3, dàimheil, cuideachdail; smaointinneach, cha mhòr. Sgrìobh; sgrìobh mi dhà no thrì leabhraichean ceart gu leòr. Cò mu dheidhinn? Ò, siud is seo;

mo bheatha fhìn; mo mhàthair 's mar sin. Mo mhàthair, a' chuid mhòr. Na rudan a bhiodh i ag ràdh. Nam biodh i an seo anns a' mhionaid seo, bhuail orm: tha an teanga air fàs flagach a bhiodh aice, stuth na mallachd air tòiseachadh a' srùthladh tro na cuislean. Cumaibh oirbh, thuirt mi riutha; tha sibh a' dèanamh gu math. 'S chrom iad an cinn air ais air cùl nan coimpiutairean. Nan còignear: C1 & C2 & C3 & C4 & C5. Esan le na seanfhacail; earrainn de dh'fhear gam bhualadh fhìn anns an t-seasamh: 'S luath a shiùbhlas an teanga nuair a dh'fhaireas i am balgam. Ùr-fhacal; sean fhios. Chuir mi an t-seacaid air ais far an robh i, 's a pòcaid-achlais cho falamh ri uaigh tramp. Sin am far an laigh thusa, mus liath do cheann mar m' fhear-sa. Ann an uaigh an tramp. Tha sibh a' labhairt fhathast, a mhàthair fhad-fhaicsinneach.

Trobhaidibh ach am faic sibh seo, thuirt C1 rium, 's iad cruinn mun choimpiutair aice. Cha do dh'inns mi na bu tràithe, ars ise, gun tug mi iad seo leam, gun fhios an còrdadh e ribh. Còig clogaidean a cheangladh ri na coimpiutairean. Ma bha iad beothail na bu tràithe, cha chumadh an deamhain riutha an ceartuair, agus b' iad C3 & C4 a b' àirde a bha ri leum, 's cha robh C5 nan gnàth-fhacal fad' air an sàil. Mus do sheall mi rium fhìn bha gach duine dhiubh air clogaid a chur air an ceann 's iad air ais aig an coimpiutair fhèin. Saoghal ùr, bha iad ag èigheachd, tha sinn a' cruthachadh saoghal ùr; tha sinn a-staigh ann an teis-meadhan saoghal nuadh a tha na mhac-samhail air an fhear a bh' againn gu seo. Tha mise air m' ath-chruthachadh fhìn ann an cyber-fànas; seall orm, seall orm, seall orm a-staigh anns an dealbh, bha C1 a' glaodhaich. Mo dhàrna beath', dh'èigheadh i.

Thug mi ceum a-null gus sùil fhaighinn air na bha seo. Air

a sgrion bha i air dealbh a thogail air saoghal nach robh mise air a choltas fhaicinn na mo bheatha. Sin mise – uill, mo mhac-samhail – bha i a' mìneachadh dhomh, agus seo mi a' togail saoghal ùr mun cuairt orm ann an cyber-fànas; saoghal anns am bi gach nì a tha mi fhìn ag iarraidh ann, bheil thu a' faicinn? A dh'ùine nach robh fada bha iad gu lèir dripeil air ais aig an sgrion 's iad a' dèanamh an aon rud: gan ath-thogail fhèin 's an cuid saoghail, anns an riochd a bha a' tighinn orra fhèin. Bha iad air ainm ùr a thoirt orra fhèin anns an t-saoghal nuadh, gach duine aca, 's na mic-samhail air tòiseachadh air còmhradh am measg a chèile. Cha robh aig a' chòignear ri dhèanamh ach an smuain a chur a-steach dhan choimpiutair 's dèanamh na mic-samhail a rèir na smuain sin. Tha mi na bhroinn, tha mi na bhroinn, bha C5 ag ràdh le mòr-aoibhneas. Cha do thachair a leithid seo dhomh na mo chuairt, bha e a' cumail air. Subhachas is àgh dealbhta na ghnùis.

Cha robh iomradh aca gun robh mise ann. Bha iad air iad fhèin a chall gu buileach am broinn an t-saoghail eile a bha seo. Air gèilleadh dha 's air iad fhèin a leigeadh às na bhroinn. Dhealbh iad an cruth fhèin anns an ìomhaigh 's leis an èideadh a bha iad fhèin ag iarraidh. Chan eil fhios cò aca a thòisich, ach cha b' fhada gus an robh iad a' dealbh talla mhòr eireachdail an teis-meadhan an t-saoghail. Talla nam Bàrd, dh'èigheadh cuideigin. Talla na Cuimhne a bh' ac' oirre an uair sin. Togaidh sinn dualchas nan Gàidheal mun cuairt air, 's cha toir nì gu brath buaidh air, 's cha mhotha na sin a shileas e às gu bràth. No sinn fhìn nas motha, dh'èigheadh iad 's iad nan glòir. Tha sinn air bith-bhuantachd a lorg dhan Ghàidhlig. Agus dhuinn fhìn, dh'èigheadh C5 à broinn a chlogaid.

Feumaidh sinn seo innse dhan bheagan a tha fhathast beò san t-saoghal chothromach aig a' bheil a' Ghàidhlig, gus an tig iad a-steach dhan t-saoghal ùr, theireadh an còignear ri chèile. Na tha ann an eanchainn na tha beò a thogail-suas a bhroinn na talla bith-bhuain. Cuimhne na tuath gu bhith maireann an cruth nuadh. Nì sinn tèarmann de dh'uile fhiosrachadh an t-sluaigh, le na chaidh a thrusadh anns gach seagh. Tèarainteachd is bith-bhuantachd, dh'èigheadh C3 & 4 mar aon. Cò aige bha dùil gur e teicneòlas a shaoradh sinn. Tha sinn air ar nèamh fhìn a thogail. Bha iad ceart, na chaidh romhainn: tha nèamh ann! 'S tha sinne air tòiseachadh ga chruthachadh. Cha bhi gul no dèideadh rin lorg! dh'èigheadh C5. Cha bhi eadhon iargain no idir bàs. Aon iomradh cha robh aca gun robh mise air uachdar na talmhainn. Aon iomradh cha robh aca gun robh talamh ann. Cha mhòr nach saoilinn gun robh an sùilean air stad nan ceann. Gu dearbh, cha mhòr nach robh is m' fheadhainn fhìn.

Nochd an ceannard anns an doras ach cha tug iadsan aire sam bith dha. Nach ann orra tha na cinn mhòra? uireas a labhair e. Clogaidean virtual, arsa mise na mo dhoigh chritheanaich, chlobhdaich fhìn, ach cha do rinn e steama dhen seo, 's theich e, na dheise fhaileasach 's na bhrògan gleansach. Cha b' fhada gus an tàinig an tè-glanaidh 's chuir ise air na solais, oir bha an oidhche a' tighinn. Bha sguab mhòr bhog aice le na thòisich i a' toirt rusp air an rùm, 's ged a chuir i a bruis a-steach eadar an casan-san cha do mhothaich iad dha sìon. Tha mise air Donnchadh Bàn a thogail, bha C3 ag innse, 's tha e air aithris a h-uile mìr bàrdachd a rinn e na bheatha, 's cha tug e bhuaithe ach trichead diog. Cha tug thu Nic Còiseim dha, ghlaodh C4. Ò, dammit, cha do chuimhnich mi, thuirt e 's e a' dealbhadh musgaid an fhir eile am priobadh na sùla. Cha toir e fad' sam bith bhuainn saoghal nan Gàidheal a thogail ann a V R, dh'èigheadh C5 a-rithist. Bha esan air cur a-steach a h-uile seanfhacal a bha deannan dhaoine air a chruinneachadh leotha fhèin. Goireas neo-bhàsmhor air nach tig mùthadh no idir searg, a bh' aige, 's e cho dòigheil ann fhein. Cha bhi ann ach mùthadh, luaidh C1. Ach feumaidh sinn a bhith furaileach, thuirt C5 an uair sin. Bidh againn ri bhith furaileach ron olc. Chan fhaigh no olc, dh'èigh C4, cha leig sinn dhan olc faighinn a-steach air a gheatachan: olc no quango cha bhi air taobh a-staigh a bhallachan. Cha bhi ballachan idir air, thuirt C1, oir 's ise fhathast as eòlaich ann an saoghal a' mhic-samhail.

Chuir seo nan tosd iad rè ùine, 's ghabh mi fhìn orm a ràdh gun robh an clas seachad son an latha. Ma-thà, dh'fhaodainn a bhith a' bruidhinn ris a' bhalla. Bha iadsan fodha nan saoghal fhèin, 's cha robh càil a' dol gam faighinn às, oir bha e air am beò-ghlacadh 's e na fhlaitheanas an taca ris an t-saoghal anns an robh mise 's mo sheòrsa fhathast ag èaladh. Cha b' ann a h-uile latha a lorgadh duine flaitheanas dhan Ghàidhlig, a bh' aca ri càch-a-chèile. Flaitheanas na Dàrna Beatha. Feuch thusa riut nach robh na seanairean, gun luaidh air na sinn-sheanairean, dearbhte nan dòchas gun robh a leithid a dh'aonad am bith, ged nach tug sinne feart orra, chanadh C5. Nam biodh fhios aca, ars esan, gur e bathar bog a bha dol gar toirt ann: sireadh sìorraidh.

Sheall mi taobh na h-uinneig, air an robh an oidhche gu seo air dùnadh a-steach, agus bhuail orm cho dùinte 's cho cumhang 's a bha mi fhìn air a bhith nam thoinisg 's nam mhac-meanmainn. Thill mo shùil gu na còig clogaidean a chithinn air cùl nan coimpiutairean, 's mothachadh nan eanchainnean a bha nam broinn air triall gu saoghal soilleir ùr a lorg iad. Far nach tuiteadh an oidhche 's far am biodh am mac-samhail ag ath-dhèanamh gu suthainn buan na bha air an seilbhidh. Far nach biodh ach ùrachadh is sireadh is ath-chruthachadh, bha a' chlann-nighean ag èigheach, 's far nach tèid ar saoghal tuilleadh cruaidh; glaiste mar gun robh e glaodhte is steigte tiacaidh na chèile.

Bho dheireadh, ma-thà, sheas mi 's thuirt mi gun robh mise a' falbh, gun robh siud gu leòr airson aon latha do dhuine nàdarrach sam bith. Cha do leig iad orra fiù 's gun robh mi ann. Chuir mi umam an t-seacaid bhàn 's air mo shlighe a-mach chuir mi dheth na solais agus chithinn na clogaidean dubha 's na h-aodainn a bha uaine ann an soillse nan sgrion. Mar sin leibh, arsa mi fhìn, chì sinn thall sibh. Cha b' e bh' air an aire. A-muigh anns a' chuad bha i air fas dorch 's rudeigin fionnar, 's chluinninn coiseachd dithis air a' ghreabhal thall pìos. A chàirdean, 's mi a' togail mo ghuth às an dèidh, cà'il am bàr?

Air an Rathad

A' dèanamh adhartas. Aon slaodadh eile. Na cruachan fada mònach air gach taobh dhith, an oir an rathaid. 'S math an turadh. Cho tric tha i drùidhte fliuch, 's an iris ga sgiulladh. Bha dùil aig Murchadh each is cairt fhaighinn nuair a thilleadh e, ach cha b' ann mar sin a bha. Nas truime air a druim an turas seo na bu chòir. A' mhòine dhubh cho math gus an taigh a theasachadh mus èirich iadsan. Ceum air cheum air a casan luirmeach, ach g' eil an rathad nas fhasa an seo le smùr air. A' mhòine air a stèidheadh, àrd bhos cionn beul a' chlèibh. Corrfhad bàn na fhìor mhullach, 's an sìoman ga chumail na àite. Anail throm an-dràsta 's a-rithist, mar leth-osann. An còta striop na dhronnaig air caol a droma, 's na h-osanan mu a casan. I crom fon eallach, a' dèanamh air an dachaigh, ceum bho cheum, aon uair eile. Lùb às dèidh lùib, cuairt an deidh cuairt, mar gum biodh gun fhiosta dhi. A h-aire air teicheadh fad' air falbh; air ais aig Murchadh 's an ùine bho chaill i e. Gun aithne air càite no ciamar. An Òlaind. Chan eil fhios dè cho fada air falbh 's a tha sin. Air taobh thall a' chuain co-dhiù. Dh'innis Aonghas na h-uiread. Mun acras. An latha mus do thuit Murchadh gur ann ann an òcraichean a bha iad a' cladhradh, airson duilleagan càil.

Am blàr beagan astair air a cùl ach i ùine mhòr bhon bhaile fhathast. Chan eil sgeul aice air duine air an rathad ach i fhèin. I air falbh tràth, mus èireadh iadsan, 's gum biodh i air ais leis an lite aice deiseil ris an teine mus cuireadh i an-àirde iad. Cabhaig is ùpraid mar as àbhaist gam faighinn a-mach às an taigh 's sìos an rathad nan deann, fadalach, air an casan luirmeach, le an leabhar piullach fon achlais. Ach am mìorbhail gun shàbhail iad bhon treamhlaidh a thug air falbh an fheadhainn bheaga. Buille air nach d' fhuair Murchadh a-riamh seachad. 'S e mar a chaill sinn a' chiad theaghlach a liath mo cheann. 'S an uair sin Cogadh a' Cheusair, 's aige ri falbh. 'S cha do thill. Gun fhios càite. Màiri bheag a' chiad tè, 's cha robh an dithis eile fada às a dèidh. An dithis air an adhlacadh am broinn cèis na seachdanach.

An rathad morghain nas cruaidhe ach gu bheil boinn a casan air cruadhachadh leis a' chleachdadh. A' ghrian nas àirde a-nise bhos cionn na mara, 's dreach an t-samhraidh air an raon mun cuairt. Nan tigeadh Peigi le pìos beag èisg nuair a thilleadh e fhèin bhon eathar. Bheil càil idir ann ach ìm 's buntàta? Tha, ghràidh, bha Peigi thall le simid truisg. Bhiodh sin math. Cuairt is cuairt eile. Ceum is ceum eile. A' tighinn beag air bheag.

I ga fhaireachdainn ri a taobh. A' dol an rathad còmhla rithe. Ach nach eil i cinnteach an e th' ann. Uaireannan tha e mar gur e leanabh a th' ann. I fhèin na leanabh. Chan eil i a' sealltainn, ach tha fhios aice gu bheil cuideigin a' falbh ri a taobh. A taobh deas an-còmhnaidh. Chan eil i a' smaoineachadh gur e Màiri bheag a th' ann idir. No an dithis eile. Gur e i fhein a th' ann. No esan. A' coiseachd socair balbh còmhla rithe. A-nis chan eil duine ann. Thig e 's falbhaidh e mar seo. A h-uile madainn. Chan eil e a' cur annas no athadh sam bith oirre, 's chan eil e a' fàgail fiosrachadh

aice. Na cruachan-mònach a' dol seachad, 's i tighinn air a slighe.
An ceann crom 's a' choiseachd dian, 's na meuran a' rais air na
bioran.

Ri dol a dh'fhaighinn làd bùirn cho luath 's a ruigeas i.
A' chiad rud a nì esan nuair a dh'èireas e, 's e dhol suas le deoch
bhùirn fuar gu a màthair. An e nach robh thu fhathast idir anns
an tobair? I a' faothachadh an eallaich air cùl a dà shlinnean.
Truimid na mòna duibhe. Chan fhada gus am bi na balaich mòr
gu leor son a dhol dhan tobair. Le dà pheile chaol, mus tèid iad
dhan sgoil. 'S a' bhò. Chan fhada gus am faod iad a dhol a chur
a-mach na bà. 'S a h-atharrachadh aig tràth-diathad. Na balaich
bheaga a' fàs mòr. Tha thu air am milleadh a chanas m' athair.
Na mo latha-sa . . . Nach fhada bhon dà latha sin? Agus tha fios
aige fhèin air a sin.

Tha i a' tighinn gu poll àrd an oir an rathaid. A' dol sios a
bhroinn a' phuill 's a' socrachadh a' chlèibh na shuidhe air an
druim. A' gabhail anail, na seasamh an sin, 's an iris fhathast mu
a guailnean. An fhighe ri a taobh airson mionaid. Nam biodh
deoch agam. Pìos mìr le sgait fhuar. Deoch fhèin. A' mhòine
na sgaoilteach air na puill mun cuairt oirre. Tha ise nas tràithe
leis a' mhòine seach nach leig esan fois dhi. Cuin tha dùil agad
a dhol a-mach ga rùsgadh? Thìd' a cur air tìr. A sùil a' laighe
air dreathan na ruith a-mach 's a-steach à rùdhan. A-mach 's
a-steach. Le bhodhaig bhig dhuinn 's le earball. A bheatha air
uachdar a' phuill . . . son greis. Gun fhios carson. Ach g' eil e
ann.

Tha i air ais air an rathad, 's a h-aghaidh air an dachaigh.
Caora na h-aonrachd anns an dìg. Mar a bha am fiadh an latha
eile. Na sheasamh ga coimhead. Beathach mòr le cròicean. Cha

mhath an comharr, a bh' aig a h-athair nuair a dh'ainmich i e.
Coma leam dhen teachdaireachd a thug an taobh s' e. Cho fada
bho innis àbhaisteach. Cha robh a nàbaidh Aonghas air a bhith
deònach mòran a ràdha, nuair a thill e fhèin dhachaigh. 'S ann ri
farchluais a chuala i e ag innse dha h-athair gur ann le beugaileid
a chaidh Murchadh a mharbhadh. Ri thaobh. An òcraichean na
h-Òlaind. A fradharc air a dhalladh airson mionaid le fliuichead
a sùilean. I a' dol air an rathad, ceum bho cheum, gun fhiaradh
gun innealadh. Am baile a' nochdadh roimhpe.

Beagan ga dhèanamh ris an taigh ach chan eil m' athair air
a shon. Glèidh do chuid gun fhios dè tha romhad. Chan e seo
àm dhut a dhol a thogail gèibhil no eile, 's do mhàthair air an
leabaidh, 's do theaghlach fhathast maoth. Nach do rinn an
teine a' chùis dhuinn fhìn mar a tha e, 's carson a ghluaiseadh
sinn a-nise e. Chan fhac' i sgillinn aice fhèin a-riamh gu seo.
Ma thig airgead Mhurchaidh. Togaidh e a' chlann dhut, 's cha
bheag sin fhèin. Carson nach fhaigh thu agh a bhios agad còmhla
ris a' bhoin? Àite gu leòr shìos air an todhar an siud. 'S chan
e pàipear craobhach ga chur air balla is lobht. Dìomhanas gun
fheum. A' cheò na mallachd gu mo liathadh. An dachaigh mar
a tha i. An lampa àrd a fhuair mi am bùth Ted ann a Wick, 's na
bobhlaichean 's na truinnsearan gorma anns an dreasair. Pheant
mi e 's cha do sguir e a ghearain. Air a slighe a-steach an rathad.
An cliabh làn a' falach a leth àrd mar a tha i a' dol nas fhaide air
a slighe. Boireannach òg air nach eil a coltas.

Nan tigeadh ise a-nall le pìos èisg. Mura tig 's dòcha gu lorg
mi ceile chàil ma tha tè air fhàgail shuas an surrag na h-àthadh.
Liath-ruisgean an earraich le an ganntar. Buntàta na sluic, iad
fhèin gu ruith a-mach, ach gu feumar annlan a dhèanamh orra.

'S iad air a dhol cho bog. Ach gu faigh sinn math an laoigh.
'S e Aonghas a dh'fheumas a dhèanamh dhomh, 's cha mhòr
an cuideachadh a thèid agams' air a thoirt dha. Tha taisealachd
anns an fheòil ach chan e sin seasamh a' coimhead e bhith ga
mharbhadh. Gus am faigh mi crochait air spàrr e. A chlosaich
fhalamh a' tionndadh 's i fhathast blàth fo mo làimh. Am bàs
a' coimhead cho aognaidh.

Mòine an ath-bhlàir a tha seo. Puill mhath fhada a' ruith leis
an leathad. Bha mo sheanair air ùr-phòsadh 's aige ri blàr ùr a
thoirt dha fhèin. Thug mo sheanmhair dhachaigh air a druim a
h-uile fàd, a h-uile bliadhna. Mo mhàthair an uair sin, a' ruith
a rèis fhèin. Turas bho thuras, cliabh bho chliabh. Bho dhruim
a' phuill. Cha robh de thalamh ann na chumadh each, 's càite
co-dhiù an robh càil a dheigheadh na choinneamh. An t-uallach
gu lèir a' tuiteam ormsa. Cò-dhiù bho ghais ise 's bho chaill
esan a chlì. Ach nach do leig e às a ghreim, 's cha leig. An teine
ann an siud am meadhan an làir, agus bithidh. 'S an tughadh
sùithe ga thoirt a-nuas airson an talamh bhuntàta 's an eòrna.
Gun chaochladh air an àbhaist. Am buntàta a' dèanamh na
sreath 's chan fhada gus am feum iad am priogadh 's a' chiad
fhliodh a thoirt asta. Ged a bheirinn croman dhan fheadhainn
bheaga cha bhiodh agam ach call na làrach. Gàire a' briseadh air
a h-aodann fon eallach. Mar a' chiad uair a thug esan dhomh an
speal. Cha bhi air mura caill daoine na casan, a thuirt e fhèin. Ag
aotromachadh an latha.

Am baile a' tighinn nas fhaisg'. Chan eil faochadh bhon
eallach fad' às. Làd bùirn, 's an lite dhaibhsan. Greis anns
a' chùlaist còmhla rithese, ma bhios facal aice. Iomnaidh dha mo
thaobh-s' bho chaidh esan às an rathad. Boireannach gun taic,

boireannach gun chompanach. Banntrach cogaidh le dilleachd-ain. Ruithean còmhraidh leatha fhèin. Na leth-shuidhe anns an leabaidh-dhùinte 's an lùireach mu a h-uachdar. Feuch gun ith iadsan rudeigin mus fhalbh iad dhan sgoil. An gabh sib' fhèin càil leis an teatha? Chan fhaca, duine beò bho dh'fhalbh mi. Sgìth; an aon sgìths. Nach e sin a th' air a chur a-mach dhuinn, a ghràidh. Claoidh is mulad. Is call. Thèid mi 's dòirtidh mi ur teatha. Esan air an teine a thogail 's an fhàrdaich air lìonadh leis a' cheò. Cluinnidh mi e shìos aig a' bhoin. A' suidhe an tac an teine. An stòl a bh' aig mo mhàthair romham. 'S aig a màthair roimhpese. 'S mar sin air ais. 'S mar sin air adhart. Ceum air cheum. Cuairt air chuairt. Gu ruig an ceann-uidhe.

Triùir Nighean an Rìgh agus Mac na Banntraich

Bha Rìgh ann uaireigin a' fuireach anns na bràighean ud a-muigh, agus rugadh triùir nighean dha. Tè bhàn agus tè dhubh agus, mar a bha fhios, tè ruadh. Bha dèidh mhòr aig an Rìgh air an tè bhàin agus air an tè dhuibh ach bha an tè ruadh dubh dha. Agus rot e a-mach às an dùthaich i.

'Gabh romhad,' ars esan, 'agus na faiceam do leigeas am-feast air an astar seo.'

'Tuigeam gara labhram,' ars ise. 'Fàgaidh mise ann an sìth, a Dhadaidh,' ars ise, 'ma bheir sib' fhèin agus mo dhà phiuthar dhomh tiodhlac an làimh an urra a bhios agam mar chuimhneachan oirbh.'

Thug a h-athair dhi teip-reacòrdair.

'Mo bheannachd bhuan agaibh, a Dhadaidh chaoimh,' ars ise.

'Mo bheannachd bhuan, a nighean,' ars an Rìgh. 'S an sin shuidh thu air ais na do chathair.

Thug an tè bhàn dhi siosar.

'Mo bheannachd bhuan, a phiuthar.'

Agus thug an tè dhubh dhi leabhar.

'Mo bheannachd bhuan, a phiuthar.'

Chuir an tè ruadh trì charan deiseil mu chaisteal a h-athar, sheas i air a ceann 's i ag ràdh, 'Trì uairean gun a dhol iomrall timcheall imleag meanbh-chuileig.' Anns an diog bha an t-adhar dubh le meanbh-chuileagan dhòigh 's nach fhaiceadh tu soillse grèine. Laigh na meabh-chuileagan air a' chaisteal dhòigh 's nach fhaigheadh duine a-mach no steach air doras, dhòigh 's nach fhaighte mach no steach air uinneig, dhòigh 's nach fhaigheadh ceò a-mach air similear. Bha an Rìgh 's a dhà nighean a' sporghail anns an dorch 's gus an tachdadh leis a' bhlow-down.

'Trì uairean gun a dhol iomrall,' dh'èigh an tè a bha muigh, 's le sin thog feadhainn dhe na meanbh-chuileagan an-àirde i dhan adhar, agus gu deas gun ghabh iad. Dh'aithnich an Rìgh anns a' bhad nach b' e obair duine saoghalta a bha seo. Thug e a-mach gògan a bh' aige 's dhòirt e leth muga-seipein de dh'unnsa bà ann. Am measg sin chuir e ann meuran de dh'fhuil dò-bhliadhnach muilt a bh' aige staigh airson duis. Mheasgaich e an fhuil 's an unnsa. An ceann sin chuir e làn spàin-mhòir de dh'ola-dhòrn agus cnap de bhlanaig easgainn. Thug e làn bobhla dhen làghan seo dhan tè dhuibh. Cha robh i air dà bhalgam a chur sìos nuair a sgèith i a-mach suas tron t-similear, 's i na fitheach. Cha robh am fitheach fada air a shlighe nuair a chunnaic e na meanbh-chuileagan pìos roimhe leis an tè ruaidh.

Leig am fitheach ràn às; thug an tè ruadh sùil air a cùlaibh agus thuit i gu talamh na carraig siabainn.

Chùm am fitheach air a shlighe agus cò a chunnaic e pìos bhuaithe ach mac na banntraich. E a' coiseachd an rathaid le frogan aige, port air fead, 's a mhacantois air a ghàirdean. Mhothaich e dhan fhitheach 's dh'èigh e: 'Nead mu Bhrìghde, ugh mu Inid, eun mu Chàisg: mur bi sin aig an fhitheach bithidh am bàs.'

'Bithidh am bàs agam,' ars am fitheach, 'mura toir mi cobhair gu m' athair.'

Le sin rinn e mac na banntraich gu bhith na mhulchaig chàise. Thug e leis pìos dhen chàis na ghob agus chlòth e chun a' chaisteil. Leig e sìos a' phronnag chàise air beulaibh an Rìgh. A' chiad rud a chunnaic mac na banntraich, 's e an Rìgh na shuidhe air ais na chathair, ach 's e an t-sràic aire a thug e dhan Rìgh, oir bha a shùil air laighe air an nighinn a bu bhòidhche air na dhearc e a-riamh. Thuirt e ris an Rìgh gun dèanadh e nì sam bith airson làmh na h-ighne aige fhaighinn gus a pòsadh.

'Bidh an tè bhàn agad,' ars an Rìgh, 'ma nì thu dhòmhsa na trì rudan a dh'iarras mi ort.'

'Iarr iad,' ars aon mhac na banntraich.

'Mo chiad iarrtas,' ars an Rìgh. 'Faigh cuidhteas a' phlàigh mheanbh-chuileag a th' air laighe air a' chaisteal.'

'Bidh e dèante.'

'Lorg mo dhithis nighean,' ars an Rìgh.

'Gun doubt,' ars am fear eile.

'An tè dhubh,' ars an Rìgh, 'oir is mòr mo dhèidh oirre agus is dubhach mi às a h-eugmhais. Agus an tè ruadh,' ars an Rìgh. 'An tè ruadh,' ars esan a-rithist, 'oir is mòr mo dhèidh air cur às dhi, oir 's i a thug oirnne gach plàigh agus a dh'fhàg sinn fo gheasaibh. Mo bheannachd leat air do thuras, a dh'aona mhic na banntraich,' ars an Rìgh.

Dh'fhosgail mac na banntraich aon dhe na snaidhmeannan a bh' air barrall a lòirns, agus ann am priobadh na sùla bha e a-muigh, agus bha beothachadh air a' ghaoith. Dh'fhosgail e an snaidhm eile agus bha i na dearg-ghèile. Air a' ghaoith thàinig ceithir choin mhòra.

Cheangail e iad leis an t-snaidhm a chuir Fionn air na coin 's chuir e ann an cairt iad, 's a-mach à seo gun ghabh iad, le mac na banntraich aca anns an deireadh. Am feasgar sin fhèin ràinig iad baile far an robh a h-uile duine riamh a-muigh gan nighe fhèin. Gach duine le aodann làn siabainn – fiù 's nach robh cop air cùl an cluasan. Feadhainn gan nighe fhèin ann am prais, feadhainn ann am peile, fear le truinnsear, fear eile le canastair siorap, aon bhodach molach ga nighe fhèin ann an canastair nugget.

Càil ach bùrn is siabann gach taobh a shealladh mac na banntraich. Cha robh iad ach air iad fhèin a thiormachadh nuair a dh'fhalbh an cadal le gach duine aca. Bha fear air innse do mhac na banntraich nach robh siabann air a bhith aca anns a' bhaile gus an latha ud fhèin a fhuair na balaich carraig siabainn na seasamh mar cheann-fìdhle shìos anns an reseeding. Bha a' charraig ann an cumadh duine, le falt fada ruadh air. Thug fir a' bhaile dhachaigh cas siabainn ann am bara mus tigeadh an t-uisge 's gu leaghadh e an siabann. Bha a h-uile duine a bh' anns a' bhaile gan ionnlaid fhèin le bùrn blàth is siabann, agus sin mar a bha iad nuair a leig na coin às mac na banntraich anns a' bhaile.

Nise, bha luchd a' bhaile nan cadal is cha robh air ach feitheamh gus an dùisgeadh iad. Choisich e nam measg, agus mhothaich e do rud annasach. Ann an làmhan gach duine aca mar a bha iad nan cadal bha leabhar agus siosar agus teip-reacòrdair. Dh'fhairich mac na banntraich car cadalach e fhèin agus laigh e sìos ri taobh cnuic agus chaidil e.

Nuair a dhùisg e bha fear os a chionn le teip-reacòrdair. 'Inns dad sam bith a bha nad chuairt,' ars an duine. 'Na biodh càil ort, cha chluinn duine an teip seo gu sìorraidh. Faodaidh tu innse dhòmhs' na rudan a b' annasaiche a thachair dhut, no a chuala tu a-riamh.'

'Thug ceithir choin mhòra mi gu ruige seo,' arsa mac na banntraich.

'A.T. 427,' ars an duine leis an teip-reacòrdair, 's e a' falbh. Mhothaich mac na banntraich gu robh ùmhnard mhòr anns a' bhaile, 's chaidh e air a chasan, 's thug e ceum mun cuairt. Air gach taobh bha daoine le teip-reacòrdairean a' bruidhinn ri seann daoine.

'Bha cròicean mòra fiadhaich air nuair a dhùisg e,' chluinneadh e aon bhodach ag ràdh.

'Thug e cruinn-leum bhon Eilean Mhanainneach gu ruige Hogha Mòr,' theireadh fear eile. 'Na leig dad ort ri mo phiuthar gun tug mise dhut an sgeula ud,' arsa cailleach.

Cha do chuir mac na banntraich dragh air an fheadhainn sin ged nach robh e a' tuigse dè bha a' dol. Ràinig e àite far an robh a' chlann ri gearradh fhacal a-mach à leabhraichean le na siosaran, 's bha feadhainn eile ri cruinneachadh nam facal ann am bara-làimhe 's a' falbh leotha a-steach do thaigh mòr a bha faisg air làimh. Thug mac na banntraich sùil a-steach air doras an taigh' mhòir. Bha gleadhraich uabhasach ri dol. Chunnaic e daoine ri measgachadh saimeant, 's feadhainn nan ruith le baraichean saimeant a-null 's a-nall. Càil ach tighinn is falbh; lod bho lod. 'S a h-uile treis thigeadh na balaich bheaga chun an taigh' mhòir le taosg a' bhara-làimhe de dh'fhacail a bha iad air a ghearradh às na leabhraichean le siosaran.

'Carson nach eil thu an sàs anns an obair?' thuirt fear ri thaobh. 'Beir air teip-reacòrdair dhut fhèin, no theirig a-steach a mheasgachadh saimeant. Chan eil mionaid ri chall. Faodaidh an dìle bhàtht' a thighinn uair sam bith tuilleadh.'

'An inns thu dhòmhsa,' arsa mac an banntraich, 'dè tha gabhail àite?'

'Feumaidh,' ars am fear eile, 'a h-uile facal a bhith air a chruinneachadh anns an taigh mhòr mus tig an tuil. Chan eil dol às bhon sin. Tha feadhainn ann a tha ri falach leabhraichean a th' aca ach gheibh sinn iad mura tig an tuil ron a sin. Tha am ministear sin thall le leabhraichean aost' aost' aige le facail annta nach eil againn, 's tha e ag ràdh nach eil. Cha fheum duine,' ars esan ri mac na banntraich, 'chan fheum duine,' ars esan a-rithist, 'facail a chumail aca fhèin. Gan càrnadh an-àirde dhaib' fhèin. Feumaidh sinn na facail a shàbhaladh anns an taigh mhòr.'

"Chan eil mi a' tuigse," arsa mac an banntraich.

'Chan eil tìde ann gus tuigse,' ars am fear eile. 'Cruinnich, cruinnich, cruinnich, mus tig an tuil.' Is thug e a chasan leis.

Ach seo chunnaic mac na banntraich balach beag air leth bho chàch 's e dripeil leis an t-siosar.

'Fhuair sinne cnap mor siabainn mar dhuine,' ars am balach, 'a-muigh anns an reseeding. Nigh sinn sinn fhìn leis an t-siabann agus chuir e a chadal sinn. Thàinig manadh bodach an t-siabainn gu cailleach anns a' bhaile fhad 's a bha i na cadal, 's thuirt e rithe gun creanadh sinn air an rud a rinn sinn, gabhail dhàsan le na spaidean. Thuirt an tannasg gun dùisgeadh a h-uile duine againn mar a bha e fhèin, air an dèanamh de shiabann, agus gum biodh againn, mar a bh' aigesan, leabhar an duine agus siosar agus teip-reacòrdair. Agus 's e seo an rud: a' chiad uair a shileadh e, tha a h-uile duine againn ri dol a leaghadh anns an uisge. Silidh sinn às mar an fheamainn. Cha bhi dol às againn.'

'Thèid sibh ri fasgadh,' arsa mac na banntraich.

'Cha bhi fasgadh ann an latha a thig an tuil,' ars am balach, le feagal na ghuth, agus e a' toirt sùil dhan àird a tuath. 'Mus leagh a h-uile càil a th' ann,' ars am balach, "tha sinn ri dèanamh a h-uile facal ann an concrait anns an taigh mhòr. Gus an seas an concrait an aghaidh nan uisgeachan, tha sinn ri toirt na gainmhich 's an t-saimeant à baile eile.

''S fhuair sinn teipichean à baile eile,' chùm e air, ''s tha sinn a' cruinneachadh càil sam bith a chanas duine sam bith, 's tha rùm mòr dorch againn fon talamh far nach fhaod duine a dhol, 's tha sinn ri cur nan teipichean air falach ann an sin mus fhaigh an t-uisge thuca.'

''S am bi duine ri dol sìos a dh'èisteachd nan teipichean?' arsa mac na banntraich.

'Ò, cha bhi!' ars am balach. 'Tha sinn ro thrang a' cruinneachadh theipichean eile airson gum b' urrainn dhuinn èisteachd ris an fheadhainn a th' againn. Dìreach gan cruinneachadh, 's a' cur àireamh orra,' ars am balach.

'Tà, bidh sibh ri dèanamh rudeigin le na facail choncrait?'

'Bidh sinn gan cumail anns na dràthraichean, 's air sgeilpichean an taigh' mhòir.'

'Faod sibh idir a bhith a' cluiche leotha?' arsa mac na banntraich.

'Ò thì, chan fhaod!' ars am balach. 'Dè nam briseadh sinn facal, no dà phìos ceàrr a steigeadh ri chèile. Cha dèanadh e a' chùis do ghràisg mar sinne a bhith a' cluiche le na facail 's gan cur am measg a chèile. 'S ann a tha sinne gan cruinneachadh.'

'Agus gu dè,' arsa mac na banntraich, 'a tha dùil agaibh a dhèanamh leotha nuair a chruinnicheas sibh a h-uile facal 's a nì sibh facail choncrait dhiubh?'

'Tha, dìreach a bhith cruinneachadh," thuirt am balach.

"Carson a tha facail ann ach airson an cruinneachadh, mus tig an tuil?'

'Dè nuair a thig an tuil? Dè thachras an uair sin?' arsa mac na banntraich.

'Uill, bidh na facail agus na teipichean sàbhailte. Mura bitheadh gun chruinnicht' iad cha bhiodh sgeul orra an dèidh na tuil mhòir.'

'Agus am bi sgeul air na daoine?' dh'fhaighnich mac na banntraich.

'Cha bhi," ars am balach, "cha bhi sgeul air na daoine."

"Bidh na teipichean agus na facail choncrait air fhàgail,' arsa mac na banntraich, 'ach cha bhi daoine air fhàgail a nì càil leotha?'

'Ò, bithidh,' ars am balach. 'Ò, bithidh. Bithidh, bithidh.'

'Cò?' arsa mac na banntraich.

'Uill,' ars am balach, 'uill, nì cuideigin feum dhiubh. Cha ghabh e bhith nach dèan cuideigin feum dhiubh.'

'Cò?' arsa mac na banntraich a-rithist.

'Ged nach eil fhios agams',' ars am balach, 'bidh fhios aig m' athair. Mura biodh fios aig m' athair cha bhiodh e cho dripeil a' cruinneachadh.'

Chuir mac na banntraich a làmh air gualainn a' bhalaich. 'Ruith, is faighnich dha.'

Cha robh am balach beag càil ach air falbh nuair a laigh fitheach air gualainn mhic na banntraich. 'Tha mi air a bhith gad lorg bho dh'fhàg thu caisteal m' athar,' ars am fitheach. 'Thill sgaorr chon mòra agus sgiùrrs iad air falbh na meanbh-chuileagan, 's thuirt m' athair gu faodadh tu an tè bhàn a phòsadh air lost sin, nam faigheadh tu lorg orm fhìn agus air an tè ruaidh.'

'Thoir mi gus am faic mi an tè bhàn a-rithist,' arsa mac na banntraich.

An oidhche sin chaidil e fhèin agus an tè bhàn ann an seòmar, àrd anns a' chaisteal, gun fhios dhan Rìgh. Nuair a dhùisg iad anns a' chàinealachadh bha leabhar agus siosar agus teip-reacòrdair ri taobh gach duine aca. Chuir mac na banntraich air an teip-reacòrdair agus thuirt an teip ris: 'Na teirig eadar an tè ruadh 's a' chreag.'

Cur Seachad na Tìde

Bha am feasgar air na rugadh i air tionndadh fuar. 'Urghaireachd an fhoghair,' a thuirt a h-athair nuair a thàinig e a-steach a shealltainn oirre dhan ospadal. E na chrùban a' coimhead oirre 's iad air a sìneadh ann am bucas beag plastaig air troilidh ri taobh leabaidh a màthar. Iad air a nighe 's a cothromachadh 's i aca suainte an aodach geal. 'Chan eil mòran ann dhith,' 's thuirt e an uair sin, 'ach uireas a th' ann,' 's ann coltach riut fhèin a tha i, mur eil mi air mo mhealladh.' Cha robh fhios aige dè eile a chanadh e, na sheasamh an seo air iathadh ann an saoghal bhoireannach.

'S e leanabh aoigheil, càilear a bh' innte, 's i furasta a dòigh a dhèanamh. Bha i na seasamh 's a' falbh an taighe aig aois chothromach, 's cha b' fhada gus an robh a ciad ghlangail air a thighinn gu facail, agus à sin gu còmhradh ealanta. Dh'fhàs i na nighinn bhig sgiobalta 's cha robh a bhith na cadal no na dùisg na thrioblaid sam bith dhi, 's i innte fhèin tarraingeach is faisg.

A' chiad latha a chaidh i dhan sgoil, 's ann còmhla ri a dithis bhràithrean a choisich i a-steach an rathad. Bha iadsan na bu shine na i, agus a piuthar na b' òige. Bha i am measg cuideachd na cloinne aon uair 's gun deach i dhan sgoil, 's iad a' falbh còmhla an siud 's an seo, 's a-mach 's a-steach à dachaighean a chèile. Bha cluich is dibhearsain gu leòr aca, 's cha b' e am fàsach a faighinn dhachaigh aig deireadh latha gus beagan de dh'obair na sgoile a dhèanamh. Bha i glè mhòr ag iarraidh a bhith mar a' chlann-nighean eile, 's cha robh càil a bha iadsan ris nach robh i daonnan na pàirt dheth.

Na bliadhnaichean tràtha anns an sgoil, 's ann còmhla ri na h-aon chlann-nighean a bha i, 's fhuair i eòlas air gu leòr eile nuair a chaidh i dhan àrd-sgoil, oir bha i sin na bu mhotha 's na b' fhaide bhon dachaigh. Chùm i oirre ag ionnsachadh mar a bha i a' gluasad suas tron sgoil, bliadhna an dèidh bliadhna, gus an tàinig an t-àm nuair a bha i ullamh innte 's a chuir i a h-aghaidh air obair dhi fhèin. Leis na bha i air a thogail an clasaichean sònraichte anns na bliadhnaichean bho dheireadh, cho luath 's a bha i a-mach às an sgoil thòisich i air obair clèireachd ann an oifis anns a' bhaile.

Gu seo bha i na boireannach grinn, eireachdail, agus air leth gleusta na h-obair. Bha i a' fuireach anns a' bhaile còmhla ri dithis nighean eile, 's iad sin dèidheil air a cuideachd. Bho bha i anns an sgoil bha i fhèin agus gille a mhuinntir a' bhaile aice fhèin air a bhith a' dol a-mach còmhla, agus bha sin air leantainn. Seach gun robh ceàird air a làmhan-san, bha e a-nise air rabhlaig de chàr fhaighinn 's cha robh air ach a bhith a' riagail còmhla gun sgur. Uaireannan, thadhladh iad air a h-athair 's a màthair, 's bha iad sin an-còmhnaidh toilichte am faicinn, agus moiteil ise bhith air faighinn air a casan.

Nuair a bha i a' casadh ris an fhichead bliadhna fhuair i i fhèin trom. Phòs i nuair a bha an nighean bheag aice bliadhna gu leth. Latha brèagha a fhuair i son a' phòsaidh, 's i àghmhor grinn a' coimhead na deise ghil phòsta sìos chun an làir. 'S e ròsaichean buidhe a roghnaich i, agus bha iad shìos air an tràigh a' togail an deilbh. Bha an tè bheag rin taobh ann an cuid dhe na deilbh 's i fhèin a' coimhead mar bhan-phrionnsa a bhiodh ann an sgeulachd.

'S ise bha aig an taigh leis an leanabh fhad 's a chùm esan air le obair-ciùird, 's cha b' fhada gus an robh e air a cheann fhèin 's cùisean a' dol gu math dha. An aon acainn-chnàimh a thàinig na rathad gun dùil ris, 's e gun d' fhuaireadh nach robh cridhe na tè bige a' lìbhrigeadh na fala mar bu chòir. Uair is uair bha i aig dotairean is ospadail leatha, agus bha aice ri bhith a' falbh dhan bhaile-mhòr leatha a h-uile ceann ùine. 'S e àm dorch a bha seo, a dh'fheuch i gu a cùl, oir chan fhaigheadh i às a ceann nach robh an leanabh a' dol a thighinn troimhe. Ach mar a b' ìsle bha ise air a dhol innte fhèin, 's ann a b' fheàrr a bha dol dhan leanabh, agus lean a piseach gus an robh i cho fallain 's a ghabhadh. Ach cha b' ann mar sin a chaidh e dhìse.

Nuair a b' fheàrr a bha dol dhaibh an aon seagh, 's air a dhol aigesan air taigh ùr a thogail dhaibh, 's e ag obair am pàirt còmhla ri fir-ciùird òga eile a bhiodh a' cuideachadh chàch-a-chèile len taighean, cha robh a threòir aicese air fhàgail na chuireadh i sùim sam bith ann. 'S ann a bha a leòr aice a h-aire a bhith air a' bhìodaig. Gus aon latha gun do chuir i roimhpe fhèin a dhol dhan t-searmon, 's gun fhios aice gu dè an iarraidh a thàinig oirre gus sin a dhèanamh. 'S cha mhotha a cheasnaich no rannsaich i mar a dh'fhairich i a neart a' tilleadh aon uair 's gun deach aice air i fhèin a leigeil às agus a h-earbsa 's a muinighin a chur anns na bha mu a timcheall. Mar a dh'èirich an t-eallach dhith, fhuair i fois is saorsainn innte fhèin nach robh air a bhith aice bho bu chuimhne leatha.

Mhiannaich i gu ruigeadh an ìocshlaint a bha seo air a companach, ach cha robh esan deiseil gus e fhèin fhosgladh dha leithid siud. Ged nach robh e air chor sam bith airson a casan a thoirt bhuaipse air eagal 's gun tilleadh a laige 's a leann-dubh, cha robh àite sam bith aige dhan dol-a-mach a bha seo, ach gu robh fios math aige mar a bha am modh-smaoinich seo air grèim daingeann fhaighinn anns an àite bho chionn deagh ghreis. 'S ann mun àm seo a roghnaich e gu feuchadh e gu muir, 's fhuair e sin seach gun robh ceàird air a làmhan.

Shocraich agus lean a beatha air a' bhunait sin, agus chuir i a h-aghaidh air na bha ri dhèanamh dhan leanabh. An ceann greis thòisich i a' dol leatha dhan chròileagan, 's i fhèin a' cuideachadh an sin. Bha sùil a bharrachd aice ga toirt air an tè bhig ri linn 's mar a thachair dhi na bu tràithe, ach cha robh càil a choltas gun robh sin air làrach sam bith fhagail às a dhèidh. Eadar a h-uile càil a bh' ann bha i air a' cumail a' dol, a' falbh leis an tè bhig anns a' chàr eadar an taigh 's an cròileagan, a thuilleadh air gach pàrtaidh a bh' aig a' chloinn bheaga nam measg fhèin aig an dachaigh.

Lean sin tro na bliadhnaichean a bha an nighean anns an sgoil. Gu dearbh, mar bu shine a bha i a' fàs, 's ann bu trice a bha a màthair air an rathad leis a' chàr ga toirt gu taighean eile agus gu dannsan is cèilidhean gun sgur. Bha càparaid na h-òige gan cumail a' dol 's cha tàinig fiaradh air a sin gus an robh i air an sgoil fhàgail. Air latha trom foghair thog an nighean oirre dhan oilthigh anns a' bhaile-mhòr. Bha an ionndrainn 's an fhalamhachd marbhteach, ach gun robh i taingeil an nighean fhaicinn a' falbh fallain còmhla ri a co-aoisean. Bha ise air tilleadh gu a h-obair clèireachd greis roimhe sin 's bha i a' frithealadh

nam meadhanan mar a bha i bho na làithean tràtha. Bha i fhèin
's a companach còmhla mar a bha iad bhon uair sin, ach bha
am beatha fhèin aig gach duine aca, agus bha cleamhnas is
cleachdadh gan cumail a' dol anns an àbhaist.

Anns an dòigh sin chaidh bliadhna is bliadhna an glaic a
chèile, 's e do-dhèante greimeachadh air mar a chaidh iad seachad
cho luath, 's cha robh ann gus an robh an nighean deiseil san
oilthigh 's i nise air imrich a-null a Chanada. Cha d' fhuair ise toil
a dhol a-null an sin a choimhead oirre, agus aon uair 's gun robh
an nighean i fhèin an ceann a teaghlaich, 's ann tearc a chaidh
aice air cuairt a thoirt dhachaigh a dh'fhaicinn a màthar.

'S e esan a dh'fhalbh an toiseach, gun dùil ris. 'S e bh' air a
bhith ann dheth ach duine èasgaidh is làidir, ach cha do sheas
sin e. Chaidh e às an rathad a-mach air cliathaich soithich anns
a' Chuan Innseanach, 's cha d' fhuaireadh sgeul air. Bha aicese ri a
beatha fhèin a dhèanamh às dèidh sin. 'S e bh' innte boireannach
foghainteach agus chaidh aice air sin a thoirt gu buil gun cus strì.
Bha a dòighean fhèin aice air cumail air uachdar agus a' chuid a
b' fheàrr a dhèanamh dhe a suidheachadh, 's i a-nise a' tighinn
suas ann am bliadhnaichean. Liath is chrom a ceann is lean i
oirre leis an aon chaitheamh-beatha gun chlaonadh: an tè a
dheigheadh a laighe, 's i a dh'èireadh, 's an tè a dh'èireadh, 's i a
dheigheadh a laighe.

Bhàsaich i obann aon fheasgar 's i na suidhe a-staigh leatha
fhèin, mar a bhitheadh i. Bha am feasgar foghair air tionndadh
fuar nuair a thadhail banabaidh oirre, 's a fhuair i marbh anns
an t-sèithear i. 'Siud an tè,' ars a' bhanabaidh ri tèile anns an
taigh-fhaire, 'nach do chuir dragh air duin' eile fad' a beath'. Cha
b' e siud tè a chluinnte a guth anns a' bhaile.' Choisich iad leatha

a-steach an rathad, 's i air a failceadh 's i suainte na h-èideadh anairt, 's a bràthair bu shine a' tighinn às a dèidh aig a ceann 's am fear a b' òige roimhpe aig a casan. Bha a piuthar na seasamh air an staran a' coimhead às dèidh an adhlacaidh, 's e ag èaladh a-steach an rathad seachad air na taighean. Anns a' chladh bha an uaigh fosgailt' a' feitheamh oirre, 's mus do sgaoil na daoine bha an ceap slàn air a h-uachdar 's grunn ròsaichean buidhe nan laighe oirre.

An ath-bhliadhn' a-rithist, nuair a chaidh aig an nighean aice air cuairt a thoirt air ais dhachaigh, chaidh i dhan chladh gu uaigh a màthar. Le mar a bha an uaigh air talmhachadh, cha robh i cinnteach an robh i anns an àite cheart. Dh'fhairich i grìs fhuachd a' dol leth rithe. Urghaireachd an fhoghair, chuimhnich i. Bha seub gaoithe a' gluasad an fheòir aig a casan.

Tiop

Bha mi air tilleadh dhachaigh am feasgar ud fhèin 's mi gu leigeil roimhe. Ach thòisich ise mar a b' àbhaist, mo mhàthair. Cha tuig mi air an aon saoghal, a bh' aice, 's sinn nar suidhe a-muigh, air bràigh a' bhaile-mhòir, carson nach do thagh thu tè de chànanan ceart an t-saoghail an àite na tia sin nach do bhruidhneadh bho nach eil fhios cò mheud ginealach. Nam bithinn-s', ars ise, a' dol a dh'fhaighinn tiop na mo cheann, mar a rinn thusa, tha fios deamhnaidh math agam nach b' e sean chànan nach eil duine beò a' bruidhinn a bhithinn air taghadh dhomh fhìn. Mandarin no Gujarati, tè dhen fheadhainn mhòra sin. Bha mi cho claoidhte 's nach robh a mhath annam a fhreagradh. Tha ceithir bliadhna bhon uair sin, 's seo mi a-nise air ais aig an taigh, 's tha i fhathast leis an aon duan.

. . . *Cha do chuir seo iomnaidh sam bith air a' Chluaisean. Chaidh a mhàthair chun an ospadail còmhla ris, 's cha robh gruaimean sam bith air nuair a dh'fhàg i e, na shuidhe stobach anns an leabaidh . . .*

Gu dearbh, a' chiad latha ud, cha do ghabh i iongnadh no sùim nuair a thill mi bhon ionad 's a dh'inns mi dhi gun deach a h-uile sìon cho math 's a ghabhadh 's gun tuiginn 's gum bruidhninn dàrna cànan a-nise. Abair cànan a fhuair mi. Cànan, thuirt mi rithe, nach robh fiù 's agam ri a h-ionnsachadh; gun rinn an tiop sin. Le do mhagaidean mar d' athair fhèin, 's i dol a-steach an taigh.

An latha ud, cha do rinn mi fiù 's buadraigeadh innse dhi mar a bha lethbhreac dhe gach mìr fiosrachaidh a bha nam eanchainn a-nise am broinn a' choimpiutair mhòir shìos anns an ionad – dè 'm math dhomh? Chaidh mi suas dha mo rùm 's dhùin mi an doras. Shuidh mi air mo leabaidh – tha e dhomh mar gur ann an-dè a bh' ann – 's thuirt mi ris an sgàthan mhòr a bh' air a' bhalla, Dè chraoibh a th' ort? anns a' Ghàidhlig. Mo chiad lideadh na mo chànan ùr – ach am beagan a thuirt mi riutha anns an ionad nuair a bha iad a' cur an tiop na àite. Tha craoibh mhath, dè mu do dheidhinn fhèin? fhreagair mi mi fhìn, 's mi gam thilgeadh fhìn an comhair mo chùil air uachdar na leapa 's mi a' lachanaich àird mo chinn. Mi fhìn 's mo chànan ùr, bha mi a' glaodhaich air feadh an rùm, gus an cuala mi an guth cruaidh bho gu shìos mi dèanamh air mo shocair rium fhìn. Shìn mi air m' ais air an leabaidh. 'S ann a dh'èistinn leis an tiop ri rudeigin eile às an ditsidàta. Tagh.

Bha a-nise mo sheanair, sean Tarmod . . . fhuaireadh a chorp fèar aig ceann Tràigh Shanndaigh . . . an tiùrr a' bharra-làin. 'S 'eil fhios agad, ma-thà, ciamar a fhuaireadh e? 'S e brògan a bh' air an àite bòtannan mòra . . . brògan agus briogais chanabhais. Thàinig iad tarsainn air . . . 's dh'aithnich iad mar siud gur h-e bh' ann. An duine fhuair e . . . an èighe thug e às . . . dh'èigh Dòmhnall 'An 'ic

Dhòmhnaill Ghobha ris air ais . . . 'S fhada bho bha dùil a'm rid èighe . . . Leum iad a-mach, ma-thà, gus am beireadh iad air . . . mus tugadh am muir air falbh a-rithist e . . .

Gu leòr an-dràsta. Tiop, tiop, tiop, bha mi ag ràdh. Dè na h-ainmean eile th' ort?

Sgealb . . . slisneag . . . mìr . . .

Ò, a shlisneag, 's tu ann an sin cho briathrach a-staigh an cliathaich m' eanchainn. Mura cuir thu fear mo chinn mi cha bhi agam air, ach 's tu nach cuir. Mi fhìn 's tu fhèin, cò bhios ann ach sinn?

Mar dà cheann eich . . .

Tha cuimhn' a'm, tha cuimhn' a'm . . . Cho òg 's a bha mi an uair ud. Na ceithir bliadhna nas coltaich ri ceud 's cuideachd mar mhòmaid.

mhòmaid. . . bhitheamaid . . . bhiodh tu tighinn fa-near dhomh . . .

Sguir. Cho òg aig an àm . . . Leig mi dhan chadal falbh leam an latha ud . . . 's chùm thus' ort . . .

Lios an ceann leanabh beag . . . mar sgramag. Currac an Rìgh? Chan e. G' eil e nas fheàrr a nighe le bùrn gun siabann . . . Togaidh ola chruinn-ola an lios. Tagan . . . timcheall air sia badan no beuman air an ceangal còmhla son tòiseachadh cruach choirc' no

eòrna. Nollaig dhubh-cheannach a dh'fhàgadh an cladh mèath.
Bha iad ag iarraidh . . . Latha Chulainn / an treas latha dhen
earrach. Bha iad ag iarraidh gu lìonadh toll torra taigh chòig
cheangal. Bha iad ag iarraidh . . . Creadhanadh / creadhanadh
a' bhàis. Bha iad ag iarraidh gum biodh an cù a' cac dall. Gun robh
an sneachd a' todhar na talmhainn . . . Thàinig e à Ameireagaidh
leis a' bhàs . . . 's chrìochnaich e anns a' Chnoc Àrd . . . Bean Fionn
às a' Chnoc Àrd, gun aithnicheadh i an uair le dhol a-mach a
choimhead ris a' Ghrioglachan . . . Gur e iasg bàrr sàile bh' anns
a' chnòdan . . .

Thug mi greis mhòr nuair a fhuair mi an tiop an toiseach mar
gum bithinn a' farchluais air an ditsidàta, a' ruith air an siud
's an seo mar a thograinn, ag èisteachd ri ceòl is sgeulachdan 's
a h-uile rud. Bha an tiop gam leigeil a-steach dha na chaidh a
thrusadh sa chànan bho thòisich sin bho chionn suas ri trì cheud
bliadhna. Bha sgoilearan air a bhith a' clàradh an toiseach le
innealan annasach cèire, ach chaidh mòran a thasgadh às dèidh
sin air teipichean de dhiofar sheòrsa le sgoilearan, is gu h-àraid
le craoladairean. Bheirinn 's dòcha a' chuid mhath de latha le
bàrdachd na h-ochdamh linn deug a' sruthadh tro mo cheann. Bu
mhath leam sin 's an tiop is m' eanchainn nàdarrach an altaibh
a chèile gu gleusta, 's cho siùbhlach 's ged a bhiodh iad air an gin
mar aon bho thùs. Na bha a' ruith air mogail m' inntinn mar gum
bitheadh air meudachadh iomadh-fhillte.

. . . Cha bhiodh ìot' air ar teangaidh, taobh shìos a' Mhill Teanail,
Le fìon Uillt na h-Annaid, blas meala ra òl air . . .

Mura b' esan bhiodh cuideigin eile. A' falbh nam fiadhlaichean mar sin, ann an saoghal a bha gu h-iomlan ùr dhomh. Ag èisteachd 's a' toirt fa-near mar a dh'iarrainn. 'S gu sònraichte 's gu h-annasach, chan fhaighinn seachad air na bh' ann de mhìorbhailean aighearach, togarrach. A' spèileadh air a feadh, 's bhithinn ann an neul leam fhìn ag èisteachd, 's a' ruith orra na mo cheann, uair is uair.

. . . Ine buicean, àna buicean; maide sùirn air cùl an dùirn,
Cearc bheag bhinneach bhàn: thèid i shabhal 's thèid i dh'àth,
Beiridh i ùgh air a' spàrr; brisidh e mus ruig e là.
Cunnt romhad 's às do dhèidh; cò mheud adhairc th' air a' bhoc . . .?

> *Iobal, abul, luairean,*
> *Cluasan a' chait,*
> *Dh'itheadh e 'm buntàt' fuar*
> *'S dh'fhàgadh e sgait.*

Ann an dòigh cha b' e na bha mi a' tuigse dhiubh ach mar a bha mi cho subhach, toilichte gan cluinntinn na mo cheann. Cho ealanta 's cho eirmseach: cò às fo ghrian a thàinig na bha seo? Gun sgur, gun chrìoch . . .

> *Cruth camagach gun loinn is com gun sgiobaltachd,*
> *Inntinn shalach 's droch chàil,*
> *A-muigh air an oidhch' le sannt nad chridhe,*
> *Cuir geinn ri spiorad na meàirl' . . .*

Dè tha na tha seo a' ciallachadh? Tha agam ri faighinn a-mach, a bh' agam rium fhìn. Chan eil dà dhèanamh air nach eil daoine fhathast beò a dh'innseadh dhomh dè bh' air cùl na tha mi a' cluinntinn. Chuir mi romham gun teichinn, gun togainn orm gu tuath am far an robh i bho dheireadh beò na cànan cumanta, le a freumhaichean stèidhichte am beatha làitheil dhaoine, ged as fhada nan cian bhon uair sin.

. . . Ò nach àghmhor an-diugh bhith fàgail . . .

Tha fhios a'm, tha fhios a'm. Ach mura d' fhuair mise briseadh-dùil, cha d' fhuair duin' eile. Shiubhail mi air feadh na tìr, am measg bhailtean far nach robh duine aig an robh lideadh dhith. 'S fhada an t-saoghail bho nach robh duine an seo, chante rium, aig an robh cuimhne air duine a bhruidhneadh i. Labhrainn i ri duine an siud 's an seo, gu h-àraid ma bha iad greis latha, ach bha iad gam choimhead mar fhìor chonadal, coigreach a bha a' cleachdadh cainnt nach cualas nam beachd-san a-riamh air an astar ud. Chleachd i bhith an seo, tha e coltach, bho chionn fhad' an t-saoghail, thuirt tè. Ciamar a tha i agadsa 's nach robh duine maireann bho chionn co-dhiù dà cheud bliadhna aig an robh i? Bhiodh iad ag ràdh gur ann bhuaipe a dh'fhalbh ainmean an àite, ach chan eil an sin ach mar a bha san eadar-ràdh. Dè an lorg a th' againne air samhail sin, no grèim de sheòrsa sam bith air càil a tha coltach ris?

Feumaidh mi dèanamh a-mach càite gu dearbh a bheil mi, oidhirp air an cànan a cheangal ri na tha mun cuairt orm an seo. A bheil còir aice a bhith ag ainmeachadh, 's a' riochdachadh, 's a' samhlachadh, no nach eil? An-dràsta chan eil i ach a' sgèith ann am fànas, gun bhalaist, gun acair; gun a bhith air a cur an sàs an dad sam bith. An e eachdraidh chlàrte is litreachas na

bheir i leatha? Ach nach dòcha gur ann mar seo a bha i bho thùs.
A' cluiche leatha fhèin, a' ruith air sgannan na h-eanchainn.

. . . Aon latha 's nighean na sìneadh air a' chnoc 's i a' buachaill-
eachd . . . Nochd am fleasgach òg a bha seo ri a taobh . . . laigh
e sìos le a cheann na h-uchd 's thuit e na chadal. Thug ise sùil 's
chunnaic i mar a bha fhalt làn gainmhich. 'S e bh' aice ach an
t-each-uisge a bh' air tighinn às an loch. Dh'fhosgail i a h-aodach
's dh'fhàg i e fo a cheann 's thug i às. Dhùisg esan 's chrath e an
t-aodach, ag ràdh, 'Mas duine tha 'n seo, 's aotrom e, mun tuirt
an t-each-uisge.' An ath latha chath an t-each-uisge is bràthair na
h-inghinn 's mharbh am bràthair e . . . Canar Cnoc na Bèist ris
chun an là an-diugh . . .

Tha an cànan ann 's tha an sgeulachd ann 's tha an t-àite ann, ach
chan eil duine air fhàgail an seo a dh'amalas na trì na chèile. An
cànan air a fàgail leatha fhèin, aon uair 's nach eil lorg aice air
a' choimhearsnachd anns na chluich 's na shoirbhich i. Thog mi
orm, 's chum mi romham gus fhios cò air a bha mi a' dèanamh.
Chaidh mi tro àitichean uaigneach, fàsail, mar gun robh an tìr
air a reubadh às a chèile bho chionn linntean. Bruthaichean
's boglaichean is firich thràighte thioram. Sgrìodan cruaidhe
clachach. Mìrean seasg aig nach robh cànan a bheireadh ainm no
daonnachd dhaibh. Càite a-rèist a bheil mi . . .? Dè chanas sinn
ris a' bhlàr seo . . .?

Buaile na Fainge . . .?

Fàsach, nas coltaiche. Mi a' cluinntinn cainnt à saoghal nach eil
ann, gun fhios ciamar, gun fhios carson. Chan eil anns na tha

seo a-nise ach cur-seachad. Cànan gun ghrèim gun cheàird ach a' bhrìgh a th' air a seilbhidh fhèin. Le mar a tha i spìonta às an talamh-àitich dham buineadh i, tha i na h-uchd-mhacach air an allaban. Chùm mi orm, a' dabhdail tro astar talmhainn agus tìm.

Chunnaic mi uam a' bheinn, 's mi siubhal air astar speur . . .

Càil an seo. Turas crìochnaichte. Mo chànan ùr . . . coigreach aig a dachaigh fhèin. Mo chànan ùr . . . a' sgiathalaich gun àite aic' anns an laigh i. A' bruidhinn rithe fhèin . . . Mìltean fhacal . . . sgeulachdan . . . leabhraichean . . . amhrain . . . cunntasan . . . . mìltean air mhìltean . . . air an trusadh anns an ditsidàta . . . a' fleodradh tro laoisgean m' eanchainn. Gun adhbhar, gun chiall. Bheil mi ag iarraidh gu stad e . . .? Idir, idir, chan eil . . . chan fheum. Fhad 's a tha i ann, fhad 's a tha mi ann . . . seòladh i tromham mar abhainn airgid, mar mheirciuraidh . . . mar luaidhe leaghte ann am fàd . . . Ach a-mhàin a bhith ga cluinntinn gus an tèid mi . . .

Agus ma bhios e beò, biodh siùil gheal agaibh air a' bhirlinn. Ach ma bhios e marbh, biodh siùil dhubh agaibh rithe. Agus cuimhnichibh, ars ise, ma bhios e marbh, nach fhàg sibh cnàmh no fèith a bhuineas dha . . . gun toir sibh thugams' an seo e . . .

Thill mi mar a dh'fhalbh mi, an turas air mo chùlaibh. 'S fhios is cinnt agam nach b' e co-fhaireachdainn a bhiodh romham mar thoradh air mo chuairt. Ach 's e th' agam an sgìths a bhuail mi . . . truimid a' laighe air m' aigne mar chan eil fhios dè . . . no carson. 'S aon uair 's gun do rinn mi an taigh dheth 's ann a thill

mi m' inntinn air ais chun an latha a choinnich sinn, mi fhìn
's an tiop. Mar a bha mi na mo shuidhe na mo rùm 's ag ràdh
ris an sgàthan, Dè chraoibh a th' ort? 's fhreagair mi mi fhìn na
mo chànan ùr gun robh craoibh mhath 's dè mu mo dheidhinn
fhìn, 's mar a thilg mi mi fhìn air ais an comhair mo chùil air an
leabaidh a' lachanaich àird mo chinn.

*Bha a-nise mo sheanair, sean Tarmod . . . fhuaireadh a chorp fèar
aig ceann Tràigh Shanndaigh . . . an tiùrr a' bharra-làin . . .*

Nach math g' eil sinn còmhla, dè?

Mar dà cheann eich.